女盛りはハラハラ盛り

内 館 牧 子

幻冬舎文庫

女盛りはハラハラ盛り

目次

キャンパスの猫たち

２００８年４月から11年間、私は母校の武蔵野美術大学で客員教授を務めた。

そして、何十年ぶりかに校門をくぐった時のことだ。二匹の猫が悠然とキャンパスを歩いている。

ムサビは正門をくぐると、レンガ造りのゆるい階段がある。それが校舎に続いているのだが、二匹の猫は学生たちと、

「お前、課題出した？」

「まだだよ。お前は？」

などと話しながら、ゆっくりと階段を行く。まさにそんな感じなのだ。

遠い昔に私が学生だった頃は、キャンパスに猫はいなかった。

以来、大学に通うたびに、この二匹を見かけた。美術資料館前の芝生で寝ころんでいたり、制作途中の彫刻の後ろで毛繕いをしていたりだ。

私は世界中で一番可愛い動物は「ノラ猫」だと思っている。今は「ノラ」なる語はあまり使わないようだが、この二匹はノラだろう。その愛らしいの何の！

とうとうある日、守衛さんに聞いた。すると、

「ああ、サバオとウサオですね」

と笑顔で言う。

「サバトラがサバオという名前なんですか。真っ白いのがウサオですね」

「そうですそうです。キャンパスで暮らしてる猫は、他にも何匹かいますよ。学生たちも可愛がってくれるから、住みごこちがいいんでしょう」

守衛室横には皿が置かれ、エサや水に夢中な姿を、何度も見た。エサ代にと、お金を置いていく学生もいるそうだ。

たとえ少額でも、学生がお金を置くのは大変だろう。そうでなくとも美大はお金がかかる。できることなら、エサ代は画材代に回したいはずだ。だが、彼らはサバオやウサオと暮らし、猫の可愛さを知ったのだと思う。

ノラは平均寿命が3年とも4年ともいわれる。それだけ危険にさらされ、食べ物にもねぐらにも困る暮らしをしているからだ。特に厳寒の冬など、どれほど過酷か。少しくらいのカンパなら……と思うのだろう。

考えてみれば、大学キャンパスで暮らすのは、ノラのみならず、すべての猫にとって、最高かつ無二の幸せかもしれない。

ねぐらは幾らでもあるし、エサも水ももらえる。室内飼いと違い、好きなように戸外に出られる。その上、愛される。

娑婆《しゃば》では車にひかれたり、あちこちに「猫にエサをやらないで」という看板もある。ねぐらや残飯をめぐって、ノラどうしの戦いもあろう。どこの大学キャンパスにもノラがいると聞くが、彼らの生きる智恵だ。

私は2003年、相撲の宗教学的背景を学ぶために、仙台の東北大学大学院に入学した。宗教学研究室のある川内《かわうち》キャンパスは、それは広大な敷地だった。杜《もり》の都の大学らしく、緑にあふれ、夏にはいい日陰を作る。

ある日、そこにノラ猫がいることに気づいた。グレーと白のぶちで、小さな猫である。一歳になったかどうかだ。木陰を走り回る。教授と並んで噴水を眺める。芝生の上で腹を見せて昼寝をする。まったく無防備で人なつこく、学生の脚にじゃれつく。彼らは猫用のオモチャで遊んでやったり、エサを与えたりする。

聞けば、この猫の名は「トンペー」。地元の人は東北大を中国語で「東北《トンペー》」と呼ぶ。川内キャンパスにいるので、私はフルネームを「川内東北」とつけた。立派な名だ。

トンペーは私にもよくなつき、授業が終わる頃にはよく文学部棟の出入口で待っていた。というのも、私は常に煮干しをつぶしたものや、カリカリを持ち歩いていたので覚えたのだろう。

夢中で食べる。食べ終わると恩を忘れ、サッサと別の学生のところへ行く。まさに猫である。

2006年、私は大学院を修了し、東京に戻って来た。

そして、ムサビの教壇に立つようになり、サバオとウサオと出会った。キャンパスを我がもの顔に行き来し、安心の表情は、トンペーと同じだと思ったものだ。

サークルの学生たちが、芝生に円《まる》くなってミーティングをしている時、サバオはよく一緒に加わっていた。

やがて、どのくらい月日がたった頃か、サバオの姿を見なくなった。

学生の話によると、元気がなくなり入院。キャンパスに戻ることなく、死んだという。入院費や葬儀代はカンパでまかなったそうだ。

サバオのいないキャンパスは淋しすぎた。なぜか相棒のウサオも、あまり姿を見せなくなった。探しても探しても、いないサバオに、ウサオは自分が捨てられたと思ったのかもしれない。

するとある日、正門の守衛室前にサバオがいるではないか。驚いて駆け寄ると、それは等身大の、彫刻のサバオだった。グレーのサバ柄も表情も、サバオが帰って来たとしか思えない。彫刻科の学生が制作したそうで、さすがの力量である。

そのサバオの足元には、カラの猫缶が置かれていた。賽銭缶だった。私もわずかを入れた時、ああ、サバオは死んだんだなァと実感した。

それからしばらくして、ウサオが姿を見せたと、学生から聞いた。彫刻のサバオを本物だと思ったらしい。グルグルと周囲を回り、静かに消えた。それっきり来ないそうだ。

サバオの死後、大学には公認サークルの「ねこ部」ができた。猫と人の共生をめざして活動しているという。

サバオが死んで10年以上がたつ。ウサオもトンペーも天に昇っただろう。きっと天国のキャンパスで、元気に生きている。

困った義父母

菅義偉《すがよしひで》総理は、新聞の「人生相談」を欠かさず読むと、新聞だったか雑誌だったかにコメントされていた。

以前に、脚本家の橋田壽賀子先生も、そうおっしゃっている。

私も読売新聞の「人生案内」を欠かさず読んでいるのだが、今を生きる人間の悩みや迷いがくっきりと浮き彫りになっている。

同紙の2020年11月14日の相談には、内心「ウワー、やっかいだなァ」と思った。

相談者は40代の会社員女性で、保育園児の子供がいる。夫の両親、つまり義父母、要は舅と姑だ。この二人が、「Go To トラベル」を使って息子家族に、旅行しようと言ってきた。行き先は関西である。

相談者である嫁は、幼い息子にコロナの感染防止対策を十分にできるとは思えず、旅はしたくない。相談文は、次のように続く。

「『もし感染したら私の職場や息子の保育園に迷惑がかかるので』と遠回しに断りましたが、『新幹線やホテルは安全だと思う』と気にしません」

根拠もないのにこの断言、ありそうだなァ。だからと言って、あまりそこを突っ込むと、たぶん、義母は返してくる。

「アンタって心配性ねえ。大丈夫よ、周りで誰もかかってないじゃない。対策をしっかりすれば心配ないの」

私が察するに、嫁はコロナも恐《こわ》いが、わざわざ休日に義父母と泊まりがけの旅行などしたくないこともあろう。気を使うだけで、別に楽しくもない。だが、楽しいふりは必要だ。疲れる。

とはいえ、結婚すれば義父母は「もれなく付いてくる」のである。それは承知の上での結婚だろう。

新聞の相談文によると、嫁は夫に「今、旅行しなくてもいいのでは」と言った。コロナ禍を考えれば当然である。だが、文は続く。

「夫にとって旅行は親孝行であり、感染防止に関する価値観も私と違うため、聞き入れてくれません」

感染防止に関する価値観は、両親と同じなのだろう。

義父母は孫が見たいのである。旅行の大目的は孫に決まっている。新幹線に乗せたり、車内でジュースを飲ませたり、車窓の景色を説明したり、それはときめくだろう。

「孫の喜ぶ顔が見たいようなのですが」

と、嫁もわかっている。相談文は切実だ。

「私と息子は行けないと言えばいいのですが、今後の付き合いを考えると角が立たないようにしたい。どうしたらいいでしょうか」

この文章の通り、孫と嫁が行かなかったり、旅行そのものを断ったら、絶対に角が立つ。一度角が立つと、身内の場合は特に、元に戻りにくい。それはよく言われることだ。できることなら「断る」ことをせずに、旅行を回避したい。

回答者はスポーツ解説者の増田明美さんで、いい案を出していた。

「旅行自体を断るのではなく、場所を変えてみるのはどうでしょう。人混みを避けた場所を選んで旅行をするのです。最近、修学旅行もあまり遠くへは行かず、地元を旅行していると聞きます。（中略）あなたの住む地域は、魅力的なところがいっぱいあります」

これはいいかもしれない。相談者一家は大分に住んでいるようだ。義父母もそうだろうか。そうであれば、改めて地元観光はいい。何しろ温泉県だし、宇佐神宮もある。孫は高崎山自然動物園に大喜びしよう。

地元の旅なら、コロナ感染の心配を最低限におさえられるかもしれない。嫁にとって宿泊はイヤだろうが、義父母は「もれなく付いてくる」のだから、腹をくくるしかあるまい。

だが、ふと思った。義父母は関西旅行がしたいと言っている。大分に住んでいようがいまいが、行きたいのは関西なのだ。

京都、大阪、奈良、神戸等々、どこを思い浮かべても、大分とはまったく違う文化圏。旅の非日常が味わえる。

自分の居住地と違う文化に触れたい、風景を見たい、その地のものを食べたい。そう予測すると、「地元巡りを楽しみましょう」という提案はかなり難しい。どう納得させるか、穏便な攻め方が必要だ。

どうしても角を立てたくないなら、もう諦めて完全装備で行くしかない。

もう一つは、イヤだろうが自宅に招いてごちそうし、孫とたっぷり遊ばせる。たとえ義父母が地元在住でも、二人にはＧｏ Ｔｏ でちょっと贅沢《ぜいたく》なホテルに宿泊してもらう。

私にはこの二つくらいしか解決策は思い浮かばないが、正直、何とも困った義父母だと思う。

相談者である嫁が40代ということは、義父母は70代前半だろうか。それも夫婦二人そろっている。かつ、関西旅行を望むほど元気だ。

こういう人は、もっと自立しなくてはなるまい。いや、結婚もしていない私に言われたくはないだろうが、こんなに嫁を困らせ、気を使わせることに思いが至ってもいい。少なくとも夫婦がそろい、健康であるうちは、自分たちで自分たちをお守《も》りする意識が必要なのではないか。

菅総理の説く「自助」「共助」「公助」。最初に「自助」が来るのは冷たいと言う声もあったが、やはり自助できる間は自助が最初だろう。この義父母や高齢者全般に当てはまると思う。

孫を見たい気持ちは、私のような者にもよく理解できる。ただ、義父母の自助する姿を見ていれば、嫁の方から「旅をしませんか?」と誘いたくなることもあろうと思うのだ。

政治家も審判員も

自宅近くを歩いていると突然、

「ウワァッ！」

という叫び声がして、私の足元にミカンやトマトなどが転がってきた。

驚いて見ると、小柄なおじいさんが歩道に倒れていた。

私が動くより早く、全部を見ていたらしき男性二人が、おじいさんにかけ寄った。一人が、

「あのヤロー。とっつかまえてくる」

と言い、走っていった。もう一人はおじいさんを抱え起こした。80代に見える。私はわけがわからないながら、ミカンやトマトを拾い集めた。

助け起こした男性は、

「大丈夫ですか。痛いとこ、ありますか」

と、聞いている。だが、おじいさんの顔は蒼白で、あまり大丈夫ではなさそうに見えた。

その男性は私に、

「歩きスマホのバカが激突して逃げたんです」

と怒って言った。

やがて、追いかけていった男性が「歩きスマホのバカ」を取り押さえて、戻ってきた。若い人かと思っていたら、どう見ても50代半ばである。

私は取り押さえた男性を一目見て、「あ、この人が相手じゃ逃げられないわ」と思った。

というのも、彼の耳は変形して盛り上がっている。これは相撲、柔道、レスリングなどの格闘技をしっかりとやった人の耳である。

「耳だこ」とか「ギョーザ耳」「カリフラワー耳」などと言っているが、「耳介血腫」という。格闘する際に相手の頭が当たったり、マットや畳に耳がこすれて起きる。

東北大相撲部にはいなかったが、格闘技の名門大学や、プロにはよくいる。治療しても、変形は残るようだ。

とにかく、この耳は格闘技を懸命にやり続けた証拠。こういう人に首根っこをつかまれてはどうしようもない。その上、「歩きスマホのバカ」はナヨッぽくて細くて、比べたら幕内力士と序ノ口のよう。

助け起こした男性が、彼に、

「あなたのやったことは、轢《ひ》き逃げと同じですよ」

と言った時、タクシーの空車が通りかかった。ここは細い道で、タクシーはあまり通らないのに、いいタイミングだ。

二人は、落ち着きを取り戻したおじいさんと「歩きスマホのバカ」をタクシーに乗せ、車内から私に言った。

「一応、近くの整形に行きます。ありがとうございました」

ギョーザ耳は、

「この下に交番がありますんで、突き出します」

と言うので、私も、

「轢き逃げですから、それがいいですね」

と無慈悲に返した。

毎年毎年、「歩きスマホ、ながらスマホはやめよう」とアチコチで言われる。だが、私も何度かこういう事故を目撃しているので、世の中にはどれほど多いか。

おじいさんが転倒した道は、住宅地の中で、人通りは「密」ではない。そのせいか、「歩きスマホ」はもう当たり前。老若男女、通行人の7割近くはそうしているように思う。

また、私の事務所の近くは三差路になっている。当然、交通量も多いのだが、ある時、若い男の子がスケボーでそこを走って行った。それだけでも危険極まりないのに、スマホから目を離さない。「スケボースマホの大バカ」である。

そんなにスマホにかかりきるほどの急用が、誰にでもあるのだろうか。

女友達はケロッと、

「急ぎの用がなくても許されるのよ。国会の最中に、政治家がやってるんだから」

と言った。

「そうか。そのスマホの内容を写真に撮って、週刊誌がすっぱ抜くと、不要不急ばっかりだものね」

「そうよ。国会議員のセンセーどもがやるんだもの、一般人は模範にするわよ」

と、恥ずべき結論に達したのである。

それからしばらくした時、私は月刊『ボクシング・ビート』（フィットネススポーツ）を読んでいた。ボクシングの専門誌である。

するとそこに、何とも信じられない記事が出ていた。

10月17日に、英国でWBAインターナショナルS・ライト級王座決定戦が行われたそうだ。

その時、テリー・オコーナー氏というベテランが、審判員の一人としてリング下に陣取っていた。

彼はレフェリーとしても世界戦をはじめ、多くの試合を裁いており、同誌は「英国を代表する審判員」と紹介している。

そのオコーナー氏、こともあろうに試合中にスマホを操作した。

リングでは王座をかけて、両選手が真剣勝負のまっただ中にある。審判たるもの、一秒でも目をそらしてはならない。

なのに、平然と目をそらして、スマホをいじる姿が放送されてしまった。むろん、非難が集中した。

試合のプロモーターのエディ・ハーン氏はSNSで、

「BBBC（英国ボクシング管理委員会＝コミッションに相当）は、ただちに（スマホを）取りあげるべきだった」

と発信したが、甘い。

私はいくら世界的審判員でも、資格を剝奪すべきと思う。審判員の資質はゼロだ。選手がどれほどの節制をしてこの日にかけ、今、戦っているか。相撲の勝負審判が土俵下でスマホをいじるか？

試合は「僅差」で一方が勝ったが、オコーナー氏のスコアカードは「大差」だったという。笑止。

今年こそ、本当に今年こそ、「ながらスマホ」はやめるべきだ。
オコーナー氏はスマホで何をやっていたのだろう。まさか、ゲームじゃあるまいな。

ストーカーの心理

先日、（公財）社会貢献支援財団の理事会で、小早川明子さんの講演を聴いた。

小早川さんはNPO法人「ヒューマニティ」の理事長で、テレビなどで知っている人も多いのではないだろうか。ストーカー被害者の救済と、加害者のカウンセリングやセラピーを続けている。

かつて、小早川さんもストーカーの標的にされ、本当に恐かったという。30歳代で、会社経営をしている時だった。「会社に火をつける」と脅され、社員は殴られて全治5か月の大怪我を負った。

その後も行為はおさまらず、警察にも相談。だが、当時は「ストーカー」という言葉もない時代であり、相談しても埒《らち》があかない。

小早川さんは講演で、

「恐いのは、明日どんなことを起こされるかわからないことなんです」

と語っている。これは当事者にしか出ない言葉だろう。どんなに恐い毎日だったかと思う。

そこで彼女は、警備会社に頼もうとした。ところが、ボディガードをしてくれる会社が見つからない。

「数十社の警備会社に電話して、やっと見つけました。そのボディガードが加害者から守ってくれました」

その時、実感した。

「盾ができるとは、こんなにも安心し、嬉しいことなのか」

それが、現在の仕事をする原動力になった。

私は初めて知ったが、ストーカー行為は五つに分類されている。オーストラリアのモナシュ大学の「ストーキング・リスク・プロファイリング」による分類である。

①拒絶型

好きなのに断られ、恨む。

②憎悪型

親子、近所、上司・部下などが何かのきっかけで、どちらかが被害者意識を持つ。

③親しくなりたい型

孤独やストレスを感じている人が、見ず知らずの人に親密な関係を迫る。

④求愛型

ネットや駅で見かけた人など、知らない人に対して一方的に「メル友になってほしい」などの関係を求める。

⑤略奪型

自分の姿を隠しながら、盗撮したりゴミをあさるなどして相手をうかがう。

どのケースもありうるだろう。ただ、①の「拒絶型」と②の「憎悪型」が、特に起きやすいのではないか。

そう思っていた。するとやはり、被害者と加害者に何らかの人間関係がある場合、ストーカーの多くは「拒絶型」か「憎悪型」だそうだ。

この二つの型にも、危険度を示す段階があるのだという。つまり、加害者心理の危険度だ。

①リスク（可能性）段階

これは「やり直したい」などと追いすがる行為。この段階は、まだ当事者間の対応で解決もありうる。

②デインジャー（危険性）段階

これは相手を追いつめる行為で「死んでやる」などと言ったり、また切迫したメールを送ったりする。待ち伏せもある。

この段階になると、第三者が介入して解決を進めることになる。

③ポイズン（有毒性）段階

これは相手に「殺す」「死ね」と脅し、迫る段階で、そのような脅迫的メールや住居侵入などがある。

この段階になると、警察力が必要になる。

しかし、この段階であっても、セラピーと治療で治る可能性があるという。その治療とは、脳トレによるものだ。結果、過関心と接近欲求、衝動性を劇的に低減させられるそうだ。

実際、小早川さんは治すことに数多く成功しているという。

「加害者はたとえ警察に捕まっても、いずれ出てきます。接近欲求が過剰なままでは再犯の可能性が高くなります」

被害者にとって、これは何より恐いことだ。セラピーと治療は必要不可欠と言える。

加害者には、子供の頃から過酷な環境にいたり、他者の反応に強く反応してしまうなど、生いたちの影響も目立つそうだ。過敏で、プライドが高く、孤独を抱えているような人が多く、相手が自分を見捨てることが恐いのだという。

ストーカーをしていて、もしも、被害者からひどい言葉を浴びせられたとする。しかし、それは相手から反応を得たことになる。そのため、脳には「報酬効果」が生じるのだという。その結果、またやるのだろう。

小早川さんは加害者と話す時、言うそうだ。

「私を通して、あなたの思いを相手に伝えるわ。だから、直接の接触はやめて下さい。もし守れないなら警察に通報する」

そうすると、いったんはストーカー行為をやめるという。加害者は間接的であっても、被害者とコミュニケーションを取りたいからだ。

被害者の盾になると同時に、こうして加害者と何回も何回も面談する。段階によってはセラピーもするし、治療もする。お金の貸し借りの問題などの場合は、弁護士を交えて法的な解決もはかる。

そうすると、加害者本人の努力も必要だが、少しずつ少しずつ、相手への関心が失せていく。そして、あれほど特別視していた相手が「どうでもいい人」になるという。

ストーカー行為の裏には、こんなにも大きな心の病巣があるのか。

30代で恐い思いをした小早川さんは、

「少しでも身の危険を感じたら、警察の生活安全課に駆けこむか、法テラスに相談を。その際は被害記録を持って行き、何をしてほしいかを明確に伝えることです」
と結んだ。

「肩上げ」した頃

先日、ストッキングの爪先に穴があいていることに気づいた。小さな穴なのだが、黒地のため、足が入れば目立つ。

捨てようとして、ふと考えた。他は何でもないのに、この小さな穴だけで捨てるのは、あまりにももったいない。その上、これは新しい。その時、「そうか、糸で繕《つくろ》えばいいんだわ」とまた気づいた。このストッキングはタイツほどではないが、そこそこ厚い。ひっくり返して裏から穴を縫えば、何の問題もない。

私はすぐに黒い糸で、丁寧に穴をふさいだ。だがはいてみると、ふさいだところがヘンに角張っている。やはり繕ったということが、一目瞭然な気がする。

だが、この期に及んで捨てるのもくやしい。その時、「そうか、靴を脱がないところに、はいていけばいいんだわ」と、またまた気づいた。

ところが不思議なもので、靴を脱がないとわかっている場所に行くのに、このストッキングには手が出ない。繕ったものだということを私自身がわかっており、それが気後れさせるのだろう。

私たちの暮らしは、これほどまでに「修理」や「繕い」から遠くなっている。そう実感させられた。たいていの物は、新品を買った方が安いのだ。

昭和の頃は、もう何でもかんでも修理した。私はさすがに知らないが、「鋳掛け屋」が道端で商売していたと聞く。壊れた鍋や釜など金属製の道具を、ハンダづけなどして使えるようにする。

私は傘の直しと、ストッキングの伝線直しは知っている。傘屋は道端で、骨の修理をしているところをよく見た。

伝線直しは町の商店街に手芸品を売る店があり、その一角で若い女性が、日がな修理していた。その横に「一本〇円」と手書きの厚紙が出ていたこともよく覚えている。伝線一本の修理代だろうが、細かくて割に合わない仕事だったと思う。

鍋釜も傘もストッキングも、今や使い捨てだ。しかし、たぶん昭和50年代あたりまでは、何でも直して使う時代だったのではないか。

もう40年ほども昔なのだから、今の変化は当然だ。そう思いつつも、その時代を知っている人たちがまだ多くいる以上、「歴史」になり切ってもいまい。

するとほどなくして、女友達から姪と甥の写真が届いた。6歳の女の子と2歳の男の子が、私のあげたハロウィンのお菓子を抱いた写真だ。

二人ともとびっきり可愛いのだが、私はつい吹き出していた。

女の子はどの写真もとてもおしゃれな服を着ている。女友達が電話で、

「今、量販店では、安くて可愛い服がたくさんあるの。みんなそれよ」

と言っていたが、ジャストサイズで、女の子が喜びそうなレースやギャザーなどがふんだん。

が、一方の男の子、ジャストサイズどころか、ブカブカ。どの写真も着ている服は違うのだが、どれもこれもブッカブカ。長袖のトレーナーの袖口からは、やっと指先がのぞいている。かと思うと、肩がズドンと落ちているセーターとか、何重にもまくりあげたシャツとかだ。2歳の男児は何もわからず、着せられるものを着て、ニコニコしている。これがまた可愛い。

女友達は嘆いた。

「ママ友に8歳の息子がいて、その子の服をもらうんだって。子供はすぐ大きくなるから、どれも新しいの。でも、2歳の子に8歳の子のお下がりはねえ」

そして、ぼやく。

「昔は『肩上げ』ってあったでしょ。肩のところを縫って上げをした。それをすればいいの

に、今はそういう繕い、カッコ悪いんだろうね。ズドーンと肩が落ちてる方がカッコ悪いと思うけどねえ」

そう言えば、「肩上げ」「腰上げ」等の丈詰めは、かつては一般的だった。

元々は着物に行うものと聞くが、洋服でも当たり前にやっていた。親は子供に大きめの服を買う。そして、袖や丈や大きいところは縫って「上げ」をする。そうすると、ジャストサイズになる。大きくなったら「上げ」の糸を取れば、またジャストサイズになる。

七五三の晴着などは目立たぬように肩上げしても、日常の服はかなりグシグシと大きく縫っていたものだ。高校生でもワイシャツや体操服までグシグシだったが、誰も恥ずかしいとは思わなかった。それが当たり前だったからだろう。

女友達は懐かしがった。

「3歳の七五三で着た着物は、上げをおろして7歳でまた着る。当たり前だったよねえ」

そう言って、ちょっとしんみりした。

「私、上げをおろす時の、母の顔を思い出すのよ」

「こんなに大きくなって……って嬉しそうにする顔ね」

「うちは兄がいたでしょ。学生服なんかたぶん2サイズくらいは上を買ってたはずよ。グングン大きくなる年齢だから、卒業までには2回、上げをおろすわけよ。その時は父までが何か嬉しそうでね」

　そう言った後で笑った。

「でもさ、すぐまた上げるのよ」

「え？　何で」

「下の兄がまた着るから」

「ああ、昭和だなァ」

　その時、私は最近読んだ本を思い出した。

　陸軍軍人で教育者の乃木希典《まれすけ》大将が、学習院の院長の時、初等科の生徒に14か條の教訓を与えた。その第10條には、

「破れた着物をそのまま着ているのは恥だが、そこに継ぎをして繕って着るのは決して恥ではない。否、恥どころではない」

　私はストッキングを繕ったと女友達に話した。

「乃木大将も褒める私の姿勢、男たちは今時何と健気《けなげ》な女だと思うわね」

　そう言うと、

「バカね。何とバアサンだと思うわよ」

だと。

春のつむじ風

月刊『ドラマ』という雑誌がある。その名の通り、主にテレビドラマの脚本家を志す人が読む。

その2021年2月号の巻頭に、私のロングインタビューが載っている。同誌は昭和54（1979）年に創刊され、その500号記念のインタビューである。

どうして私なのかというと、この雑誌だけがきっかけで、脚本家デビューができたからだ。それは、人生において「運」というものは確かにあるのだと、思わざるを得ないできごとだった。

私は28歳の時に、「シナリオ・センター」の夜学に通った。シナリオライターや脚本家の養成学校で、むろん無試験。

私は当時、大企業に勤めていたが、女はモノの数に入れない時代である。仕事はお茶くみと雑用が中心。私は社内報の編集もしていたが、新入りの男子社員が、私の文章を自信たっぷりに悪く直したりする。ベテラン女性より、新入り男性が上位なのだ。「この直しはおかしい」と言っても聞きいれられることはない。

周囲の女たちはどんどん結婚退職するのに、私は決まらない。それはそうだ。大相撲全6場所とも力士の追っかけをし、理想のタイプは「小林旭と北の富士」と公言していたのだから、男はどん引きする。

将来に一条の光も見えず、私は鬱々と過ごしていたのだが、ある時、シナリオ・センターの新聞広告を見た。「業界は若い力を求めています。プロになるまで指導します」というようなキャッチコピーだった。プロになるまで指導してくれるなら、何といい話か。

が、入ってみてびっくりした。「脚本家って、作家の一種なのか」と初めて知ったのだ。私は、原作の書籍をシーンで割る職人だとばかり思っていたのである。

入学初日、講師が受講生全員に「今まで見た映画の中で一番感動した作品、その理由」を聞いた。

焦ったの何の。生まれてこの方、大相撲とプロレス観戦に忙しく、映画も演劇もほとんど見たことがない。他の受講生はこういう学校に来るだけあって、みんな実によく見ている。私は彼らの言う「スコセッシ」も「郵便配達は二度ベルを鳴らす」も初耳。郵便配達はベルなんか鳴らさないよと思うだけだ。

私の番が来た時、咄嗟《とっさ》に答えていた。

「感動した映画は『若ノ花物語　土俵の鬼』です。本物の若ノ花が出演していて、シロウトなのにセリフが言えるのがすごいと思いました」

こんな小学生でも言わないことを、私は胸を張って言ったのだ。講師は、

「あんな古い映画、どこで見たの？」

と聞く。

「はい。小学校に入った頃、校庭に幕を張って映画会がありました」

「……あなた、これからは映画を見なさい。片っ端から見て、映画ノートを作る。そこからね」

と苦笑した。こう言うしかなかったのだろう。だが、体育会系の私はそれをトレーニングと信じ、会社勤めをしながら年間２５０本くらい見た。レンタルビデオもない時代で、名画座の常連だった。

こうして、シナリオ・センターで勉強したことと映画を見続けたことだけを頼りに、脚本を書いた。それを月刊『ドラマ』の「第4回ドラマ新人賞」に応募してみた。

何とも乙女チックなタイトルだが、「春のつむじ風」という。結婚できない三十路《みそじ》女子社員の焦りの物語だ。これが佳作をもらってしまった。

「運」というものは確かに存在する。それを実感したのは、この「春のつむじ風」によって、私は次々とつむじ風に襲われたからである。

「漫画化したい」

と講談社から連絡があり、次にはＮＨＫのドラマプロデューサーから電話が来た。

「ＮＨＫで新人脚本家を養成する準備をしている。『春のつむじ風』を読んだが、あなたをメンバーにしたい」

５人の卵たちに、ＮＨＫのプロデューサーが一人ずつ指導員としてつく。信じられなかった。

すると、そこで知り合ったプロデューサーから、「橋田壽賀子先生の資料整理などできる?」

と言われた。ナマ橋田のそばにいられるなんて奇蹟だ。

すぐにお受けした。

書く仕事など何ひとつない私なのに、橋田先生に、

「朝のテレビ小説はどうやって書くんですか」

「ドラマのテーマはどこから浮かぶんですか」

などと平気で質問していた。先生は丁寧に答えて下さって、大脚本家のそばにいられた好

運は、今でも忘れられない。

あの佳作から40年がたつ。そして今も私は脚本家を続けている。

世の中では、何かいいことがあると、よく言う。

「運がよかった」

私は「何だか無気味に謙虚だなァ」と思っていたが、我が身を考えると納得する。「運」とか「巡り合わせ」とか「出会い」とか、自分の力が及ばないものは確かに存在する。それらを引き寄せるのは自分の力だ、ともよく言われる。努力だけではどうにもならないことはあるが、せめて「人生チャラ」にする努力は必要だと思う。多くの場合、好運ばかりの人生はない。不運と交互にやってくる。

私自身、生死に関わる大病までした。あの時、病床で本気で思っていた。

「会社勤めを13年半もして、鬱々とした後で、つむじ風が吹いた。交互よね。そうか、大病とか不運は今後の好運の前払いなんだわ」

そう気づき、私は医師が呆《あき》れるほど、治す努力をした。

あそこから生還できた時、医師たちに「自分でたぐり寄せたんですよ」と言われた。生きてさえいれば、つむじ風は起こせるのだ。チャラにできるのだと思う。

プレバトのおかげ

私は歳時記を読むのが大好きなので、必ず俳句を作る人だと思われる。それはまったくダメで、一切作れない。

東京の銀座には『銀座百点』という名高いタウン誌がある。昭和30（1955）年に創刊され、今年で66年。全国のタウン誌の草分けだ。

その『銀座百点』で、「百点句会」を昭和32（1957）年から、年に一回開いている。第一回は「久保田万太郎、安藤鶴夫、小絲《こいと》源太郎ら14名が参加」とある。背筋が伸びるメンバーだ。この句会が今も続いており、同誌の連載陣や由縁の人々が集まって作句する。

私も毎年ご案内を頂くのだが、出られるわけがない。歳時記が好きでも、まるで作れないのだ。それに参加者がすごすぎる。高橋睦郎さん、坂崎重盛さん、浅井愼平さん、矢野誠一さん、三田完さん、吉行和子さん、冨士眞奈美さんら世に聞こえし俳人がそろう。嵐山光三郎さん、南伸坊さん、矢吹申彦《のぶひこ》さんもおられる。

が、19年前の2002年、「兼題」といって、前もって出された題が「初場所」だった。「あら、初場所なら私にも作れそうだわ」と本気で思った私は、由緒ある百点句会に出席した。

俳句では「季重なり」を避ける。季語が二つ重なることだ。もちろん、そんなことは全然知らないし、「古池や」と「夕日かな」の使い方もまるでわからない。

小沢昭一さんや塩田丸男さん、小泉タエさんら、そうそうたる方々が居並ぶ句会で、私は胸を張って一句を発表した。

「初場所や心の愛人北の富士」

昔から北の富士の追っかけの私。心に秘めるしかない愛を切々と表現したのである。ところが居並ぶ出席者たちは全員がのけぞり、しばし死んでいた。私は感動のあまりだと思っていたのだが、あまりのひどさに、早い話が引きつけを起こしたようなものである。

あの日以来、何度か試してみたが、やっぱり作句は向かないと、他者の句を読む一方に戻った。

しかし、今年の百点句会はリモートだという。一堂に会しては「密」になるからだろう。私は「リモートなら目の前でのけぞられないし、参加しよう」と思った。

というのも「心の愛人」時代よりは、少し俳句がわかってきたような気がしていた。テレビのバラエティ番組「プレバト!!」(TBS系)を毎週見るようにしたからだ。

アイドルなどの芸能人や、元政治家や落語家等々、色々なジャンルの人たちが俳句を作る。それを俳人の夏井いつき先生が丁寧に、わかりやすく添削して下さる。季重なりや前述の「――や」「――かな」についても、私は夏井先生の解説で初めて知った。

生徒役の方々は、私から見れば「何てうまいんだ」と呆れるほどの句を作る。だが先生は容赦なくバッサバッサと直す。語順を少し変えたり、助詞をひとつ直すだけで、見違えるような句になってしまう。

『銀座百点』のリモート句会の参加者は16人だった。

浅井愼平、太田和彦、小澤實《みのる》、坂崎重盛、関容子、高橋睦郎、仲畑貴志、冨士眞奈美、堀本裕樹、間村俊一、三田完、南伸坊、矢野誠一、矢吹申彦、吉行和子の各氏。そしてプレバトだけが頼りの私である。

兼題は「マスク」「年の瀬」「初詣」「春待つ」などの13題。この中から各自が選び、5句作る。そして、編集部に送る。

編集部は16人の句を全80句、作句者がわからないように一覧にする。それを見た16人が、秀作とする句に1点ずつ入れ、その合計点で順位が決まる。点が入るわけがない私は気楽なものだ。

しばらくたつと、編集部から結果が届いた。

一等は高橋睦郎さん。総合得点13点。東の正横綱の勝ちっぷりだ。二等は8点で小澤、坂崎、間村さん。三等が7点で浅井さんである。ここまでが入選になる。

その次を見て、思わず「ええーッ！」と私は声をあげた。何と私が矢野さんと一緒に6点で四等である。1点も入らないと思っていたのに6点である！　あと1点で三等ではないか。

「心の愛人」がここまで到達したのは、ただただプレバトのおかげだ。

あまりの喜びに、私は秘書のコダマに話した。すると彼女、ギャーハッハと爆笑するのだ。私が静かに喜びをかみしめているというのに、笑いすぎて涙目でギャーハッハである。「心の愛人」がどうしてこうなったかと、笑いがおさえられないにしてもひどい。あげく、言ってくれた。

「すごいですよ！　あと1点で表彰台じゃないですか。あと1点で銅メダルですよ。惜しかったですねえ」

さらに笑って、

「来年は表彰台だッ」

と励まして帰って行った。そう言われると、私もあと一勝で三役昇進を逃した力士の気分になってくる。

総合点ではなく、一番多くの点が入った一句は、

「かにかくに無季語となりしマスクかな」

坂崎さんの句で5点。誰もが思っていることをこんな風に句にしてしまうんだなァ。

2点が入った私の句は、

「独り寝のからだ丸めて春を待つ」

「マスクの目見慣れし妻にうろたえる」

である。私の1点は、

「空低し銀座の角で春を待つ」

「マスクはぎ母に口ありはしゃぐ子ら」

我ながら「心の愛人」と同じ人間とは思えない出来である。たいしたものだなァ、私。

よし、今後もプレバトで学び、来年は表彰台を狙うかな。

娘が欲しかった

友人知人が、

「娘が一人、欲しかったなァ」

「娘のいる人、やっぱり羨ましいよね」

などと、以前から言うことがあった。私や独身の友人たちが、

「こっちは夫もいないのよ。娘だろうが息子だろうが、御の字でしょうよ」

と言うのだが、「一人いてくれりゃなァ、娘」などとため息をつく。

その後、彼女たちは50代、60代と年齢を重ねた。息子は結婚し、孫も生まれた。

年代相応の幸せを甘受しているのに、言う。

「息子たちは大事よ。幾つになっても可愛いし。でも、それとは別にもう一人、娘も欲しかった」

誕生の時は「息子でも娘でもどっちでもいい。元気に生まれてくれたら」と口をそろえて

いたのにだ。

世の中には、息子でなければ困る家柄や家業もあるし、娘でないと困るそれらもある。どちらが生まれるかはどうにもならない。

ただ、彼女たちと話していて、また他で見たり聞いたりして、気づかされたことがあった。ひとつは、娘の方が強くて安心なのだ。もちろん、すべての娘がそうだというのではない。だが息子の方が繊細で、娘の方がふてぶてしい場合が確かにある。「ふてぶてしい」がまずければ「逞《たくま》しい」か。

また、娘の方が息子よりも、気持ちが実家にある。これもすべての娘ではない。ただ、見聞きする限りではどうも娘の方が、しょっちゅう実家に来る。母親とお茶を飲みながら、誰かの悪口を言ったり、相談しあったり。

これは多くの場合、息子の得意技ではない。

娘は出産後、しばらくは実家で過ごしたり、母親に世話を手伝ってもらったり。母親にしても、孫は疲れるが、可愛くてどうしようもない。

これに近いことを嫁もやってくれるが、義母には気を遣う。義母の方もだ。実の娘は孫の世話を母親に頼み、自分はテーブルに足を乗せて缶ビールを飲んだりする。嫁にしても、自分の実家ならそれができる。実家がいいのは当然だ。

さらに、娘は母親と一緒に習いごとをしたり、食事に出たりする。買い物も一緒に行き、品物選びの相談にものる。

もしも、息子がこれをやったら、かなり違和感があろう。「マザコン」とか「一卵性母息子」などと言われるし、これらはやはり息子の得意技ではあるまい。

そのうちに、強い娘はよその息子を、つまり夫を、自分の実家に取り込む。夫にしても、義父母は大切にしてくれるし、居ごこちがよくなる。しつこいようだが、すべての娘や息子ではない。ただ、娘が一人いると、よその息子がもれなくついてくるのである。義父母は得した気分だ。

そこで私は、昨年12月に出した小説『今度生まれたら』の主人公夏江（70）を、その設定にした。

夏江には自慢の息子が二人いる。次男は独身だが、長男は結婚しており、孫も見せてくれた。

夏江の姉、信子（71）には一人娘がいる。結婚して大きな孫もいる。

生活レベルや何を取っても、妹の夏江の方が遥かに上である。だが、姉はとにかく娘と仲がよく、婿もとうに取り込まれた。休日に夫婦でやって来ては、「メシ。フロ」だ。風呂上がりには婿は義父と将棋に夢中になる。信子が思いがけない出来事に襲われた時も、一人娘の奮戦、母への思いやりはみごとだった。

夏江は「うちの息子たちなら、何の役にも立たなかったわね」と思い、姉には娘がいていいな……と羨んでしまう。

するとと2月6日の読売新聞「人生案内」で、あまりにピタリの相談が載り、驚いた。50代のパート主婦からで、彼女には遠方で働く息子がいる。夫は20年以上前に亡くなった。亡夫には妹がおり、娘が二人いる。義妹は毎年、お盆とお彼岸には娘たちを連れてお線香をあげに来る。20年以上も必ずだ。何と優しい母娘だろう。

だが相談者はそれを「嫌で嫌でたまりません」と書く。そして、続ける。

「義妹とその娘がおしゃべりしているのを見ると、羨ましいを通り越して妬ましくなります。息子は大切な存在ですが、私は娘が欲しかった。次に娘が生まれたら、一緒に買い物に行ったり、何か相談したり……と夢見ていました」

遠方にいる息子は、「他人と自分を比べたらダメだよ」と言うそうだが、相談者はもう母娘を見るのに耐えられず、

「正直、お盆やお彼岸にはもうそっとしておいてほしい。私がおかしいのでしょうか」

と結んでいる。

義妹が毎年、お盆とお彼岸に来るということは、その娘たちの成長も、毎年目にしている

わけである。娘を持つことを「夢見ていました」という人が、それを目のあたりにするのは、他人がわからないつらさがあるのだろう。だが、ここまで来ると、「おかしいのでしょうか」に、私はうなずく。おかしい。

夏江も「今度生まれたら、娘も欲しい」と口にするが、息子の面白さ、あたたかさ、突っぱね方を、娘にはない種類のものとして、幸せを感じている。

「人生案内」の回答者は、心療内科医の海原純子さんだった。

「娘がいても、あなたと趣味が合わないかもしれません。実際に娘がいて、しかしストレス要因になっている女性は、『娘がいなければ』と思うこともあるのです」

としし、息子や義妹、その娘など、自分が持っている関係を見直すことを勧めている。義妹、姪、息子、みんな違って、みんな有り難いと気づくかもしれない。

小さな神たちの祭り

「お祖母《ばあ》さんが幽霊になって、部屋に座ってたんだって」

「死んだ子が夜中に帰って来た話もある。オモチャが動いたって」

「タクシーが幽霊を乗せた話、多いよ」

「怪奇現象って本当にあるのかも」

東日本大震災からどれくらいたった頃だろう。被災地で、こんな話をよく耳にするようになった。

私は東北大大学院を終えてからも、相撲部総監督として仙台には出かけていた。すると、時にこの「幽霊譚」を聞くのだ。

また、私は文士劇の稽古などでよく盛岡に行き、仕事で三陸地方を回ることも少なくなかった。するとやはり、不思議な現象を語る人たちに出会う。

私はそんな話を聞きながら、「ほら、やっぱりね」と思っていた。

というのは、私は3・11で亡くなった人たちは、どこか全然別の場所で元気に生きていると、そう思うことがあったのだ。そんなことはありえないと思いがちだが、場所はわからないものの、どこかに、3・11前と同じ町がある。同じ家がある。同じ仲間がいる。亡くなった人たちは、そこで以前と同じに元気に生きている。そして、生き残った遺族を眺めてはぼやく。

「そろそろ前向いて歩けよ。こっちはみんな楽しくやってんだからさァ」

もし、本当にこうならと思うと、心が安らぐ。

先の不思議な現象に対し、遺族たちは決まって、

「幽霊でもいいから、死んだ子に会いたい」

「一日だけでも家に来て欲しい。待ってる」

などと涙ぐむという。

私はこういう話を、「幽霊」とか「怪奇現象」とされることに違和感を覚えていた。そうではなく、これは生者と死者をつなぐ話である。互いに想い合い、忘れられない両者の、「生者と死者の交歓」と言ってもいい。

そして、2017年初夏のことだ。仙台の東北放送から、震災を扱ったドラマの脚本を依頼された。同局のテレビ放送開始60年記念スペシャルだという。単発2時間で、すでに放送

は２０１９年秋と決まっていた。

私はこの時、「亡くなった人たちは、どこか別のところで元気に楽しく生きている」という話を書きたいと言った。東北放送ならば、単なるファンタジーを超えたドラマにしてくれるのではないか。とはいえ、60周年記念スペシャルドラマとして、この話はあまりにも荒唐無稽。企画が通るとは思えなかった。

が、すぐに通ってしまった。私は思わず、「東北放送、いい根性してますねえ」と口走ったほどだ。もしかしたら、被災地の放送局として、やはり心安らぐものを感じてくれたのだろうか。遺族も少しは元気になると思ってくれたのだろうか。

被災地では、生者が運転するタクシーに、死者が乗ったという話を多く聞いた。だが、ドラマではその逆にしようと考えた。生者は、死者が運転するタクシーとは思いもせず、手をあげ、乗る。だが、行き先とは別の、見知らぬトンネルを走り抜けた。「道が違うよッ！」と怒った時、タクシーは止まった。そこには３・11前の町があり、死者が大喜びで迎えてくれた。

そんな脚本ができ上がると、人気俳優の千葉雄大さんが「この役は誰にも取られたくない」と明言し、主役を引き受けてくれた。彼は多賀城出身であり、私に「主人公と自分の想いが重なった」と言っている。

その他、仙台出身のサンドウィッチマンのお二人、盛岡出身の土村芳《かほ》さん、さらには吉岡秀隆さん、マキタスポーツさん、不破万作さん、笛木優子さん、白川和子さんらが、損得抜きで出演を快諾してくれた。何しろ、当初は宮城県と福島県2県のみの放送とされていた。損得を考えたら出演できないだろう。本当に有り難いことだった。

ところが放送されると視聴者やネットの後押しもあり、全国各地で放送が続々と決まった。思いがけぬことに、国内外で大きな賞まで頂いた。

するとほどなく、潮出版社の編集者北川達也さんから、電話があった。

「あの脚本を小説化しませんか。放送を見逃した人にも読んでもらえますし、文字にすれば3・11を知らない世代にも読み継がれます」

心が動いた。そして小説にし、2018年3月5日に潮出版社から出た。

タイトルはテレビのままに『小さな神たちの祭り』にした。テレビの放送後、「タイトルの意味がわからなかったのだが、最後まで見てわかった。泣けた」という声が多かったからだ。小説も最後まで読んで、意味を受け取って欲しいと願ったのである。

被災地では、死者と生者のつながりが、今も語られているようだ。

「秋田魁《さきがけ》新報」(2月4日付)には、そんな話が数多く載っていた。

同紙によると、遺体を生前の姿に復元した納棺師の夢に、親子3人が出て来た。そして復元のお礼だと言って、3歳くらいの娘は「汽車ポッポ」を、1歳の息子は「となりのトトロ」を歌った。後に家族から、二人はその歌が好きだったと聞いた。「3人は一緒にいますよ」と伝えると、家族は嬉し涙を流したという。

また、タクシーの運転手が女性客を乗せた。彼女は津波の被災地に行って欲しいと言う。運転手が走行中に振り返ると誰もいなくなっていた。運転手は「帰りたいだろうから」と、誰もいなくなった車を目的地まで走らせたという。

さらに、仮設住宅に暮らす被災者数人のもとを、津波で亡くなった人が訪問。「死んだことに気付いていないんだな」と温かく受け入れたという。

いずれも生者と死者の想いを示す話だ。「幽霊」でも「怪奇現象」でもなく、両者の交歓なのだと、改めて思う。

書いてみてはどうか

朝日新聞の日曜朝刊に「Ｒｅライフ」という面がある。「再び」を意味する「Ｒｅ」は、「リフレッシュ」とか「リバウンド」など、私たちは日常的に使っている「Ｒｅライフ」には「人生ここから」という意味を持たせているようだ。「シニア」と呼ばれる世代が、どう人生を再生するかという問題だろう。「人生１００年」となると「Ｒｅ」の毎日が、悩ましいほど長い。65歳で完全定年し、社会的に「終わった人」になる場合は、残り35年だ。まったく、どう生きろって言うのよと毒づきたくもなる。

だが、「人生１００年」と言われても、私は平均寿命までが勝負だと考える。いくら「人生１００年」でも、人は年々歳々朽ちていく。65歳で「終わった人」になったとして、１００歳まで同じように生きるのは無理だ。体もついていかないが、何かに対してのテンションも年々歳々落ちる。これは自然だろう。

第一線を退いた65歳から後、つまり男性81歳、女性87歳の平均寿命までが「Re」の芯になると、私は考えている。男性16年間、女性22年間だ。何か新しいことを始めるにせよ、学ぶにせよ、「昔取った杵柄《きねづか》」をさらに磨くにせよだ。その期間にそれらが身についていれば、100歳まで年齢相応に楽しめるのではないか。

シニアたちは次のような言葉を、友人知人やメディアなどから一度は聞いていると思う。

「人間に年齢はない」

「何かを始めようと思った時が、一番若い」

「挑戦しない人を老人と言うのです」

スミマセン。私も聞かれると、こう答えていました……。

あの頃は自分も「シニア」ではなかったため、「人間に年齢はない」と本気で思っていた。自分自身は現役生活の最中にありながら、シニアを励ましていたのである。

自分がシニアになった今、こういう口当たりのいい励ましに対しては、一度斜めから見た方がいいと思うようになった。

やはり、何かを始める場合、多くは年齢がある。今になると実感する。こう言うと、おそらく怒る人はあろう。

「そんな後ろ向きでどうするのよッ。始める前から年齢で引っ込むのは、人生を無駄にしてるッ」

「人間、やってできないことはないんだよ」

その通りではあるが、新しく始めた何かに、自分が何を求めているかは考える必要がある。プロになりたいのか、趣味で楽しみたいのか、いつか個展を開きたいのか等々だ。極端な例だが、シニアになってからボルダリングを始め、指導者になることはありえまい。

私は『今度生まれたら』という小説の中で、70歳の主人公が「やはり、年齢はある」と悟る心情を書いた。そして、そこからどう「Reライフ」を組み立てていくかと悩む。

その一案として、「書く」ということを始めてみてはどうかと思う。小説の主人公は別の道を見つけたが、「書く」ことに年齢はない。

私は幾つかの公募で、選考委員の一人を務めており、年齢や経験がプラスに出ている作品は多い。選考委員たちが、「最優秀賞も優秀賞も80代か」と驚くこともある。

小説の主人公は何もしないでグダグダしているだけだ。すると息子に「何か始めろよ。挑戦してみろよ」と言われる。だが、彼女は「何かを始めるには、やっぱり年齢があるのよ」と嘆く。すると息子が言う。

「人間には『結晶性能力』と『流動性能力』があるんだよ」

「結晶性能力」は、今まで生きてきた中での経験や学習などによって、すでに身についている能力。理解力や洞察力など、人生経験によって培われる能力のことだと、息子は説明する。一方の「流動性能力」とは30歳くらいから下降する能力。瞬発力とか直感力とかスピードなどだ。

私は「書く」ということは「結晶性能力」の最たるものだと思う。「書いたことがない」とか「文章は苦手」とか色々と尻込みすることはあろうが、一度書き切ったら、絶対に面白くなる。他にも書きたい話があるんだ……となる。

そして、公募に出すことを考えてはどうか。そうなると、気合が違ってくる。たとえ賞に入らなくても、練り直して再び応募もするだろう。

今年、「Ｒｅライフ文学賞」が創設された。私はその特別選考委員をお引き受けしている。

詳細はホームページでわかるが、テーマは、

「家族のかたち～第二の人生の物語～」

小説、エッセイなどにまとめる。

☆長編部門　４００字詰原稿用紙で50枚以上

短編部門　４００字詰原稿用紙で２～８枚

☆応募期間　６月６日（日）～11月15日（月）

おそらく、「文学賞」とか「小説」という言葉にひるむと思うが、その必要はまったくな

い。

家族の誰かを主人公にして、自分の思いを書くことができる。また、物語を作ることに不安があるなら、エッセイや紀行文にして、自分や家族を書くこともできる。

もちろん、登場人物や設定を創作し、それによって物語を展開させていくのも面白い。一個人としては口に出せない言葉や感情も、小説の登場人物には思いっきり吐露させられる。

「人生後半戦を懸命に生きる人たちの奮戦記」を書いてみてはどうだろう。書くということは、自分を冷静にさせる。自分を笑ったりさえさせる。

昭和、平成、令和と進み、家族のあり方は変わってきた。だが、変わらない思いもある。「結晶性能力」にモノ言わせて書くことをお勧めする。

大賞は賞金50万円、そして文芸社から書籍化される。

(注) Reライフ文学賞は、2024年も続く。すでに3冊の単行本を世に出した。

草履袋

昨今のランドセル事情はすごいことになっている。かつては男児は黒、女児は赤しかなかった色も、今は黄色からピンクからブルーから百花繚乱《りょうらん》。さらには天使の羽のようなものがついていたり、ステッチがおしゃれだったり、目を見張る。

今年、小学校に入った娘を持つ甥に、聞いた。

「草履袋もランドセルとペアとか？」

今時の親はきっと、ランドセルと草履袋の色や形をコーディネートするのだろう。

甥は訝《いぶか》し気《げ》に言った。

「ゾーリブクロ？　何、それ」

びっくりした。草履袋を知らないのか？　私が説明すると笑い出した。

「何だ、上履き入れのことかァ」

「え？　そう呼ぶの？」

「呼び方は色々あるだろうけど、ゾーリブクロは初めて聞いた」

「草履袋」という名は消えたのか⁉

　ちょうどその頃、読売新聞の「もったいない語辞典」に原稿を書くことになっていた。それは消えてしまうには「もったいない」と思う言葉を書くコラムだ。毎回、各分野の方たちが思いを綴っており、面白い。読むたびに「ああ、こんな言葉、あったなァ。消えたなァ」と思わされる。

　たとえば「黒いダイヤ」「鉄管ビール」「交換日記」「水菓子」「夜なべ」等々だ。教師が生徒に廊下を示し「立ってろ！」もかつてはあった。

　私はすぐに「草履袋」について書こうと思った。あんなにいい言葉、なぜ消えたのだ。甥は言った。

「今は誰も草履なんか履かないからな」

「無礼者！　私たちだって草履なんか履いてなかったわよッ」

　そこで、原稿を書く前に手当たりしだい同年代に聞いてみた。北海道出身から九州出身までだ。するとみな声をあげる。

「ワー！　懐かしい。あったあった草履袋」

そして10人中9人が、

「あの袋って、母親が縫って持たせてくれたのよね」

としんみり。友人たちの答えでは、北海道から九州まで、どこも「草履袋」と呼び、背中に黒か赤のランドセル、手には母親が縫った草履袋。その姿で毎朝通学したのだ。

すると一人が言った。

「私ら団塊世代は人数が多くて、二部授業だったじゃない」

「ウワァ！　二部授業、あったあった」

「で、同じ下駄箱を午前組と午後組が使うから、上履きは必ず草履袋に入れて持ち帰るわけよ」

別の一人は言った。彼女と私は、新潟市の小学校で同級生だった。

「二部授業でも、草履袋は冬だけ持ったよね」

「え？」

「夏は下駄履いて登下校し、校内でも校庭でも裸足だったじゃない」

そうだった。各教室には、校庭に面した戸口があった。そこに足洗い用の水場があり、洗ってから裸足でペタペタと教室に入ったのだ。

下駄履きの夏は、どの子も引き裂いた和手拭いをランドセルに結んでいた。下駄の鼻緒が切れたら、そのひもを使って自分ですげかえるのである。

聞いた限りにおいては北海道も群馬も広島も、夏は裸足だったと言う。ただ、東京は違った。

昭和32年夏の終わりに、私は東京の小学校に転校した。初登校日だからと、母が新しい下駄を買ってくれた。それを履き、ランドセルにひもをぶら下げ、意気揚々と登校した。転校生として前に出て紹介された時、驚いた。裸足は私だけで、全員がソックスに上履きを履いていたのだ。

母にそう言うと、あわてて商店街に走った。そして上履きとソックスと夏用の靴を買ってきた。

「草履袋」と聞いただけで、色々な話につながっていくのが面白い。

「今の子、浴衣に靴って珍しくないのよ。鼻緒に指を入れることができないんだって」

とぼやく人がいるかと思うと、一人は言った。

「消えてもったいない言葉、多いよねえ。私は『妾《めかけ》』って言葉、好きだった」

「妾⁉　消えた言葉だ」

「今じゃ愛人とかさ、つっまんない言葉になって。情が感じられない」

彼女は中国ドラマが好きで、紫禁城で乾隆帝が女に囲まれている作品を若い人たちと見た。

そして思わず言った。

「妻妾同居《さいしょう》か……。日本でも堂々とやっていた話、聞くよね」

だが、若い人たちは誰も「妻妾同居」がわからない。そもそも「妾」がわからない。私が、

「若い人には『愛人』でもピンと来ないんじゃないの？」

と笑うと、彼女は、

「じゃ、何と言うのよ」

と聞く。

「『不倫相手』よ」

「ヒャー！　ミもフタもない。そうか、『不倫相手』と言ってる子たちに、私がいくら苦しい女性史を語っても無駄なわけだ」

彼女が明治時代以降の、女性が受けた理不尽な歴史を語ると、若い人たちは言うそうだ。

「ウソーッ！」

「それってマジー？」

その世代は草履袋のことを「シューズケース」と呼ぶことが多いらしい。

それにしてもだ。今は生徒全員に下駄箱、いや「シューズラック」がある。ずっとそこに置いておけばいいわけで、なぜ「シューズケース」がいるのだ。小学生の孫を持つ友人は言

った。

「平日は上履きを自分の下駄箱に入れといて、週末にシューズケースで持ち帰るのよ」

「何で？」

「週に一回ママが洗う」

「ほう……」

そして、私が調べた限り、どの辞書にも「草履袋」は載っておらず、「草履取り」はあった。「草履」となると、私たちは省略され、秀吉までさかのぼるのである。

地方病院の凪

4月のある日、岩手医科大学の小川彰理事長とリモート対談した。

私は2008年12月に出先の岩手県盛岡市で、急性の動脈と心臓疾患に襲われ、突然倒れた。雪の降る寒い夜、救急車に乗せられたことまでは覚えている。

当時は盛岡市の中心部にあった岩手医科大学附属病院に運ばれ、循環器医療センターで13時間近くにわたる緊急手術を受けたらしい。2週間の意識不明、2か月のICUという、死んで当然の重篤な状況だったらしい。

だが、心臓外科のカリスマ岡林均教授の執刀と、同病院の適切なケアで、九死に一生を得たのである。今でも2度にわたる手術や、4か月の入院生活を思い出すことはよくある。ずっと病気と無縁で来た私にとって、それは人生の転機とも言えるものだった。

そんな小川理事長との対談とあって、すぐにお受けした。理事長はこの5月に本を出されるのだという。それは、

『世界一の地域医療を目指して　岩手医科大学物語』（潮出版社）という一冊。私は地方の病院で助けられたことで、「地域医療」にも関心があった。

東京では、私の入院を知った方々から、家族も秘書のコダマもさんざん言われたそうだ。

「すぐ東京に移せ。こっちの大きな病院に入った方がいい」

元気になってから考えると、岩手に限らず、各地方の病院より東京や大都市の病院の方が、すべてに確かだ、そんな思いではないか。おそらく、病気と無縁だった頃の私も、そう考えたと思う。

だが、私は岩手を離れる気はまったくなかった。もちろん、卓越した手術と、信頼できる医療を受けられたことは大きい。もうひとつ、地方都市の病院だからこそ、日常と離れた「凪《なぎ》」に包まれている安らぎがあった。

病室の窓からは朝日に輝く岩手山が見え、夕方にはねぐらに帰る鳥が見える。風も光も東京にはないものだった。もしも窓から都心の風景やビルの灯が見えたなら、あそこまで凪いではいられなかった。地方病院の持つ安らぎは、北海道から沖縄まであると思う。

とは言え、安らぎだけでは治癒しないわけで、地域医療には「東京に移せ」と言わせない優秀な医師、スタッフが必要だ。先端の診断治療機器もいる。また、近隣地域や過疎の島、町をどう支援するのか。

岩手医科大附属病院はその後、紫波郡矢巾町に移転した。ヘリポートや自前の発電所まで備えた同病院が、地域医療にどう臨むのか。それは小川理事長の新刊をお読み頂いた方が確かだが、地方病院における「心の凪」は、患者にとって小さくはない。

私は意識が戻り、少しずつ元気になると、毎日ベッドで本を読んでいた。せっかくだからと、岩手出身の石川啄木と宮沢賢治ばかり。回診の医師が思わず、

「ベタですねえ。岩手で啄木と賢治とは！」

と笑ったほどだ。

中でも賢治の『注文の多い料理店』の序文にある数行には力を得た。前に読んだ時は、気にも留めなかった一文だ。

「きれいにすきとほった風を食べ、桃色の美しい朝の日光を飲むことができます」

病室の窓は細く開く。そこから「きれいにすきとほった風」が入ってくる。「桃色の美しい朝の日光」が降り注ぐ。私がそれを食べ、飲んだことは治癒の一助になったと確信している。

全国の地方都市には、東京や巨大な大都市にはない風や光がある。それが飲み物、食べ物となって入ってくる。地方都市病院の、何と大きな個性だろう。

対談の席で、司会進行者が「北東北は新型コロナウイルスの感染者が特に少ない。なぜだ

と思うか」と聞いた。私がケロッと、

「そりゃあ、北東北の県民はきれいにすきとおった風を食べて、桃色の美しい朝の日光を飲んでるからですよ」

と言うと、脳外科医の小川理事長は絶句。確かに、科学者を説得できる話ではなかった。

入院中、私はミキサー食さえ、口から食べるのが重労働だった。本当に風と光くらいしか食べられず、ついに医師に「栄養が取れない。点滴に戻してほしい」とお願いした。

すると、医師は言った。

「一本の点滴より一口のスプーンですよ」

目がさめた。口から食べる大切さにおいて、これほどの言葉はない。

そしてその頃、賢治の「よだかの星」を読んだ。文中の「僕」とは「夜鷹」のことで、飛ぶ姿が鷹に似た小さな鳥だ。

「ああ、かぶとむしや、たくさんの羽虫が、毎晩僕に殺される。そしてそのただ一つの僕がこんどは鷹に殺される」

賢治は「食物連鎖」に関する物語を幾つか書いているが、生きるために、生きているものを食べる。食べていた側も、さらに強いものに食べられる連鎖。そよぐ牧草は、牛や馬に食べられ、牛や馬は人間に食べられる。

私が東京都教育委員だった頃、小学校の「出前授業」を参観したことがあった。三陸から漁師がマグロを運んで来て、生徒たちの前で解体した。それを給食で食べた時、女性教師が「食物連鎖」についてわかりやすく教えていた。

「もっと生きたい動植物の命を頂いて、私たちは生きるんだから、きれいに最後まで食べるのよ」

私が汗だくになりながら、病院食をきれいに食べたことも甦《よみがえ》る。

対談の最後に私が、

「もう入院はしたくないですが、新病院を見にだけ行きます」

と言うと、理事長は爆笑された。

ふたつの魂

ノラ出身の愛猫カミラは、平成26年5月、新緑のテラスで死んだ。

10年以上、一緒にいてよくわかったことがある。動物は飼い主の気持ちを理解している。飼い主にこうしてあげたいという気持ちもある。

こんなこと、動物を飼っている人は「今さら何を」と言うだろうが、私はカミラと出会うまでわからなかった。猫も犬も恐くて、さわるどころか、見ただけで体が硬くなるほどだった。

それが一変した。人間に伝える言葉を持たない動物は、何と切ないのだろう。そうでありながら、飼い主の思いを察し、飼い主に添う。

少なくとも家で飼うペットは守ってやらねばならない。本当に私は初めて実感したのである。

以来、すっかり動物が好きになり、特に猫は好きでたまらない。猫専門の月刊『ねこ新聞』（有猫新聞社）も隅から隅まで読んでいる。

その2月号に、前から存じ上げている田川一郎さんの文が載っていた。田川さんは現在、「農業ときどきTVプロデューサー」。だが、私はテレビの仕事ではなく、猫がらみで出会った。

『ねこ新聞』によると、ある日、田川さんの家に、生後3か月くらいのやせて小さな捨て猫が、現れたという。餌をやると居つき、「ココ」と名づけた。「ここに来てよかったね」の意だ。

「ココには顕著な習性が2つあります。

来訪者の車に素早く乗り込みます。みんなが言います。『この子は車で連れて来られ、捨てられたんだね、車に乗ると親のところへ帰れると思うんだろう』。胸を打ちます。

もう1つは、エサは十分与えているのに、近くの畑でバッタやイモリを捕って食べます。小鳥を捕ったこともあります。捨てられてからこうして命をつないでいたんだろうと思うと、これも胸を打ちます」

わずか生後3か月くらいの子猫が、やせてガリガリの体で生きようとしてきたのだ。カミラもやせた体に虫やらゴミやら枯れ草をつけて現れ、テラスの雨水を飲んでいた。近くの飲食店のゴミをあさって、生きてきたのだろうと思う。

言葉を持たない動物の切なさについて、私には忘れられない詩がある。「秋田魁新報」の「さきがけ詩壇」に載った「馬」という詩だ（２０１５年3月13日付）。この詩壇には詩心のある人が応募し、選者が評をつけている。「馬」は秋田市の西村靖孝さんの作品だった。ずい分と前のものだが、どうしても捨てられず、取ってある。

馬

昔、馬は田畑を耕し
一日中を苦労し
鞭打たれ、汗し、ひたむきに
ただただ人間のために働いた
朝早くから日暮れまで
くたくたに働いた
そして日暮れに馬冷《うまひや》し場で
飼い主からの労《ねぎら》いのためのささやかな水浴びをされた
春は、ばこかけ　代かき

夏は、草刈り
秋は、収穫
冬は、薪と堆肥を運び
ただ一年を黙々と働いた

そして、かつて父が使った馬は
家に来てから十四年目のある朝
婆《ば》様《さま》から桶一杯の味噌汁を飲ませてもらい
「苦労かげだな　せばな」
と声をかけられ
馬喰《ばくろう》にひきとられて行った
馬喰はその後《のち》に言った
「骨ど皮ばりで何も食うどご無《ね》がった」
父は今もそのことを思い出し

本当に苦労かけたと詫びている
裸馬に乗って駆けた朝は
本当に清々しかったと
時折、笑みを浮かべる
（「ばこかけ」は田んぼを耕して起こす作業）

日本が貧しく、また農耕具など普及していない時代だと思う。

馬も言葉を持てば、何か示すこともできただろう。飼い主も貧しいがゆえにかける苦労をねぎらい、愛情を語ることもできただろう。

だが、言葉は持たずとも、馬はおそらく飼い主の気持ちも、自分の宿命《さだめ》もわかっていた。

「ささやかな水浴び」や別れの「桶一杯の味噌汁」でも、そう思ったに違いない。

昨今の動物も、この時代と同じようにわかっている。しかし、現在、平気で動物を捨てる飼い主は、この時代とはまったく違う。それは弱い者、庇護すべき者への虐待である。

よく高齢者が、

「もう先がないので、犬や猫を飼えない。責任がもてませんから」

と言うが、まったくその通りだ。

先日、たまたまテレビで見たニュースがある。

ロシア西部のゴミ処理場で、ベルトコンベアの上をゴミが流れていた。その先には大きな裁断機があり、ゴミをどんどん切りつぶしていく。そのすんでのところで、係員がゴミ袋のひとつに違和感を持った。開けると生きた猫が入っていた。

それは明らかに飼い猫だったという。裁断機を目の前にして救われた猫は、ウリヤノフスク州の自然保護省の副大臣になった。だが、こんな例はきっと稀で、気づかれずに死ぬ犬猫の方が多いと思う。

田川さんは、最後に次の文を書いている。

「猫を捨てないで下さい。生き物には魂があります。あなたの魂と猫の魂の2つが傷つきます」

これを読むと、「さきがけ詩壇」の健気な馬と、詫びる父の、最後の3行がしみる。

世の中はとにかく

燃え殻さんが『週刊新潮』（4月22日号）に書かれていたエッセイには笑った。それは、

「世の中はとにかくミュージシャンに甘い」

というタイトル。彼とまったく同じ体験を、私もしているのだ。

彼はある時、某ミュージシャンと会食した。そして、次のように書く。

「二行だけ自慢をさせてもらうと、某ミュージシャン側から会いたいと呼ばれ、その店に行った」

それなのにである。

「時間になっても、先方は現れない。どころか店員も来ない」

相手は誰もが知っているミュージシャンで、完全個室。編集者と二人、延々と待つ。来ない。店員も放ったらかしで、入って来ない。

個室は狭く、内装はどこもかしこもまっ白。

「だんだん意識が遠のいていきそうになる」

そうだろうそうだろう。笑えないが笑える。

ついに燃え殻さんは「ぎゃー！」と声を出した。編集者も「あー！」。

その時、相手が入ってきた。そして一言。

「大丈夫ですか？」

叫び声をドアの外で聞いたのだろう。それにしてもこれが第一声。

「会いたかったですよ～」

これが第二声。燃え殻さんが、

「詫びたら死ぬ体質なのか、と思った」

と書くのも笑えるが、よーくわかる。

ミュージシャンが来たら、急に店員が入ってきて水を出したり、近況を話し合ったり、あげくグータッチときた。だが、

「編集者を見ると、完全に媚びた表情で、軽くヘラヘラ笑っていた。軽蔑しようと思ったら、僕も同じぐらい微笑んでいることに気づき、見なかったことにした」

そして、このミュージシャンは最後まで、一言も詫びることはなかったという。想像するに、二人は怒ることもせず、このミュージシャンと最後まで話したのだろう。

私もある女性ミュージシャンから、これと同じめに遭わされている。ずっと昔の話だが、約束時間を30分過ぎても来ない。

私の場合も先方から「会いたい」と言われ、店を指定された。個室ではなく、開店前のフロアだった。彼女の昔からの馴染《なじ》み店らしい。

なのに、待てど暮らせど現れない。私は10分以上は待てない短気者だが、相手は年長者。怒りを抑え、一人で待ち続けた。

私は会社員時代、「こちらが依頼した場合は、15分前には行って待て」と教育されてきただけに、不信感がつのる。その上、遅れるという電話一本来ない。店員に確かめると、「今、来ると思います」ばかり。

その後、何回か店員に確認したが、店に電話はない。私から彼女の連絡先に電話もしたが、誰も出ない。今のように携帯電話は普及していない。

狭い白い個室ではないが、客は一人もおらず、シーンとしてだだっ広い空間だ。私は「ぎゃー！」という気持ちを封じ、待った。だが来ない。

そして、2時間待った時、私はとうとう立ち上がった。年長だろうが、2時間も待ったのだから何も言わせない。

私は帰ろうとドアを開けた。すると、ちょうど入ろうとしていた彼女とマネージャーがいた。

彼女は私の肩を叩き、

「まァまァ。サ、サ」

と、フロアに促した。これが第一声である。「まァまァ、怒んない怒んない」というようなニュアンスだった。

そして、私の背を押してフロアに戻し、席に座った。すぐに店員が来て、彼女と「どう、元気?」のようなことを話す。「このお客さん、お待ちでしたよ」の一言もない。

燃え殻さんが書くように、彼女も「詫びたら死ぬ体質」らしく、最後まで詫びは一言もなかった。

後になって思えば、ドア口で、

「2時間待たせて平気なんですか」

と言い、帰ればよかったのだ。だが、2時間も待った自分も自分だ。そんな思いに加え、「まァまァ。サ、サ」という思いもかけぬ第一声に、フラフラと店内に戻ってしまった。

その後、私は丁寧に、誠実に彼女と話した。燃え殻さんと同じに、たぶん微笑んでいただろう。

これを「大人の対応」と思うなら、それは違う。二度と会わないから、愛想よく対応しようというだけだ。誠実な受け答えに微笑みをまぶした「断絶の対応」である。

燃え殻さんの、もうひとつの話も面白い。

彼がある人に、メールを送ったが返事がない。編集者にこぼすと、言われたそうだ。

「あの人はアーティストだから」

燃え殻さんは書く。

「アーティストだと返信不要なのか」

これと似た経験を、またもや私もしている。

取材協力者の女性に電話を入れた。彼女は不在で、娘さんらしき人が出たので、私は丁重に挨拶をした。すると、

「ハァ」

である。挨拶らしい。

「お母様、いらっしゃいますか」

「いえ」

「そうですか。何時くらいにお帰りですか」

「さあ」

あとは無言。私は再び挨拶して電話を切った。間もなく、母親から電話がかかってきた。

「娘なんですけど、医者なものですから、挨拶できなくて」

医者だと挨拶不要なのか！　そんな医者の方が珍しいわよッ。

ミュージシャンやアーティストや、医者や弁護士や政治家や、簡単にはなれない職業の人々に、世間は甘い。というより、ついへりくだる。だから相手は増長する。そうさせる世間も悪いが、そうなる相手も頭が悪い。

見えなかったけれど

5月26日夜は「スーパームーンの皆既月食」が見られるというので、私も友人たちも前日から張り切っていた。忘れないようにと、月食の開始から終わりまでの時間を書いて壁に貼ったりだ。

私たちは天体に関心があるわけではなく、知識があるわけでもない。ただ、満月が地球の影に入って、「赤黒く光る」というのだから、何だかお化け屋敷のようでゾクゾクするのである。

月を見るのは、自宅マンションの玄関に面した細い道。そこは遮るものがなさそうだ。

私は20時9分の月食開始より少し前に、その細い道に出た。

びっくりした。同じマンションの人たちや、ご近所の人たちが大勢、出ている。初めて会った人たちでも、

「ちょっと雲が厚いですよねえ」

「でも、諦めずに見ていれば、雲が切れる時があるってテレビで言ってましたよ」

「それ、僕も聞いた」

などと話し、みんなで南東の夜空を見上げる。

月食開始の20時9分になると、さらに人が出て来て、

「どうですか、見えそうですか」

と話しかけてくる。

「女房はオペラグラス持参ですよ。ねえ、望遠鏡じゃあるまいし」

「でも、少しは大きく見えますよ」

そのうち、かなりの高齢者が一人、家族の手を借りて出て来た。すると、

「この塀に寄っかかると楽ですよ」

「ご親切にすみません」

などと言葉をかわす。

こうやって、一斉に南東を見上げ続けた。だが、20時28分の月食終了までの間、月はまったく出て来なかった。

さすがに、部分月食が終わる21時52分まで、雲の厚い夜空を見上げる根性はない。

「残念。お休みなさい」

「ねえ、がっかり」

などと言っては、みな帰って行く。私も同じマンションの人たちと、エレベーター内でしゃべりながら帰った。

期待した「赤黒く光る月」はカケラも見えなかったが、何だか悪くない夜だった。

ご近所なのに見たこともない人たちが大勢出て来て、言葉をかわす。高齢者を思いやる。都心のマンション暮らしでは、まずあり得ないことだ。

私が中学生くらいまでは、「ご近所コミュニティ」が当たり前にあった。地方によっては、10年前まではあった。私はその証拠を見ている。

2011年の東日本大震災から約1か月半後の5月、私は国の「復興構想会議」の委員たちと、福島県の相双地区を回った。ここは南相馬市など2市、双葉町など7町、飯舘村など3村から成る。ほとんどが福島第一原発事故により、住人は避難指示に従っていた。

五月晴れの明るい陽が照る日だったが、どの町も人っこ一人いない。静まり返っている。

私が衝撃を受けたのは住宅街を回った時だった。津波の被害と違い、家々はほとんど壊れていない。たいていの家は門も塀もそのままである。

見ると、どこの家々も、庭にチューリップやらパンジーやらが満開。育てた人も、見る人もいない庭が、春の色であふれている。

やがて、玄関の外に縁台が置かれている家が何軒もあることに気づいた。きっとこの縁台に腰かけ、持ち寄った花や苗を交換したり、園芸談義に夢中になったのではないだろうか。夏になれば、ご近所のお父さんたちが短パン姿で集まり、縁台将棋に夢中になったのだろうと思う。そばに缶ビールと蚊取り線香を置き、うるさい野次馬たちも見ていただろう。

福島県に限らず、被災地の人たちはそんな「ご近所コミュニティ」と別れ、それぞれ別の仮設住宅に割り振られることも少なくなかった。それがつらいと嘆き、泣く人々に対し、特に都会の住人は言った。

「また新しいコミュニティを作ればいいんだよ」

それはそう簡単なことではない。縁台づきあいが切れる悲しさは、「隣は何をする人ぞ」の都会の住人にはわかり難い。実際、その無関心こそが、都会暮らしの良さだと言う人も多い。

私自身にもその傾向はあったが、見る人のいない花咲く庭と縁台を見た時、嘆き泣く人々の切なさが、やっと少しは理解できたと思う。

今、お盆の「迎え火」や「送り火」も消えた。

私の亡父は岩手県盛岡市出身で、家は現在のＪＲ盛岡駅からも徒歩圏内の路地にあった。私が子供の頃は、そんなに駅に近い場所でも、各家々は迎え火を焚《た》いていた。

私の祖母も、戦死した長男を迎えるために、玄関の前で火を焚いた。

各家の人々が火の番をしながら、私に話しかけてきたり、「食べなさい」とトマトをくれたりした。きっと遺族たちは互いに、故人がこの火を目印に帰って来るのだと心弾ませて、語り合っていただろう。「ご近所コミュニティ」だったと思う。

私は暗闇の中、路地の果てまでずっと迎え火が揺れる光景を、今もよく覚えている。あの火が続くところはすべて、「ご近所コミュニティ」だったと思う。

この風習が消えた最大の理由は、家の前で火を焚いては危険だということだろう。晩秋から冬に、庭や玄関前で当たり前にやっていた焚火が消えたのもそれだと思う。当然の危機管理ではある。

そんな昨今、「赤黒く光る月」のおかげで、わずか30分足らずだが、ご近所を感じる夜だった。

不倫の別れは屁

ある夜、女友達から沈んだ声で電話があった。

「母が亡くなって4か月たつけど、何かどんどん力が出なくなって、どんどん落ち込むの」

それはそうだろう。彼女はバツイチで、子供はいない。一人娘ということもあり、離婚して以来、35年間も母親と楽しく同居していた。買い物も海外旅行も食べ歩きも、いつも一緒だった。

「突然一人にされちゃって、……くさい言葉だけど恋しいのよね……」

実は、彼女は不倫のエキスパートで、私たち女友達は、相手への恋しい思いを何度聞かされたかわからない。そして、別れるたびに生きるや死ぬやの騒ぎだった。

私たちは本人の前で「しょっちゅう命がけの不倫して、命がけで別れて、よく体力が続くよね」と笑っていたほどだ。

彼女は電話口で私に、

「A子はね、『アンタ、さんざん別れて来たんだから、少しは別れの学習積んだでしょ』って思ってんのよ。口には出さないけど、言葉の裏に匂うんだよね」

と不快気に言った。A子も古い女友達だ。私はそれを聞いて笑った。

「あなた、別れるたびに大騒動だったから。でも肉親の死は、それとはまるで違うって、A子もわかってるわよ」

すると、思わぬことに彼女はせせら笑った。

「不倫男との別れなんか、あんなもの、屁《へ》みたいなもんよ」

「屁!?」

「そうよ。屁よ、屁」

彼女はすぐにしんみりした。

「肉親の死に比べりゃ、不倫の別れなんて屁よって、『週刊朝日』に書いていいから。ネタにして」

ありがたい申し出だが、「不倫の別れは屁」では、私の品性が疑われる。

それからしばらくしてのことだ。私は月刊『武道』を毎月愛読しているのだが、5月号の連載ページに、とても納得させられた。それは「日本人の心根を考える」というシリーズで、東京大学名誉教授の竹内整一先生が書かれている。

5月号は「『こいしさ』について」だった。

リード文には、「恋しい」という言葉は恋愛感情としてだけではなく、「亡き母が恋しい」とか「恋しいふるさと」等々、一般的な人物・事物などにも普通に用いられるとあった。そして「その場合には、亡くなった人や過ぎ去ったむかしを偲ぶ思いや、遠く隔たったものに心ひかれる気持などを表している」とある。

確かに、人間には「遠く隔たったもの」に思いをつのらせるところがある。

竹内先生は、万葉集において「恋」という文字はしばしば「孤悲《こひ》」と表記されると書いている。「孤《ひと》りで悲しい」、何と美しい文字だろう。

続く次の文章もとても納得できる。

「共にあり一つであると自足・満足しているものには『恋ふ』という状況は生じてこない。現にそうありえていないという距離感や不在感こそが『恋しさ』の内実なのである」

だから結婚すると「恋ふ」が失せるわけか。

私はすぐに、不倫のエキスパートに電話をかけた。

「あなたの相手は妻に自足・満足していて、『たまの外食』みたいに不倫してたわけよ。それは『恋ふ』という状況ではないんだわ」

「そうよ。だから屁だって言ったでしょ」

ハイ、そうでした。

竹内先生はさらに書いている。

「『恋』とは、自分が主体的、能動的に相手を『恋する』ことではなく、相手によって、『恋という状態に落としめられる』という、非主体的・受動的な事態だからである」

これは亡き母を恋うるとか、どうにもならずに故郷が恋しいなどの思いに重なる。さらに、

「みずからは、思いどおりに『恋する』ことをやめることも忘れることもできない。自分みずからの営《いとな》みでありながら、自分では統御できない、みずからを越えた働きなのである」

とあった。

それを聞いて彼女は、

「そうか。母恋しさは自分の思いなのに、自分ではどうにもできないんだもんね。そう思うと少し諦めがつく」

と、力なくもハッキリとそう言った。

「竹内先生が引用されてるんだけど、『恋』っていう漢字の意味がすごいのよ。今のあなたならわかると思う」

「恋」の旧字の「戀」は、「攣《れん》」と「字義の通ずる字」だとして、『字通』（白川静）を引用している。

「攣は攣牽《れんけん》の意。心攣《こころひ》かれるというほどの意」

竹内先生は、「『攣』とは痙攣《けいれん》の『攣』なのである」と書く。

それを聞くと、彼女は涙声で言った。

「母を恋しがる思いって、ホントに痙攣なのよね。自分ではどうにもできない。心が勝手に引きつって動く」

「そう考えると、不倫の別れなんて屁よね」

「アンタもやっとわかったじゃない。偉い」

ほめられた。

私がもうひとつ心に残ったのは、武士道の書『葉隠』（山本常朝）の引用である。

「誠に纔《わずか》の一生也。只々無二無三が能《よき》也。二つに成がいや也」

これは「忍恋《しのぶこい》」について書いた文だが、人間の生き方に通ずる。

「無二無三」とは、「遮二《しゃに》無二《むに》」の意で、一も二もなく〝一に生きろ〟ということだという。

あっという間の短い人生、亡母が恋しい今はそれを「一」として生きればいいのだと思う。

彼女のことゆえ、きっとまた「屁」が始まるだろう。

そして私は、あの品性が疑われる言葉をケロリとタイトルにしてしまった。

AIに怒った……

ある午後、宅配物の集荷に来て欲しくて、コールセンターに出先から電話をかけた。

すると、以下すべて、一言一句定かではないのだが、

「ナビダイヤルでおつなぎ致します」

と言われた。

すぐに女声AIが出て、

「AIが受け付け致します。ここからは『はい』か『いいえ』でお答え下さい。集荷のご依頼でよろしいでしょうか」

と言う。

「はい」と答えたが、面くらった。今まで人間の女性オペレーターだったのだ。

AIは機械なのだから当たり前だが、また機械的に言われた。

「お電話番号は、××××で、よろしかったでしょうか」

私がかけている電話の番号である。どうしてわかるのかと思ったが、先方の番号のアタマに186をつけているからだ。

何でもバレバレの世の中だなァと感じ入っていたが、機械はそんなことはおかまいなしだ。

「続いてお客様のお名前をお知らせ下さい」

と言う。答えると、

「内館牧子様、でよろしいですね？」

と確認。「はい」と答えるのか「よろしいです」なのか、一瞬迷っているとＡＩが促した。

「確認できませんでした。もう一度お願いします」

再び「はい」と答えると、確認。

「内館牧子様、でよろしいですね？」

その後、住所を「都道府県」から言わされる。私は番地の後でマンション名と何号室まで、完璧に答えた。すると、ＡＩは番地までを復唱し、

「……番地、でよろしいですね？」

と確認。次に何と、

「建物名、部屋番号をお願いします」

と言う。建物名は住所と一緒に言ってはいけないらしい。私はついに、

「面倒くさいから、もう結構ですッ」

と、怒って切った。

後で友人たちに、

「AIに怒ってどうすンのよ、バカね」

と笑われたが、面白いことに気づいた。

人間のオペレーターでも、電話番号を聞き、住所などを確認する。なのに、怒らない。思うに、電話のように人間が出てくると思い込んでいるところに、そうではないモノが出てくる。さらに、それは姿がない上に、語りを人間に似せている。似て非なるものである。のにメーカーは何とか自然に、人間に近い語りにしようとしているのだろう。いくら頑張ったところで、まったく別物だ。

どうも、私はそこに不快感を覚えたようなのだ。受付や案内の、ロボットロボットしたロボットだと愛らしいし、怒ったりしない。だが、AIは人間もどきなのに、常に「蛙の面に水」の口調が不快なのだ。

いかなる企業でも、まずは切り詰められるところからそうするだろう。オペレーターの人材確保も、その人件費も大変だと思う。それに、人間が働く場合は勤務体系がある。勤務時間や残業や、シフトや休暇等々を決め、遵守しなければならない。

ＡＩやロボットだと、そこを考える必要がない。24時間働き詰めでもいい。

それに、体の不自由な人が遠隔操作して働くこともできる。画期的に可能性が広がったのである。

後日、私のこの「ＡＩ事件」の真相を知らされた。出先の電話番号は登録されていなかったのだ。それで、ＡＩはイチからすべて確認したというわけで、

「ＡＩは正しい。怒ったアンタがバカ」

と友人たちに笑われた。

平成６（１９９４）年、私はフジテレビで「てやんでぇッ‼」という単発ドラマを書いた。渡瀬恒彦さん、波乃久里子さん、鈴木杏樹さん、小林聡美さんらが出演され、演出は大御所の深町幸男さんだった。このドラマのきっかけが、実は「声」なのだ。

その頃、私は東急池上線の洗足池《せんぞくいけ》に住んでいた。凍《い》てつくように寒い夜、犬の遠吠《とおぼ》えが聞こえた。27年も前とはいえ、犬の遠吠えは珍しかった。窓を開けると、冷え切った闇夜に鳴き声が響く。それはどこか物悲しく、犬はどんな気持ちで声をあげているのかと思った。

その時「そう言えば今、町から声が消えて、音ばかりになってきたなァ」と気づいたのである。そして、それをエッセイに書いた。

その数年前までは、洗足池界隈《かいわい》では「火の用心！　マッチ一本火事の元！」と叫びながら

拍子木を叩いて歩く町内会の大人や子供たちがいた。また、日本中どこでも子供の遊び声、物売りの声、商店街の店主と客の声などがあふれていた。

それらが消え、自販機が「アリガトウゴザイマシタ」と無気味な「声もどき」の音を発したり、ピコピコ、ピッピッなどの電子音が激増。今さら声の復活は難しいだろうが、声の喪失に慣れてはなるまい。エッセイにはそんなことを書いた。

すると思わぬことに突然、やはり大御所の近藤晋プロデューサーから電話を頂いた。

「あのエッセイをドラマ脚本に書きませんか」

考えてもいないことだった。声が失せて音ばかりの社会になっていくドラマなんて面白いだろうか？　だが、近藤プロデューサーは「音が声に取ってかわる危惧は、多くの人が抱いていますよ」とおっしゃる。

私は半信半疑ながら、脚本を書いた。すると数々の賞を頂き、「世間の人は、声と音に同じ思いだったんだ」とプロデューサーの鋭さに驚いたものである。

あれから27年がたつ今、声がどうしたのと言うのは、過去の人間の感傷に過ぎない。とっくにそういう社会になったように感じる。

ただ、人の声が人を優しくする。ＡＩに怒った私は、そう思ったりもするのである。

高輪ゲッタウェイ!

作家の北方謙三さんが『週刊新潮』(7月8日号)に書かれていたことに、溜飲《りゅういん》を下げた。

北方さんは昨今の地名や駅名を挙げて「表意文字を、漢字を軽視するなよ」と斬っておられる。

「市町村の合併で、歴史のある名が消えて、実に平凡な、つまらない地域名になったりする。これなど、多分、行政が悪いのだ。責任を取りたくないから、市名や町名を募集するのだ。その土地の歴史もなにも知らない人も、応募したりする。最後にどうやって決定するのか知らないが、平仮名の地名になったりする。安直すぎる、と私は思うね」

読者の中にも、きっと同感する人が多いのではないか。平仮名地名は本当に増えた。

当初、友人知人に手紙を出す時、つい「大宮市」とか「員弁市」などと書いていたが、「さいたま市」になり、「いなべ市」になったのである。

市町村の合併は2003年から05年がピークと言われる。私はその後、何度か書いたことがある。平仮名や片仮名の市町村名、交通機関名、会館やホール名などが増えすぎてはいまいかと。

確かになかなか読めない漢字名は、平仮名にする方がすぐ読める。加えて、優し気な雰囲気が醸し出され、その地域のイメージがよくなることもあろう。

だが、その名の持つ意味や歴史を、漢字が表していた。まさしく「表意」の漢字である。だが、仮名は「a」とか「ke」とか「su」とか、音だけを伝える「表音」の文字だ。つまり、単なる音になったことで、その地名が醸す香りは消えた。

たとえば「津軽市」「讃岐市」「朝霧町」は「つがる市」になり、「さぬき市」「あさぎり町」になった。

私が最もショックを受けたのは、北海道の「襟裳町」が「えりも町」になったことだった。そして、青森県の「奥入瀬町」が「おいらせ町」になったことだった。

「えりも町」は1970年に改名したそうだが、「襟裳」という漢字は、旅情を誘う。それが森進一さんの大ヒット曲「襟裳岬」に影響されていようともだ。「襟裳」という漢字が、その風土への憧れを抱かせる。それが「えりも」では、「e・ri・mo」という音の表現になる。

「奥入瀬町」が「おいらせ町」になると、あの奇跡的に美しい奥入瀬渓谷や清らかな奥入瀬川の印象がなくなった。

ただ、「襟裳」という漢字は、岬や灯台などには残っているようだ。「奥入瀬」も「奥入瀬渓谷」「奥入瀬川」などと表記されている。

ならば、なにも町を平仮名にすることもなかったのになァと思う。

そうだ、ショックを受けた地名がもうひとつあった。鹿児島の「さつま町」である。これはやっぱり漢字で「薩摩」だろう。旧「薩摩町」を含む3町の合併とあっては、「薩摩町」にはできなかったのだと思う。だが、この漢字を見るだけで、西郷隆盛を思い、「薩摩隼人」を思うのは私だけではないはずだ。

「薩摩」の二文字は、勇猛果敢な男のイメージを呼び起こす。こういう土地は他にそうあるまい。

「杜の都仙台」という言葉がある。たとえ、仙台よりもっと緑深い地域があっても、「杜の都」という枕詞は仙台だけのものである。

他地域が引き下がるしかないものは「個性」であり、「地霊」だ。守るべきものだと思う。

北方さんは、地名を募集する際、

「仮名のみは不可、というぐらいにはすべきだろう。それが差別という人がいたとしたら、私は闘うぞ」

と書かれている。私も「もりのみやこ　せんだい」にされそうになったら、断固闘うわ。

北方さんは市名や町名を一般募集することも安直すぎるとしているが、最近、最も不評だったのは、東京はＪＲ山手線の新駅だろう。その名も「高輪ゲートウェイ駅」。

これは一般公募により、平成30年に発表された。全国から６万４千件を超える応募があったという。結果、「高輪ゲートウェイ」と発表された時、少なからずの人はのけぞったのではないか。「これがホントに1位か?」と。あきれて当然の駅名だ。

大きく報道されたが、実は公募の1位は「高輪」、2位が「芝浦」、そして「芝浜」や「泉岳寺」など、その地に由縁の名が上位を占めた。が、なぜか１３０位で、６万４千余票の中で36票しか集めなかった「高輪ゲートウェイ」に決定してしまった。

当初は多くの知識人が反対を表明し、撤回を求める運動も起きた。だが、ＪＲ東日本は譲らなかった。今ではもう反対を叫ぶのも虚しいのか、鎮静化してしまった。

この駅名について、北方さんは面白いことを書いておられる。「高輪ゲートウェイ」という駅名板が、「高輪ゲッタウェイ」と読めたという。そして、ゲッタウェイについて、次のように書いている。

「高輪からとんずらしろ、とも解せる。私は気に入ったが、修正されることがしばしばであった。うるさいのだ。ゲッタウェイと読んでなぜ悪い。そんな駅名だと、私は感じる」

私はこのおかしな駅名や、仮名多用の地名に慣れてしまうことが恐い。「ウィズコロナ」だの「ゴー・トゥー・イート」だの、不気味な言葉にもすぐ慣らされた。

かつて、京都の鴨川にパリの橋「ポン・デ・ザール」をモデルにした歩道橋を架ける話が具体化した。あの時、日本中がノーをつきつけた。そして京都は守られた。

行政の目を覆うばかりのセンスに慣れてはならない。

ＨＢの時代は遠く

読者の皆様は小学生の頃、鉛筆はどのくらいの濃さの芯を使っていただろう。

パソコンが普及していない時代は、大人も子供も鉛筆である。鉛筆の芯はなめると濃くなり、「鉛筆なめなめ勉強する」などという言葉があった。商店のオジサンなどは、耳に挟んだ鉛筆を取ってなめ、代金を計算したりしていた。

当時の小学生はおそらく、ＨＢを使っていたのではないか。私は団塊世代だが、ＨＢだった。学校で「ＨＢ使用」と決められていたと思う。

秋田魁新報（5月16日）によると、今の小学生は全国的に2Ｂの使用が多くなっているそうだ。芯はＨＢより２段階柔らかく濃い。

ある大手鉛筆メーカーの調べでは、２０１９年の児童向けの70パーセントが２Ｂだったという。次いでＢ、４Ｂ、６Ｂと続く。ＨＢはなんと5パーセント！　時代は流れた。

多くの小学校が低学年を中心に濃い芯を薦《すす》めている理由を、同紙は教員などに取材していた。それによると、「筆圧が弱くても線をはっきり書ける」からだという。さらに、文字の基本の「とめ、はね、はらい」も覚えやすいことがある。

また、硬い芯で書くと、間違った時に消しにくいことも理由のひとつ。確かに、消えても紙に跡が残る。そして、次の理由も語られていた。

「消しゴムで強くこすって紙が破れれば誰でも書く意欲が低下する。字を覚え始めた児童がそうならないように配慮しているそうだ」

ここまで配慮してくれる時代なんだなァ。

かつて、女の子は学年があがるにつれ、２Ｈとか３Ｈとか硬い鉛筆を使いたがった。濃い芯より大人っぽく感じられたのだ。中学生の私は５Ｈを使っていた。

先の大手鉛筆メーカーは、芯について児童のみならず、一般向けを加えた傾向も調べている。その結果、大人も、

「20年前にはＨＢがトップだったが、10年前に２Ｂがその座を奪った」

とある。私は「大人も紙が破れれば書く意欲が低下するのか？」と、せせら笑ったら、全然違った。

「デジタル化が進み、ＨＢを選ぶことが多い大人による鉛筆の使用が減ったためだとみられる」

ああ、納得できる。そうなのよねえ。私の周囲を見回しても、鉛筆で字を書く人って……急には思いつかないもの。

高齢者だって軽やかにパソコンやスマホを打つし、メモを取らずにパシャッと写真に撮るし。本当に紙や鉛筆がいらない時代になっているのだ。

傍《はた》迷惑なことに、私はまだ鉛筆で、名入りの用紙に原稿を書いている。

この時代に、それが編集者や記者をどれほど泣かせているか。何しろ「きれいに整った原稿」は渡せない。パソコンであれば、後から挿入や削除をしようと、規定の行数に合わせて増減できる。そして、きれいな清書原稿が渡せる。

鉛筆の場合はどうなるか。挿入などで増えた文章は――で入れる。また削除する文章は消しゴムで消す。消して空いたところに↑を入れて、「前の文に続ける」と示す。

長い挿入文は原稿用紙の余白に書き、↑で「この文はここに続けよ」と、平気で指示する。

当然、鉛筆は消しやすくなければならず、私はもう35年間も6Bを使っている。筆圧もいらないため、速く書ける。NHKの大河ドラマも朝の連続テレビ小説も、すべて6Bで書いた。いちいち「毛利元就」とか「大内義隆」とか、その都度書く。むろん、この連載「暖簾にひじ鉄」も原稿用紙に6Bだ。

ある時、6Bよりもっと柔らかいならば、もっと速く書けるのではないか。そう気づいて

８Ｂを買ってみた。ダメだった。柔らかすぎて手も消しゴムも真っ黒になるだけ。読みにくい原稿がさらに汚れ、編集者を泣かせた。

こうして原稿が書きあがっても、──と↑だらけ。そこで、規定の行数になっているかをチェックする。そのやり方はあまりに前時代的で、書くのも恥ずかしいのだが、増えた字数と減った字数を、いちいち数えるのである。「ここで29字増えたから、どこかで29字減らさないと」という具合である。

この「暖簾にひじ鉄」の連載は、毎週「11字詰・１９８行」と決まっている。毎回アチコチに挿入削除がある原稿で、一文字ずつ数えて合わせるのは、かなり高度な作業だ。

というのも、私は小学校からずっと算数がまるでダメで、実は今でもたとえば１００９から12を引けとか言われると、サッと答えが出せない。であるから、この連載も１９８行ピタリに収まったためしがない。ひどい時は「26行オーバーです」などと編集者が余白に書いてくる。たまに「１行オーバー」だったりすると「私の計算力、たいしたものね！　ほとんどピシャリ！」と自慢するとあって、もう編集者はあきらめてほめてくれる。

私なりにチェックした原稿を、次にどうするかというと、ファックスで送るのである。つい先日、週刊誌だったかで「今やファックスはほとんど使われていない」という内容の記事を読んだが、私には必需品である。鉛筆とファックス機が製造中止になったなら、職種替えするしかない。

いや、その時こそパソコン使用に移ればいいのだし、スマホは使っているので、打つこともすぐに慣れるかもしれない。

だが、どうも紙に鉛筆で書きたい。これはもはや「趣味」の範疇だ。

年々若くなる担当記者や編集者を泣かせ続けることは、老後の趣味として私の趣味に合う。

同名の寿司店が！

「内館牧子という名はペンネームですか？」

と、よく聞かれる。これは本名である。ただ、戸籍上は「内舘」で、正式な書類などには「内舘牧子」と書く。

「舘」のつく姓は東北地方に、特に岩手県に多いと聞く。私は父が岩手県盛岡市出身なので、その県らしい姓と言える。

だが、全国的にはそう多くないのだろう。新聞やタウン誌などで、時折「内舘」の名を目にするが、実際には出会ったことがない。

試しにネットで調べてみると、「内舘」という姓は全国で1000人未満だという。都道府県別ではやはり断トツに岩手が多く、約380人。次が北海道で約60人。3位が東京で約50人と続く。

断トツの岩手県とはいえ、県内比率は0・029パーセントとか。「内舘」は1万人に約

3人ということになる。

するとと先日、弟の友人が岩手県の宮古に出張で出かけたところ、そこに「うちだて」という寿司店があったそうだ。弟の友人は仕事関係者に案内されたのだろうか、

「寿司と肴　うちだて」

に入った。

地元三陸の新鮮な魚と寿司はもちろんのこと、

「煮魚とか魚介の天ぷらとかも、うまいうまい」

と、弟に電話があった。そして言ったそうだ。

「お姉さんのサインもらえるかな。この珍しい名前の寿司店なんて、そうないよ」

私の名前だけのサインなんぞもらってもしょうがないと思い、

「三陸の笑顔は

おいしいお寿司から」

と添え書きし、私が大口を開けて喜んでいるマンガまでカラーで描いてしまった。岩手県内でも、0・029パーセントしかいない「内舘」。その名の寿司店がある。何だか妙に嬉しかった。

後日、岩手放送にいる男友達に聞くと、地元の人にとても愛されている店だという。宮古

は土地柄、寿司店の激戦区だそうで、メールには、

「宮古という町は大きな魚市場があり、魚種も多く、しかも地元の魚が地元に出回るので新鮮。

宮古市民に『どこかいいお寿司屋さん知りませんか？』と尋ねると、みんな自分の好きなお寿司屋さんの名前を出すので楽しい街ですよ」

とあった。魚介の宝庫・三陸を誇る想いがにじむメールだった。

それからしばらくたった日のこと、先の弟の友人から写真が届いた。「うちだて」のご主人・内舘義幸さんは、サインをことのほか喜んで下さったらしい。というのも、ご主人は「三陸を笑顔にしたい会」のメンバーでもあったのだ。もちろん、何も知らずに書いた私の方が驚いた。

珍しい姓のおかげで、こんな思いがけないこともある一方、かなり苦労もしてきた。それは小学校入学時からだ。

教師が「ウチダチ」と読み、机にも「内立牧子」という名札が貼ってある。違うと言いたいが、言えない。満6歳で言い方もわからないし、あの頃、教師や親は常に正しいとされていた。訂正などできるものか。今にして思えば、団塊世代の私たちは、一クラス60人もおり、教師は「内立」だろうが何だろうが、確かめていられなかったのかもしれない。

私は今とは別人のように繊細な子だった。名前が違っているのに、教師の通りにしようと思ったのだろう。しばらく「ウチダチさん」と呼ばれ、「内立牧子」と書かれていた。

それを知った父が驚き、教師に訂正を伝えた。以来やっと「内舘」「うちだて」になったのである。

しかし、大人になってからもかなり苦労した。電話で自分の名前を言うと、必ず確認される。

「ウチダテはどういう漢字ですか」

「内外《うちそと》の内に、函館の館ですが、食偏ではなくて中に舌《した》という字です」

これでサッとわかる人はほとんどいなかった。「内」はいいが、函館と言うと宛名に「内函様」と書く人が多いのだ。

そこで「函館」はやめて、「図書館」の館にした。ところがやはり「舎」の説明が難しい。「舎人《とねり》の中が舌なんです」では通じない。ある時から「舘ひろしさんの舘です」と言うとすぐ通じることにやっと気づいた。

しかし、ペンネームを「館」にしたのは、「舘」の説明が難しいからではない。「舘」は「口が3つ」もあり、口数が多い女に思われそうではないか。それはまァ確かなのだが、「内館牧子」の方が垢抜《あかぬ》けて、どことなく「知的」でもある。それで「館」にした。

もっとも、その前には「岸牧子」というペンネームを使っていた。憧れの女優「岸惠子」から勝手に一文字頂いたのだ。

これにはもうひとつ理由があり、私はまだ三菱重工業の社員だった。会社はアルバイトを固く禁じており、ほんのわずかばかりの稿料でも、本名ではバレると面倒だ。私の名なんぞ序ノ口力士並みの文字で出るか出ないかなのに、そう思った。

ところがある日、会社にテレビ局から電話がかかってきた。

「岸さん、いますか」

電話を取った上司が、

「そんな者いません」

と無礼に切ったらしい。忙しい最中の間違い電話にムカついたようだ。

私は退職と同時に本名に戻し、口数の少ない「館」にしたわけである。

コロナが収束したら、「うちだて」でおいしい魚を食べたい。東京の家から一歩も出ない私は、激戦区の寿司と魚を想っている。

私は明治生まれ

作家の小沢信男さんが93歳で亡くなったのは、今年の3月である。

小沢さんは俳人としても有名だが、江戸っ子らしく粋な評論、随筆が私はとても好きだった。

その小沢さんのエッセイ集『暗き世に爆《は》ぜ』（みすず書房）が刊行されたと知った。まだ読んでもいないうちに書くことは、新刊とまったく関係ない話である。

小沢さんは17年も前に、それは面白いことをおっしゃっている。その変色した新聞記事を、私は今も取ってある。２００４年9月25日の朝日新聞「風韻」という人物紹介欄だ。そこで語っておられたことが、何ともすごい発想なのである。

「生まれた年を起点にして、生きてきた年月を逆に向こう側に倒してみるんだ。遠ざかるばかりと思ってた明治や江戸が近づいて来るよ」

小沢さんは１９２７年生まれで、インタビュー当時は77歳。この77という年月を、１９２

7年から前に倒してみるのである。そうすると1927年から77を引き算するわけで、1850年だ。小沢さんは江戸時代の嘉永3年生まれということになる。

1948年生まれの私は、倒すと1875年。明治8年で、維新からほどない激動の時だ。長生きすればするほど、昔にさかのぼる。私が100歳になれば、生年は1848年の嘉永元年。おお、幕末の江戸に入ったではないか。

「人生100年」と言われると、つい先々を計算する。だから、

「私が100歳になる時は、2030年だわ。それまで生きてないわ」

となる。100から実年齢を引くので、「生きてないわ」になるのだ。前に倒せば、生年がどんどんさかのぼり、

「江戸時代に生まれた私なのに、まだピンピン生きているわ」

と、おかしな錯覚も生まれようというもの。

小沢さんはいい笑顔の写真と共に、

「江戸の人とお近づきになったような気がするな。そのころ生きてた人が身近に感じられて。若い人もやったらいい。あなたはどのくらい？　まだ世紀の変わり目？　江戸は遠いね」

と語っておられる。

面白くなって、私の「生年」の明治8年は何があった年かと調べてみた。これが「へえ」

と思うことばかり。

渋沢栄一がまだ35歳で、養蚕のために、そして足尾銅山のために、陸運のために八面六臂《ろっぴ》の大活躍中。廃刀令は翌9年のことなので、人々はまだ帯刀だ。何しろ大政奉還から8年しかたっておらず、廃藩置県からはわずか4年。女性に人権なんてなかったんだろうなァ。西南戦争も東京大学の設立も、上野動物園の開園も鹿鳴館の完成も、さらに後だ。日清戦争は私が生まれてから、何と19年もたってのことだ。

興味がつのり、私と同じ明治8年、１８７５年生まれの世界の有名人を調べてみた。キラ星！

シュバイツァー、張作霖、ラヴェル、李承晩、クライスラー、トーマス・マン、上村松園、ポルシェ、長谷川如是閑《にょぜかん》等々。すごい同級生だ。

さらに、もっと早くに生まれて、当時大活躍していた人たち。その顔ぶれがときめく。

鮭の半身を描いた絵が教科書にも載っている画家の高橋由一。47歳である。仮名垣魯文は46歳、小泉八雲は25歳で、高村光雲は23歳。渋沢栄一と共に新しいお札の顔になる津田梅子は11歳だ。

後々の大物も多く、内村鑑三は当時14歳、二葉亭四迷は11歳、夏目漱石と幸田露伴は８歳である。樋口一葉が３歳で、上田敏が１歳だ。画家の浅井忠は19歳、高橋是清は21歳、初代

三遊亭円朝が36歳だ。それを知った時は、

「ああ、私はこの人たちと同じ空気を吸っていたのか」

と感動したほどだ。

確かに小沢さんがおっしゃる通り、その頃に生きていた人が身近に感じられる。明治という時代と「お近づき」になった気がしてくる。

来年になれば私は明治7年生まれになり、再来年は明治6年。同級生がどんどん変わっていくのも面白い。

小沢さんは、このひっくり返しを若い人にも勧めておられるが、私は年配者が若い人の生年をひっくり返すのもいいと思う。

たとえば、17歳の高校生の孫。ろくにジジババ孝行もしないのに、小遣いばかりをせびる。与えると、ジジババには理解不能なミュージシャンのコンサートに使ったりする。「参考書を買うから」と言いながら、アイドルのグッズを買ったりする。

もしも孫が17歳だとしたら、平成16年、２００４年生まれだ。ひっくり返すと１９８７年、昭和62年になる。

当時の巨人軍は王貞治監督で、大相撲では横綱千代の富士が大活躍。中曽根内閣から竹下内閣に移り、テレビは「チョッちゃん」や「独眼竜政宗」の時代である。もうホントについ

最近のことだ。ひっくり返してもつい最近。ジジババは明治で、孫は平成目前。理解するのは不毛な努力だ。

何を言っても「暖簾に腕押し」の新入社員とて、23歳だとすると平成10年、1998年生まれ。それをひっくり返したところで昭和50年、1975年である。まだこれしか生きていないのだと、納得するというか諦めがつくというか。

小沢さんは同記事で、ご自分の余命について、

「これから天保、できれば文政、文化までも、なんてね」

とおっしゃっている。

93歳で亡くなったということは、ひっくり返すと天保5年。目標達成の快挙である。

(注)年齢はすべて2021年当時のもの。

謎の飲み物

先日、男友達が昭和レトロなガラスの牛乳びんを持って現れた。びんの1／3くらいまで、何やら白い沈殿液がある。その上の2／3は、薄く濁った半透明の液体。二つはびんの中で分離し、二層になっている。

びんには赤一色で、ピラミッドのような絵と動物が描かれている。動物は少し太めだが、ピラミッドだからラクダだろう。誰しもエジプトの飲み物かと思って当然だが、これは「ミルピス」といい、北海道は利尻島限定の乳酸飲料だった。

「カルピス」ではない。びんには赤い字で大きく「ミルピス」。だが、ピラミッドとラクダの間に字が埋もれ、わからなかった。

ということはだ。この三角にそそり立つものはピラミッドではなく、利尻富士だ。太めのラクダは牛だ。小さなびんなのに、同じ赤で「最果て自家製」「利尻手作り乳酸飲料」とも書かれ、いっぱいいっぱいである。

それにしても今時、この昔ながらのびんには驚いた。肉厚ガラスの飲み口には、厚紙のふたがしてある。昭和の頃は牛乳といえば全部紙のふたで、小さなキリのような道具を突き刺して、開けた。

ミルピスのふたはそれなのである。2層を一体にするようによく振り、小さなフォークを刺すと、すぐに開く。昨今の厳重なパック入り牛乳に慣れている人たちは、衛生的に大丈夫かと驚くかもしれない。

何しろ、今は牛乳に限らず、ありとあらゆる食品は過剰なまでに厳重に閉じられている。高齢者はハサミやペットボトルの栓開け器具を持ち歩くと、よく耳にする。

冷やして飲むミルピスは、やっぱり昭和の味がした。日本が貧しかった昭和30年代、カルピスを多すぎる水で割って大切に飲んだ時のような。甘くて薄めのカルピスを思い出させ、なつかしい。

もちろん、びんを上に向けて、肉厚の飲み口からゴクゴクと飲む。中学生や高校生の頃にやったようにだ。

空きびんにベランダのハーブ類をさして玄関に飾ったら、友人たちが欲しがる欲しがる。空きびんをである。確かに、こんなレトロなびん、なかなかお目にかかれないシロモノだ。興味がわいてネットで調べてみた。

ミルピスは、半世紀以上も続く「ミルピス商店」の女性主人・森原八千代さんが一人で手作りし、販売している。

店の写真も出ていたが、これは少し昔のもののようだ。何やらひなびた店がいい雰囲気を出している。かつては店内でミルピスを飲めたし、お握りなども出していたようだ。しかし、男友達が言うには今は無人で、宅配便着払いの用紙だけが置かれていたという。

つまり、全国に根強いファンがおり、着払いでお取り寄せもできるのだ。ありがたいような、ありがたみがないような。

かつて、店内で飲めた時は一本３５０円。清涼飲料水にしては高めだ。そして、びんも欲しい人はプラス50円だという。やっぱり、あのびんは欲しいんだなァ、みんな。

私は男友達に、「ナイアガラ」をお返しした。まさか、ナイアガラ瀑布の飲み物ではない。ナイアガラという品種のブドウである。

青森の女友達から届いたばかりだった。北国のソウルフードと言っていいと思うが、東京の果物店やスーパーで見ることはほとんどない。

ところが、秋の初めに東北に行くと、それはそれは安い値段で、スーパーや八百物店に無造作に並んでいる。生産の1位は北海道だというが、このブドウがもうミルピスに匹敵する昔の味なのだ。

昨今は種なしブドウやシャインマスカットや、品種改良されたおいしい高級品が、日本中にあふれている。一方、ナイアガラは堂々と種があり、皮をむいて食べるようなご立派なものではない。口の中でしぼるようにして、昔の食べ方をする。

この味と香りは他のブドウには絶対にない。言うなれば、私が幼い頃に秋田や岩手の祖父母と縁側に並んで食べたブドウの味なのだ。

横浜や博多出身の友人たちも「おばあちゃんちで食べた味だ……」と感極まっていたので、昭和の頃は安いナイアガラが全国に出回っていたのかもしれない。

ナイアガラで造ったワインもある。だが、有名なソムリエたちに聞いても、レストランやワイン好きが通う店には、まず置かれていない。私が知る限り、100%近く置かれていない。「フォクシーフレーバーが強くて低俗なワイン」とされているかららしい。

「フォクシーフレーバー」とは「狐臭」と和訳されるが、「キツネ臭さ」ではない。ブドウジュースのような、独得の強くて甘い香りのことを言い、世界中のワイン好きには唾棄されるそうだ。

確かにナイアガラワインは甘すぎて、食事に合わせるのは難しい。だが、ぶどうそのものの味の懐かしさよ！

先の男友達も初めて食べたそうで、

「どこか懐かしい甘みで、止まらなくなった」

と言った後、ピタリの感想をくれた。

「変な言い方だけど、香料を加えたブドウジュースの香りなんだね」

これだと思った。これがフォクシーフレーバーなのだと思った。

生のブドウに人工甘味料や香料などを加えているはずもない。だが、持って生まれた甘い香りと味が、昭和の人工的な味に重なり、懐かしくさせるのかもしれない。

ミルピスにせよナイアガラにせよ、各地には面白いものが残っている。

こんなに面倒とは！

とうとう自動車運転免許を自主返納した。

正直に言うと、実は返納する気はなかったのである。以前も書いたが、病気をして以来約13年間、まったくハンドルを握っていない。どうせペーパードライバーなのだから、免許更新しても事故を起こしようがない。更新しないと決めていた。何よりも、50年来の免許証を返納するのは、やはり淋しい。

それに、私は老人がアクセルとブレーキを踏み間違えることが、どうしても信じられない。普通、間違えないだろう。私はまだ返納の必要はない。その思いは揺るがなかった。ところが、簡単に揺らいでしまった。

理由はひとつ。更新手続きが、ものすごく面倒くさいのだ。70歳から74歳のドライバーの更新手続きは、それより下の年齢と同じではない。私はそれを初めて知った。

まず、運転免許の有効期限満了の半年ほど前にハガキが届く。

これは「高齢者講習」の通知である。届いたらすぐに、最寄りの自動車教習所に受講予約をする必要がある。今はコロナ禍で受講定員を減らしており、この予約がなかなか取れないらしい。都道府県によっては5か月待ちもあるという。そのため、予約電話をすぐにかけることが重要なのだ。

実際には、私はこのハガキをろくに読みもせず、引き出しに入れてしまった。更新は今まで同じだと考え、「高齢者講習」など思いも寄らなかったのである。

後で知ったのだが、この「高齢者講習」は、実技や検査など2時間もやるそうだ。後期高齢者はさらに「認知機能検査」まである。

やっと予約が取れたなら、次にどうするか。当日は早めに教習所に行く。遅刻すると、せっかく取った予約が無効になるかもしれないそうだ。再度の予約を取るのは相当大変だという。

こうして教習所に着くと、60分の運転実技がある。これは路上を走るのではなく、教習所内のコースだ。隣に教習所の教官が座る。そして、まともに信号や標識を認知できるかとか、一時停止や左右を注意した上での発進などをしているか。それらをきちんと見極めるのだと思う。クランクや方向転換などもあろう。

次に「適性検査」を30分。これは視力検査のことだが、動体視力、夜間視力、水平視野の計測である。今までの更新時には単に視力だけだったが、高齢者になるとそうではないのだ。

これが終わると、今度は「双方向講義」が続く。道路交通法の改正などもあり、その変更をも含めた座学である。これを30分受けて、計2時間の高齢者講習は終了。

講習の順番は入れかわっているところもあるようだが、いずれも試験ではない。2時間の講習を受けた人全員に終了証明書が出る。

私にハガキが届いたのは半年も前であり、引き出しに入れたことさえ忘れていた。が、ふと更新せねばと思い出すと、秘書のコダマがその手順を細かく調べてくれた。

それが前述のもので、私は一読して即断した。

「自主返納する。面倒で気が遠くなりそう」

むろん、地域によっては車がないと動きが取れず、自主返納したくてもできない場合もあるだろう。ただその時、70代以上の運転者は、これほどまでに多くをクリアしないとならないのだと肝に銘じる必要がある。

ブレーキとアクセルを踏み違えるのは信じられないが、こうもその事故が多い以上、踏み間違いは高齢者の「当たり前」なのだろう。それをも考えあわせて、運転するか否かは自分で決めるしかない。

自主返納は高齢者の免許更新と違い、最寄りの警察署で簡単にできた。私はコダマに同行してもらい、赤坂警察署で手続きした。わずか20分で終了。面倒くさいことは何ひとつなく、所定の用紙に住所氏名を書いて、運転免許証を提出するだけだ。

そして、顔写真を一枚と手数料１１００円を支払うと、後日「運転経歴証明書」が届く。タクシーやバスの運賃割引とか、レストランやデパート等々での特典が得られるカードだ。これは運転免許証と同じに、公的な身分証明書にもなる。私はその場で申し込んだ。

係員は、

「やはり池袋の暴走事故以来、高齢者の自主返納はふえています」

と言う。当時87歳の、歩きもおぼつかない高齢者がアクセルとブレーキを踏み間違い、車が暴走。母娘２人の命を奪い、10人の負傷者を出した。高齢運転手ながら実刑判決を受けた大事故だ。

私が免許を返納して不思議だったのは、淋しさや未練のカケラも感じなかったこと。車にちなむ多くの思い出、たとえば黄色の三菱ＦＴＯに寄りかかって、お見合いのスナップを撮ったとか、赤いランサーで駅まで父をよく迎えに行ったとか、車は自分史と家族史を語る。それだけに、どれほどしんみりするかと覚悟していたのにだ。

また、自主返納によって、「私は高齢者」と認識するだろう。そのショックも予測していたのに、全然ない。

約13年間ペーパードライバーだったことも大きいだろうが、何よりもあの面倒くささはすべてを駆逐する。解放されたスッキリ感と言ったらない。

赤坂警察署の隣には虎屋の本店がある。私の頭は宇治金時で一杯になり、コダマを引っ張って駆け込んだ。

高齢者の免許更新の面倒くささは、自主返納させるための手口ではないか。宇治金時を食べながら思った。

酒の不思議

新型コロナウイルスの感染防止対策として、長く出されていた緊急事態宣言が解除された。9月30日のことである。

テレビの報道番組は、やっと解放された人々の喜びであふれていた。思えばこの1年間、「緊急事態宣言」と「まん延防止等重点措置」の繰り返しだったのだから、喜びは当然である。

中でも「酒類解禁」に対する笑顔は、私の想像をはるかに超えていた。酒を提供する店側も、酒を飲む客側もである。

双方の笑顔には、心打たれたほどだ。店側のあの笑顔は、決して経営が救われると安堵《あんど》したせいばかりではないと思った。一方、客は家でも飲めるのだが、店で飲むうまさを奪われては何の人生ぞ。その幸せが笑顔からこぼれている。

小さい子供に、欲しがっていたものをプレゼントすると、全身で跳ねて喜ぶ。顔中を口にして笑顔を見せる。それと同じ喜び方だと思った。

あるテレビでは、行きつけの居酒屋に一人で訪れる客を、幾人か映していた。彼らはカウンターに一人で座り、解禁になった酒を飲む。馴染みの店主と話しながら、馴染みの肴を口にする。

インタビューのアナウンサーに、客は答えた。

「いつもは何人かで来ますが、今日は一人です」

するとアナウンサー、

「そうですよね。何人かで来ると、やっぱりまだ感染が恐いですよね」

とぬかした。何て不粋なんだ。いつもは何人かでワイワイ飲んで楽しんでいたが、やっと美酒が許されたのだ。今日は一人でカウンターに座り、やっと再会できた店主と言葉をかわしながら、味わいたい。ちょっと考えればわかるだろう。何が「感染が恐い」だ。

インタビューされた店主たちは「本当に嬉しい。また酒が出せて、また客と会える。働く嬉しさがこみあげてきます」などと口をそろえていた。

酒というものは、本当に不思議だ。テレビでも多くの人が言っていたが、たとえ同じ銘柄の酒でも、店で飲むと味が違うのだ。

こう言う人たちは私の友人知人にも多い。

「お酒が禁止なら、何もゴハン一緒に食べることないよね。解禁されてから会おう」となる。かくして、誰もが出不精になる。誰もが「外出できなくて脚が弱った」とぼやく。すべて酒のせいだ。

だがある日、私はどうしても友人と会う必要が出て、3人でフレンチのディナーをした。店は「これでもか！」とソーシャルディスタンスを取って着席させた。

見ると、私たち3人の前に、シャンパングラスとワイングラス2個が並んでいる。紅白のワイン用だ。友人たちもハッとし、店内を見回すと、確かに他の客は紅白のワインを飲んでいる。

ソムリエが来て、シャンパンを注いだ。友人が、

「こ、これ……シャンパン？　いいの？」

と恐る恐る聞く。ソムリエは美しい手つきでシャンパンを注ぎ、答えた。

「はい。ノンアルコールのシャンパンです」

「え……じゃ紅白のワインもノンアル？」

「はい。そうです」

ノンアルシャンパンは二口目まではよかった。何かシャンパンっぽい。だが、甘さが口に残って全部は飲めない。私たちはワインに替えた。これも色はワインとそっくりだが、別物。

一種のジュースなので、甘くて当然だ。なのに、つい期待してしまった私たちが悪い。

結局、3人とも「冷たい緑茶下さい」となったのである。

この時、私は「プラシーボ効果」を思い出していた。偽物の薬を、本物の薬だと言って患者に服用させると、治癒へ向かう場合があるという。薬を飲んだ安心感や期待感が招く現象らしい。

「ありえない!」と思う人が多かろうが、私は実体験している。

かつて会社勤めをしていた時、同僚の女性社員と給湯室で茶碗などを洗っていた。そこに、ある男性社員が入って来て、水が欲しいと言う。彼は一滴も酒が飲めない人である。差し出した水を飲み切った時、私たちは歓声をあげた。

「すごーい! お酒、飲めるじゃないですかァ!」

「今、ほんの一口ですけど、お酒をまぜた水を出したんです」

むろん、酒など一滴も入っていない。水道の水である。が、彼は席に戻ると顔が赤らみ、体調が悪くなって早退してしまった。私と同僚は課長にしぼられたが、これもプラシーボ効果だろう。

平成9(1997)年のNHK大河ドラマで、私は「毛利元就」の脚本を書いた。広島を拠点にして中国地方を制覇したスター武将である。

この元就の父と兄は、「酒害」で死んでいる。父と兄の時代の毛利家はまだ弱小で、戦国の世を生き延びるのに、気が休まる時がない。酒に安らぎを求めたのだと思う。

しかし、16世紀初頭の酒は粗悪だっただろう。多くの資料に死因が「酒害」とある以上、憂さを忘れるために浴びるほど飲んだのかもしれない。

これを身に叩きこんだのか、次男の元就は一滴も飲まなかったそうだ。しかし、武勲をあげた家臣をねぎらう時、必ず聞いた。

「酒が好きか？　餅が好きか？」

「それがしは酒が」

と答えると、酒を与え、

「酒は百薬の長じゃ」

と慰労。別の武将が、

「それがしは下戸で、餅が好きにございます」

と答えると、甘い餅菓子を与え、言った。

「餅はいいぞ。酒は百害の長じゃ」

策士元就らしい裏表だが、酒の極端な不思議を、実によく伝えた言葉だ。

泣くことないって

読売新聞の「人生案内」に、20代の女性が切実な悩みを相談していた。

大学3年生だという彼女は、劣等感から自分と人を比べてしまうらしい。周囲は就活に動き出しており、自分もやらないといけないとわかっているのだができない。働いて家に帰る人たちを駅で見て泣いてしまう。公務員予備校に通っていたがそれも泣いてダメになった。ストレスから体調を崩しがちで、過食してしまうことも。友達と遊ぶにも気を使い、人間関係がうまくいかないそうだ。

「最近は生きていて楽しくありません。どうしたらいいのでしょうか」

と結んでいる。

こういうことは老若男女を問わず、多かれ少なかれ誰にでもあることではないか。だが、この悩みに対して、どう答えればいいのか。

私にはとても答えられないなと、回答者を見ると、心療内科医の海原純子さんだった。海

原さんはよく存じ上げているが、柔らかい雰囲気でありながら、綺麗ごとをおっしゃらない方《かた》である。今回の回答もスパッと、

「比較する、落ち込む、という負のスパイラルから抜け出す方法があります」

と書く。これだけで力づけられるが、次のように続いた。

「あなた自身が集中できることをする、ということです。

私は若い頃、人と比較されて嫌な思いがしている時は、興味がある分野の研究に没頭しました」

海原さんがそういう時に没頭したのは医学ではなく、専門外の社会学やコミュニケーション学だったという。専門外のことに集中すると、

「『ああ、これでいいんだ』という気持ちになりました」

と書いている。

この回答を読み、そうか、こういう答えがあったかと、私自身のことを思い出した。

私は他人と比較されることはあまりなく過ごしてきた。だが、結婚に関しては別である。

昭和40年代半ば、「適齢期」とされた22歳あたりから24歳、そして「焦り期」とされる25歳、「ちょい過ぎ」の26、27歳くらいまでの5、6年間。これはもう、他との比較の嵐。

今なら「セクハラ」として断罪されるが、当時は当たり前の会話だ。

「内館さんもそろそろ結婚しないとね。××チャンは2児の母だよ」

「内館さん、幾つになった？　結婚の予定はないの？　親を安心させな」

「○○さんは秋に結婚だって。内館さんもぼやぼやしていると再婚の口しかなくなるよ」

今は「バツイチ」とか「バツニ」とか「バツ」にマイナスイメージはあまりない。だが、当時はそうではなかった。

「再婚の口しかなくなるよ」

と平気で脅され、女性たちは本気で焦った。

私の場合、家族からは何も言われないのに、他人からは言われる言われる。まるで絨毯《じゅうたん》爆撃。

今にして思うのだが、ヤツらは「いつも結婚が頭から離れない女」に対してそう言うことで、自分が気持ちよくなっていたのだと思う。今でもいじめる側の快感は、よく言われることだ。

だが、そんな言葉にストレスをためて泣いている女性たちも少なくはなかった。ところが私はたまたま、海原さんのおっしゃる「専門ではない分野に集中」していた。

大相撲である。４歳からの相撲オタクは、20代でのめりにのめりこんだ。相撲に関する本を片っ端から読み、年６場所の本場所は資料持参で通う。花相撲にも行けば、朝稽古にも行く。中には入れてもらえないが窓から見る。愛する力士の追っかけもする。会社の昼休みには、大相撲の資料整理だ。

こんな社員を、よくぞ雇っていてくれたと思う。だが、私は知れば知るほど大相撲の魅力と歴史に夢中になった。

こうなるとどうなるか。他のことなど、取るに足らないことだと思えてくる。私が大相撲研究に夢中になったからとて、社会にも自分にも何のメリットもない。役にも立たない。だが、結婚とか日常の様々なことが、どこか遠くに行ってしまうのだ。

後に、私は本格的に相撲を学ぼうと、東北大学大学院で宗教学を専攻した。脚本やエッセイなど仕事の大半を休み、明けても暮れても仙台で相撲漬け。この時、思いがけないことに出会った。

私は大学院から入ったため、学部で学んでおくべき必修科目の受講を義務づけられたのである。そこで学んだ「キリスト教史」の面白かったこと！　授業の中で、「ヘレニズム」「ヘブライズム」という言葉が出てきた時は感動した。大学受験の18歳以来、思い出したことのない言葉である。「アレクサンダー大王の東方遠征」もだ。こんな世界があったたっけなァ。

私は聖書を懸命に読む一方、ヘレニズムだのアレクサンダーだのと調べているうちに、思ったのである。

世の中には、ママ友との関係に悩んだり、自分を他と比較して落ち込んだり、大きなストレスを抱えている人が少なくはあるまい。その時、そんな人を救うのは、日常生活に役立たない勉強だなと。海原さんの回答を考えても、大相撲に救われた若い自分を思い出しても、それを確信する。

今、コロナ禍で経済的にも困窮し、それどころではないと言われよう。だが、それどころではないからこそ、実生活からかけ離れた本を図書館で借りる手はある。政治経済書から源氏物語まで、何でもいい。気になったものを手に取る。

そこから始めて夢中になると、自分が悩んでいたことは取るに足らないことだと、解放される。こうなると、また顔が上がってくる。

今度死んだら

町で声をかけられた。

「内館さんの『今度死んだら』って小説、読み終えたとこです！　感動しました」

私はニッコリしてお礼を言ったが、そんな小説は書いていない。書いたのは『すぐ死ぬんだから』と『今度生まれたら』である。彼女はそれをゴッチャにしているわけだ。

タイトルや名前を間違えられるのはよくある。

「ワァ！　ダテマキさんだ。大ファンです」

大ファンなら間違えないね。ダテマキってお正月が近い今、季節感があっていいけど……。

そんな話を女友達と電話でしていると、傑作な本を紹介してくれた。

『100万回死んだねこ　覚え違いタイトル集』（講談社）である。『100万回生きたねこ』の覚え違いである。

これは福井県立図書館のホームページでも見られるが、どの覚え違いも笑えて笑えて息もできず、100万回死にそう。

来館者は覚え違いの書名をカウンターで告げ、探してほしいと言うのだ。

ほんの一部だがご紹介せずにはいられない。

（ ）内は正しい書名である。中でもこれ以上の傑作はないと思ったのは、『火宅の人』（檀一雄）。これを「ひやけの人」と言った。「三宅《みやけ》」という姓があるものねえ。

・「中落ち」（『半落ち』横山秀夫）…中落ちでは三枚におろした魚だわ。

・「上手なパンツの履き方」（『正しいパンツのたたみ方』南野忠晴）

・「崖の上の雲」（『坂の上の雲』司馬遼太郎）…崖の上のポニョとゴッチャになっちゃったのね。

・「全員老人」（『全員悪人』村井理子）…高齢化社会だからねえ。

・図書館で探してほしいと言った題名

「ブラッディなんとかさんの『イエローホワイトときどきブルー』みたいな感じの本。3色出てくる」（『ぼくはイエローでホワイトで、ちょっとブルー』ブレイディみかこ）

「飛んでワープするのをパロったゆとりのやつ」（『時をかけるゆとり』朝井リョウ）…司書はよくわかったよねえ。

・「お尋ね者は図書館まで」（『お探し物は図書室まで』青山美智子）

・「あだしはあだしでいぐがら」（『おらおらでひとりいぐも』若竹千佐子）
・「海岸沿いの床屋」（『海の見える理髪店』荻原浩）
・「これこれちこうよれ」（『日日是好日』森下典子）…「ひやけの人」に匹敵する傑作だ。
・「ニンタラマン・タロウ」（『忍たま乱太郎』尼子騒兵衛）
・「そのへんの石」（『路傍の石』山本有三）
・「僕ちゃん」（『坊っちゃん』夏目漱石）
・「賄賂とともに生きる」（『〈賄賂〉のある暮らし』岡奈津子）
・フォカッチャの「バカロマン」（『デカメロン』ボッカチオ）…フォカッチャはイタリアのパンです。
・「唐魔族三兄弟」（『カラマーゾフの兄弟』ドストエフスキー）…三兄弟がこれじゃ、親は泣く。
・「レジ袋ウエストゲートパーク」（『池袋ウエストゲートパーク』石田衣良）
・「痔」（『痣』伊岡瞬）…これも最高傑作。確かに痔《じ》と痣《あざ》の字は似てる。
・「ブスばかなんちゃら」（『馬鹿ブス貧乏で生きるしかないあなたに愛をこめて書いたので読んでください。』藤森かよこ）…長いタイトルなので「なんちゃら」でまとめる気持ちもわかる。

・「デンマークの心の本」（『心。』稲盛和夫）…サンマーク出版から出ているから、ゴッチャになったのね。
・「家康家を建てる」（『家康、江戸を建てる』門井慶喜）…家康もきっとローンを組んだのだ。
・「おばけがコンビニをする絵本」（『コンビニエンス・ドロンパ』富安陽子）
・「『さわらして』という絵本」（『さわらせて』みやまつともみ）…「さわらして」だと急にエロめく気がしません？
・「国士舘殺人事件」（『黒死館殺人事件』小栗虫太郎）…耳で聞けば同じですものねえ。
・「オニのいましめ」（『老いの戒め』下重暁子）
・「妊婦にあらず」（『奸婦にあらず』諸田玲子）…単にお腹回りが太ってるだけの私の友人は、いつも「妊婦じゃない！」と叫んでいます。
・「菊地カラー」（『聞く力』阿川佐和子）
・「大木を抱きしめて」（『敗北を抱きしめて』ジョン・ダワー）
・「ひとりになりたい」（『ひとりたりない』今村葦子）
・「渋谷に朝帰り」（『渋谷に里帰り』山本幸久）…リアルだ。渋谷で遊び疲れて外に出たら朝だったって。

・「おかあちゃんのくるひ」（『あかちゃんのくるひ』岩崎ちひろ）

・「いろんな客」（『うろんな客』エドワード・ゴーリー）…「うろんな」だとミステリーで

「いろんな」だと女将《おかみ》一代記のよう。

・「『もたれない』というタイトルの本」（『倚《よ》りかからず』茨木のり子）

・「蟹取船《かにとりぶね》？」（『蟹工船』小林多喜二）…これも私の傑作ベスト3。

また、作家名の覚え違い、トンチンカンぶりは強烈！

・「なんとかまだらきいろ？の小説」…正しい作家名「浅黄斑《あさぎまだら》」の小説を借りたいのである。

司書はわかるからすごい。

・「へのかっぱみたいな名前の作家の本」（正しくは妹尾《せのお》河童《かっぱ》）

・「カンサンジというテレビに出てる評論家、生姜《しょうが》みたいな名前の人」（正しくは姜尚中《カンサンジュン》）…

確かに姜がつきます。

・「ラムネかサイダーみたいな名前の新人作家」（正しくは清涼院流水）。きっと「清涼」

「水」が頭に残ったんだわねえ。

ええ、「ダテマキ」くらい可愛いものです。

美を磨く日本男子

私は毎週毎週、本当に驚くのである。『週刊朝日』の表紙にだ。何だって今時の男子たちは、こんなにきれいな顔をしているのか。

目は二重で、瞳はつぶら。唇の形は美しく、こぼれる歯は白く、きれいに並んでいる。小顔でフェイスラインはシャープ。若いから当然としても、肌は張り、つやつやでシミひとつない。眉やヘアスタイルも、自分に似合う形を知っている感じだ。

11月19日号の「なにわ男子」を見ては、もううなるしかなかった。

この号では、「なにわ男子」のグラビアページの次に、「ドン小西のイケてるファッションチェック」があった。立憲民主党の枝野幸男代表（当時）と、日本維新の会の松井一郎代表の写真が大きく出ている。お二人を見て突然、昭和を感じた。何だかホッとした。

そう、かつての男子たちはこうだった。お二人はマスクをしているため、顔半分は隠れていたが、しかし今時の男子とは全然別の雰囲気だとわかる。いや、お二人は当時ならお洒落《しやれ》の部類だ。一般的に男子は眉は生えっ放し、色黒で服装もヘアスタイルもどうでもいい。今時の男子はどうだ。芸能人ではない「シロウト男子」であっても、本当にきれいだ。何か顔の骨格が変わったような気さえする。

かつての日本男子の一般的な顔は一重まぶたで細い目、あぐらをかいた鼻、エラの張った輪郭だった。色黒の顔は大きく、毛穴が目立つ。脂ぎった肌かガサガサの肌か、どっちかだった。

もちろん、そうでない男子もいた。ただ、傾向としてはそうだった。少なくとも団塊世代の私の小中高時代には、こういう男子が圧倒的だった。社会人になってからも、普通にいたし、それをヘンだとも思わなかった。

だが今や、そういう男子は「絶滅危惧顔」だ。

私と同い年の力士を思い浮かべてもわかる。今時の、令和男子とはまったく違う顔だった。たとえば思いつくままに挙げても、輪島、金剛、富士桜、若獅子、黒姫山、北瀬海、三重ノ海……。誰もがそれは魅力的な力士であった。だが、顔だけを考えると、やはり現在の男子は、骨格が変わったとしか思えない。

それがハッキリとわかるのが、テレビの街頭インタビューである。

渋谷のハチ公前で、コロナ禍などのインタビューに応じる若い男子を見て欲しい。マスクごしであっても本当にみんなきれいだ。高校生や大学生などのシロウトなのだが、小顔でスレンダー。眉を手入れしていない男子は、ほとんど見ない。

そして、渋谷のハチ公前から新橋駅前に画面が切りかわるや、今度はそれなりの確率で「絶滅危惧顔」がインタビューに答えている。一般サラリーマンの年代によっては、今でも昭和を感じさせる男子が残っている。骨格が変わる前に生まれた男子ということか……。

この話を、若い女性にしてみた。すると断じた。

「男女共に日本人はきれいになりました。でも、男子は目立って変わりましたね」

「でしょ。骨格じゃなけりゃ、何が原因？　芸能人じゃなくて一般男子までがきれいって、何？」

「美に対する意識が変わったんです」

「肌の手入れとか無駄毛の処理、ヘアスタイルすべてに対して？」

「はい。今時の男子はどの角度から見られても、撮られてもいいように気を配ってます」

「えー？　シロウトが？」

「シロウトがです。ＳＮＳデビューする時代ですから、自撮り命です。磨きに磨いてます」

「ハァ……」

「戦いなんです」

妙に納得した。大変だなァ、シロウト男子。

そして、思った。シロウトがこんなにきれいな社会では生きにくくないだろうか。

かつては一切手をかけない「絶滅危惧顔」の男子が普通にもてていた。いわば全員が危惧種という時代には何ら気を使わずにすんだことを、今は磨かねばならない。全方向からの見え方や表情を研究。それでも戦いに負けることもある。

以前にもきれいな男子はいて、女子の憧れではあった。だが、女子は彼らに対し、当時の言葉で言えば「モーションをかける」ことを、積極的にはしなかったように思う。「ステキだわねえ。でも、アタシにはふさわしくない別世界の人」という感覚だったか。それは芸能人との距離感に近かったかもしれない。

圧倒的多数の「絶滅危惧顔」たちは、そんな「芸能人」と戦う必要もなく、外見を磨く必要もなく、生きやすかっただろうと思う。

だが、ふと思った。男子の多くがおしなべて美しい時代というのも、悪くはないかもしれない。

２０１９年、ラグビーワールドカップで、日本代表の選手たちの活躍が日本中を沸かせた。女性ファンが一気に増え、ラグビーのルールさえ知らなくても、テレビにかじりついた。ワイドショーが繰り返しラグビー選手を取りあげることは、これまでついぞなかったはずだ。

中には「絶滅危惧顔」もいたのだが、女性たちは、彼らが肉弾となって戦う姿に、そう、悶えたのだ。彼らの太腿《ふともも》は女性のウエストほどもあり、丸太の如き腕にも壁の如く厚い胸板にも、一直線な精神にも「男」を見たのだ。従来のスレンダーで美しい男たちとは全く別の匂いを知った。「絶滅危惧顔」「絶滅危惧体《からだ》」の美しさは精神と共にあると感じたに違いない。

そう考えると、きれいであろうとなかろうと、時代がどうであろうと、男子の最後の戦力は精神だと思えてくる。

信用できません

昨年（2021年）末のことだが、読売新聞の「四季」というコラムに、歌人の小島ゆかりさんの一首が出ていた（12月5日付）。

「介護できる幸せなんて簡単に言ふ人ちよつと信用できません」

（歌集『雪麻呂』から）

このコラムは、俳人の長谷川櫂さんが解説されており、この歌については次のようにあった。

――世界は言葉の欺瞞《ぎまん》だらけ。「介護できる幸せ」とは自分にそう言い聞かせているのだろう。そうしないと辛《つら》くてやってられない。河野裕子の歌がある。〈美しく齢《とし》を取りたいと言ふ人をアホかと思ひ寝るまへも思ふ〉。――

私は講談社から、高齢者を主人公にした小説を3作出している。

1作目は定年を迎えてあがく60代半ばの男が主人公の『終わった人』。2作目の『すぐ死ぬんだから』は、78歳の女性が主人公だ。そして3作目の『今度生まれたら』は70歳と72歳の夫婦が軸。

3作とも介護については触れていない。特に1作目、2作目はまったくゼロである。いずれも主人公の年齢からして、親などの介護状況が出て当然ではある。しかし、現実には「まだ介護は必要としない。この後はお願いすると思うが」という高齢者もいる。

3作目では、死んだ姑の介護を短い期間やったという回想だけだ。

私はどうしても、介護について書くことにためらいがある。その大きな理由として、現時点において私自身がまったく経験していないことがある。

もうひとつの理由は、親しい友人知人が語る介護経験談が、壮絶であることだ。「介護できる幸せ」と言った人は一人もいない。

むしろ、話を聞く側が、

「介護できるだけ幸せかもよ」

と懸命に言ったりする。聞く側もそう言わないと辛すぎるのだ。

中には「死んでくれれば楽になる……と思う自分がイヤで泣いた」という人も幾人もいた。

それほどのことを、まったく経験のない私が書くのは躊躇《ちゅうちょ》する。

もちろん、物語を創作するのが仕事である。実際に人を殺していなくても殺人者の話は書くし、一人っ子であったとしても大家族の話も書く。その時代に生きていなくても、武士や江戸の長屋住人の話をも書く。介護を経験していなくても、綿密な取材や資料をもとに、書くことは可能かもしれない。だが、どうにもその気になれない。「介護できる幸せ」と自分に言い聞かせて立ち向かっている人たちを前に、ためらいは大きい。

　以下の話は、友人の許可のもとに前にも書いたが、彼女の90代の実母はどこかの施設に入っていた。一人娘の彼女が、一手に自宅で介護するには限度を超えたのだと思う。

　会うたびにどんどん太っていく彼女を、私たち友人は心配していた。介護のストレスから解放され、過食しているのではないかと。

　違った。彼女は母親を施設に入れた自分に激しい呵責《かしやく》を覚えていたのである。私たちに何度となく、

「最後まで自宅に居させてあげたかった」

　と言って涙ぐんだことはあった。

　その後ろめたさか、彼女は毎日施設に面会に行った。雨でも台風でも毎日。職場から直行である。そして重い認知症の母親の手を握り、話しかけた。

　するとある日、ちょうど女性職員が母親をベッドから動かすところに行き当たった。母親はまったく動けない。そのために重い体を、女性職員は抱きあげ、言った。

「あーあ、こうはなりたくないわね」

それを聞いた娘はどれほど衝撃を受けたか。その職員をなじった。

「耳は聞こえているんですッ。やめて下さい」

彼女は帰りに私のところに寄り、目を真っ赤にして唇をかんだ。職員にあそこまで言われながらも、自宅に連れ戻せない自分を責めているのが見て取れた。

連れ戻せば、自分が倒れる。仕事もやめざるを得ず、経済的にも立ち行かなくなる。あの日、私は彼女自身が生きていけないような、そこまで追いつめられているように思った。

介護の辛い話を、多くの人から聞いたが、この話は今も思い出す。

おそらく、女性職員も仕事とはいえ、うんざりしていたのかもしれない。介護職員の給与が安いのは、社会問題にもなっている。なのに、仕事はきつい。思わず吐き捨てたくもなったのだろう。

「明日は我が身」の私自身と重ねてみると恐ろしい。加齢による変化は身心共に辛いことであり、困ったことである。高齢者の小説を3作続けて書き、そう感じざるを得ない。何もかもきれいごとでは進まない。最低限のお金はいる。体は動きにくく、持久力はない。

なのに、社会は「美しい齢の取り方」だの、「何かに挑戦するのに年齢は関係ない」だの、「今日のアナタが一番若い。好奇心を持て」だのと煽《あお》る。

それも多くの場合、まだ老境にない人たちが煽っているのだ。私自身も若い頃、高齢者は何かを始めるべきだと、本気で思っていた。年齢なんか関係ない。いつまでも好奇心を持ち続ける。それこそが美しい齢の取り方だと思っていたし、そうなるつもりでいた。

だが、誰しも加齢と共にわかってくるのではないか。家族にも他人にも若い人にも迷惑をかけぬ老人になるのはとても難しいと。

「美しく齢を取りたいと言ふ人をアホかと思ひ」という、この言葉には救われる。「介護できる幸せなんて簡単に言ふ人ちよつと信用できません」の一首と共に、きれいごとと煽りをせせら笑う気力が湧く。

プライドフィッシュ

「生わかめ」を食べたことがおありだろうか。

今の時期に、ほんの短い間しか採れず、春を告げるわかめである。これは三陸が産地で、毎年、岩手の友人が送ってくれる。

濃い茶色で肉厚で、武骨な見た目。普通、わかめというと、長期保存のために湯通しして塩蔵のものが思い浮かぶ。武骨な生わかめは全然おいしそうに見えない。ところがこれは海から採取したばかりで、焦げ茶色はわかめ本来の色だという。

私の家で初めて見た友人達は「冷凍を解凍したものだ」と思ったそう。なので、私は必ずしゃぶしゃぶにして出す。土鍋に湯をたぎらせ、目の前で焦げ茶色の武骨なわかめをくぐらせる。

その瞬間、本当に一瞬にしてきれいな緑色に変わる。友人たちは、「あっ！」と声を上げ、息を呑《の》む。あの地味な焦げ茶色が、どうして一瞬にして若葉の柔らかな緑色に？　本当に魔法である。その上、肉厚なのに柔らかく、おいしいことおいしいこと。私はしゃぶしゃぶ用の魚や野菜も用意しておくのだが、誰もがわかめ、わかめで、あっという間になくなる。

先日、そんな女友達の一人から電話があった。

「生わかめの季節よねぇ。でも去年も今年も呼んでもらえないね。まったくコロナのせいで」

おかげで私は存分に一人しゃぶしゃぶをし、それも幸せだ。とは言え、やっぱりおいしいものは大勢で食べたい。

すると夜更け、秋田の土崎に住む知人から電話があった。

「とらふぐ食べに来てほしいけど、無理よねぇ」

と、ここでもコロナの話である。

秋田沖で捕れる「北限のとらふぐ」、これがまたおいしい。だが、下関などの有名漁獲地に比べ、知名度は低い。土崎は私の生まれ故郷の港町だが、「みなと土崎ふぐのまち」と銘打ってアピールに余念がない。

元々、秋田沖は天然のとらふぐが育つにはベストの環境なのだという。これは土崎の居酒屋店主の受け売りだが、秋田のふぐは稚魚のうちから北国の冷たい海水で育つ。そのため、身が締まり、てっちりでも刺身でも抜群においしいのだそう。

私はコロナ前に2回食べているが、これが冬の秋田でないと出せない不思議なおいしさ。というのも、店の外は雪である。家々にも道にも、しんしんと降る。

昔、読んだ記憶があるのだが、「雪はすべての音を吸い込む。だから雪の夜は静まり返っている」のだという。窓の外はそんな夜だ。

やはり「ふぐは西のもの」という印象があるせいか、雪を見ながら食べるふぐは、不思議なおいしさを増す。電話の知人は言った。

「雪国の人間は雪に苦労させられるけど、雪の夜のふぐは別格よね」

そして、誇った。

「とらふぐは秋田のプライドフィッシュだもの」

私は「プライドフィッシュ」なる言葉は初めて聞いた。すると、知人は、

「ヤダ、知らないの？　全国の自慢の魚よ。ネットで調べなさい。普通は知ってるわよ」

私はあきれられながらも、「プライドフィッシュ」って何だかとてもいい名だと思った。きっと全都道府県が誇る魚介で、たぶん他ではありえないおいしさや種類。それは各地のプライドを背負う魚介なのだ。

そう思って調べてみて驚いた。「プライドフィッシュ」は公式サイトまであるではないか。知人が「普通は知ってるわよ」と言ったのも、オーバーではないかもしれない。

それは「漁師が選んだ本当においしい自慢の魚」のことだった。その地域の漁師たちが、その地域のプライドをかけて選ぶ魚介ということだろう。「ウィキペディア」によると、全国漁業協同組合連合会が中心になり、各都道府県の漁連や漁協と選定。季節ごとに旬を迎える魚介類を選んでいるという。

つまり春夏秋冬の、誇るべき魚介が選ばれる。つい魚介にも四季があることを忘れがちだ。だが、「プライドフィッシュ」によって、日本の海産物には季節があることを思い出した。

この公式サイトが面白い。その地域らしい魚介の写真もイキがよくて、日本の海ってすごいなァと小学生のようなことを思ってしまう。

プライドフィッシュは全国で283ある。「九州・沖縄エリア」「中国・四国エリア」「東海・近畿エリア」「関東・北陸エリア」「北海道・東北エリア」に分かれている。それが本当にその地域の個性を見せる。

たとえば北海道の冬なら「稚内・留萌の銀杏草《ぎんなんそう》」がある。これも初めて聞いたが「仏の耳」と呼ばれる希少な高級海藻。北海道の日本海側でしか採れないそうだ。一方、沖縄の冬なら「せーいか」がプライドフィッシュのひとつ。最初に久米島で漁が始まった。「せー(エビ)」に似た味がするイカなので、この名がついたといい、「ソデイカ」とも呼ばれる。

コロナ禍で旅もままならない今、このサイトは旅気分にさせてくれる。

岩手を見ると、あった！「わかめ」が春のプライドフィッシュだった。きれいな緑色の写真も出ている。

すると、いつも送ってくれる三陸は釜石の友人から電話があった。

「送るの遅くなって。海が時化《しけ》て出られなかった。今、送ったから」

店頭にいつも並んでいるものと違って、時化れば採りに行けない。この言葉にはシビレた。

これから何を食べる？

女友達のA子から電話があり、困り切っている。

若い頃からとても世話になっている女性が、A子のところに電話をかけてきては、

「死にたい。死ぬ方法を考えている」

と暗ァい声で言うんだそうだ。A子は、

「私、それを毎日のように聞かされて。世話になった人だし、毎回相手をしているけど、何と答えていいかわからない」

とぼやいた。

実は10年以上前に、私も「死にたい」と言う友人から、週に2、3度ハガキが届いたことがある。返信をしないと落ち込むと思い、週に1回くらいは返信していたが、どう書けばいいのか。

A子の許可を得て書くが、死にたい人は70代女性で、専門分野の第一線で活躍してきた。

しかしある日、大きな事故に遭った。幸いなことに、奇蹟的に後遺症が出ず、2か月で退院。当時、60代前半だった。

ところがその後、事故とは関係のない病気に次々と襲われた。やがて介添えがないと日常生活を送れなくなったという。

A子への電話が続くようになったのは、その頃かららしい。

「毎日死ぬ方法を考えて、一日が終わる。でも、他人に迷惑をかけずに自死するのはすごく難しい。だけど、私には生きている意味がない」

10年以上昔に、私にハガキを送ってきた女性も、大きな病気により要介護の認定を受けていた。当時、60代後半ではなかっただろうか。

彼女も、それまでは世界を飛び回るビジネスウーマンだった。そうであるだけに、現在の自分をどう納得すればいいか、わからなかったのだと思う。きっと医師は励ましただろうし、経験者からも「リハビリを続けることで、少なくとも現状維持はできる」と、力づけられたのではないか。

ただ、これはなかなか心に届かないかもしれない。今までは自力で生きていたのに、どうしてこうなるのか。どうして他人に面倒をかけないと生きていけないのか。死ぬまでこうなら、生きていても迷惑をかけるだけだ。苦しみと申し訳なさしか感じない。

とは言え彼女の場合、文字はきちんと書けるからハガキも書ける。本も新聞も読めるし、会話も昔のままだ。だが、そんなことは、本人にとって生きる糧には成り得なかったのだろう。

ハガキの文面は、回を追うごとに深刻になっていく。死に方の具体策になっていく。私はどう返信すればいいか、ほとほと困った。A子の困惑も、まったくそれだった。

考えてみれば、「死にたい」に限らない。夫婦や子供のこと、病気のこと、種々のイザコザ等々、簡単には解決できない問題は少なくない。

誰かに話すことで楽になるレベルではないにせよ、そうしたくもなろう。それがA子への電話だったり、私へのハガキだったりではないか。

私はハガキを読み続けながら、これは愚痴なのだと思った。愚痴は他人に聞いてもらえばこそ、楽になる。自分で自分に愚痴ったところで、ジメジメするばかりだ。

そう気づいた私は、短絡的に少しでも明るい気持ちにすればいいと考えた。そして電話で明るく言った。

「理学療法士の先生に聞いたけど、リハビリって必ず効果が出るって。有名人の具体例を幾つも聞いたわ。あなたと同じ病気の人の例もよ」

彼女は怒ってしまった。

「無責任に希望的なこと言わないでよ。あなたに何がわかるのよッ」

途中で電話を切られ、あれ以来まったく音信不通である。私だけでなく、他の友人たちも連絡が取れないと言う。友人の一人が、

「今になって思うんだけど、あそこまで思いつめるのは、やっぱり心がやられていたんだと思う。心療内科とかカウンセリングとかを勧めればよかった。私たちシロウトでは無理よ」

と言ったことがある。

シロウトだからつい、明るい方を向かせようなどと思い、傷を深くする。だからと言って、心療内科やカウンセリングを勧めるのは、もっと難しい。

「私は心の病気だって言うのッ!?」

と怒るだろう。

以前に、起業した会社がつぶれて「死」を思いつめた人の話を、講演会で聞いた。彼はハッキリと、「カウンセラーの助けで立ち直った。娘に引っ張って行かれ、最初は怒ったけど、よかった」と言っていた。

追いつめられた人との会話は本当に難しい。A子本人も大怪我をしたことがあり、その経験を懸命に話したところ、「軽くてよかったわねッ」と逆効果だったと言う。

おかしいと思ったら、心の専門家の手を借りることを、家族は考えてもいいのではないか。

昨年の11月28日付の「秋田魁新報」に関西大の池見陽《あきら》教授の談話が出ていた。同教授は心理療法の専門家である。

記事は次のようだ。

「来談者は自らが抱える迷いや不安の『実感』に焦点を合わせ、カウンセラーの助けを借りて当てはまる言葉を探す。それができたとき、気づきを得て問題解決につながる」

そして、続く。

「たとえば空腹時、そばならごまを入れるかなど、食べたい物を細かく絞り込んでいく。ぴったりの物を思い付けばうれしくなるはず。大事なのは過去にあった空腹の原因を探ることではなく、これから何を食べるかだ」

ああ、その通りだと思った。そうなのだ、空腹の原因を数えあげるよりこれから何を食べるかだ。

この言葉、当たり前なのに、シロウトには出てこないと思う。

友達なら「ごはん」

もう5、6年は前だが、私が入院した時のことだ。退院時に、病院栄養士から食事の指導を受けた。

栄養士は私に冊子を渡し、わかりやすく説明してくれた。そこには塩分や脂肪分など摂取過多を避けるべき食材が一覧になっている。また、料理名一覧もあり、これには驚いた。栄養素の含有量が、私の印象と全然違う。

「エーッ、この料理って、そんなに脂肪が多いんですか？」

「エーッ、これってタンパク質、ないんだ……」

の連続。栄養士は、

「神経質になる必要はありません。ただ、心にとめて食事してみて下さい」

と微笑み、私は神妙にうなずく。もう入院はしたくないので、教わった通りに食べようとかたく心に誓う。

ところが、いざ退院すると、食事に手間がかかる。「今日は脂肪が多すぎかも」とか「タンパク質、そんなに摂《と》れないよォ」とかで、ついにネをあげた。そして、女友達のミサオにメニュー作りを頼んだ。彼女は高校の同級生で、ベテラン栄養士である。

すると何と！　たちどころに、1か月分の三食メニューを一覧にしてくれた。余白におおよその塩分、脂肪分、タンパク質などの含有量がグラムで書いてある。

私はそれを見ながら、プロとはすごいものだと感嘆した。結果、退院後の検診で満点をもらったのである。

あれから5、6年後のつい先日、ふと思った。私はあの時のお礼、ミサオにしたかなァと。

「ごはん、ごちそうする！」とかであり、きちんとお礼はしていない。

今頃になってそう思ったのは、親戚のP子が私に言ったからである。

「友達の税理士に、ちょっと経理のことを聞いたのよ」

P子には顧問税理士がいる。だが、「ちょっと」教えてほしかったり、「ちょっと」疑問に思ったりすると、ついその友達に聞くらしい。すると先日、言われたそうだ。

「あなたから聞かれたことに、私はきちんと時間を取って調べて答えてるのよ。わかってる？」

のである。

そして明言されたそうである。

「顧問税理士以外の、セカンドオピニオンを聞いてるということよ」

P子は、セカンドオピニオンと言われた衝撃で、初めて気づいた。プロの知、プロの技に対し、きちんとしたお礼、報酬はまったく支払っていなかったと。いつも「ごはん」だったのである。

考えてみれば、医師でも弁護士でも税理士でも、他のあらゆる職種においても、プロの知と技を受けると報酬が発生する。「電話診療」もあるし、「相談料」もある。ところが、それらプロが「友達」だと、つい正規のルールを忘れる。なぜか「ごはん」になる。

P子はおそらく、何度も「ちょっと」を繰り返したのではないか。税理士の友達にしても、1回2回の質問では「セカンドオピニオン」なる言葉を出して諫《いさ》めないだろう。堪忍袋の緒が切れたのだと思う。

また、他から聞いたのだが、プロのミュージシャンや演奏家の友達がいると、軽く言うらしい。

「ホームパーティやるから、ちょっと歌って」

とか、

「娘の誕生日会でバイオリンを弾いて」

とか。プロが友達の場合、歌や演奏への報酬は「ごはん」だったり、せいぜい「お車代」だったりが多いと聞いた。

イラストレーターの知人は、友達から、

「娘のろうけつ染めの下絵を描いてよ」

と言われたと怒った。

前述の親戚のP子は、ある専門分野のプロだ。自他共に認める力量で第一線に立っている。件《くだん》の税理士はP子の専門分野に関し、これまで何回も何回も長々と相談の電話をかけてきたという。P子は笑った。

「『ごはん』と言われたことさえないわ」

税理士にしても、プロの自分を正しく扱わないP子には立腹する。だが自身は、P子がプロであることを忘れている。

私はかつて、どれほどパーティや結婚式でのスピーチ原稿を頼まれたかわからない。

「娘のピアノ演奏会で挨拶するのよ。うまいこと書いてくれない？」

「幼稚園の学芸会で、先生たちが寸劇をやるの。台本書いて」

まで多種多様。

驚いたのは、仲人のスピーチだ。会ったことも聞いたこともない新郎新婦の紹介文から、門出を祝う言葉までを書いてくれと、電話があった。「全然知らない人だから」と言うと、「大丈夫。今から説明する」と来た。

いずれも丁重に断ったが、ペンを生業《なりわい》にしている者にも「ちょっと」書いてよ、になる。

そう言えば……と思い出したが、かつて男友達が家を改装する際、大学時代からの友達に相談していた。その友達は一級建築士だというが、改装は地元の業者がやる。これも友達の建築士にセカンドオピニオンを求めたのだろう。

プロの知と技を頂こうとする場合、友達でも、

「お礼、どうすればいい？」

と聞くのが筋だと、私もやっと気づいた。そして、今頃になってミサオを思い出したのである。

すぐに電話すると、彼女はすっかり忘れていた。

「そのためだけに電話くれたのォ？　律義ねえ」

とあきれ、言った。

「ごはんにして。片岡君の『アルポルト』ね」

イタリアンの鉄人片岡護シェフも高校の同級生である。

「どうせなら友達の店でごはんがいいわ」

どこまでも「友達」と「ごはん」は切り離せないものだった。

いつか来る3月

3月、私の周囲では多くの人が、人事異動や定年などで職場を離れた。

その中で、特にズンときたのは、雇用延長の終了を迎える人たちである。私の年齢になると、周囲はそれが多い。

彼ら彼女らは一度定年し、延長された。そして今、その延長が終わるのだから、大半は60代後半から70代前半である。

まだ頭も体も十分に力がある。その自負もあるだけに淋しいと思う。

周囲は明るく「自分の時間がたっぷり持てますね！」などとプラスのことを言う。本人も「そうなんだ。やりたいことが色々あってね」などと元気に答える。

だが、私は小説『終わった人』（講談社文庫）を書くきっかけを思い出す。私がまだ大企業に勤めていた時のことだ。

社内報の編集が仕事の私は、定年退職する人たちに毎年、「定年後の生活」をインタビューしていた。巨大企業であり、造船などの現場マンも数多く、一回の定年者は50人を下らなかったと思う。

インタビューには、多くが笑顔で答える。「趣味を楽しむ」「孫と遊ぶ」「妻と温泉巡りの旅」等々だ。

私もまだ20代で、その言葉を「いいなァ」と信じ切っていた。ラッシュにもまれることも、上司に気を遣うこともなく、たっぷりと自分の時間を楽しめるのだ。

ところが脚本家になり、私自身も年齢を重ねた時、あの人たちの言葉には多分に見栄があったのではないか……と気づいた。

いかなるジャンルの仕事でも、いかなる社員たちでも、定年までは前線で戦ってきたのだ。そこにはラッシュのつらさも上司への不満も、人事異動の理不尽もあったにせよ、自分が必要とされる場があった。

当時は確か定年が58歳だったと思う。その年齢で、社会から「卒業」させられ、「毎日が大型連休」になる。その淋しさに、本人はとうに気づいていたのではないか。

私に「終わった人」というタイトルが浮かんだ。そして、小説にした。

主人公はエリートの見栄を張り、雇用延長も断る。ところが、家にいてもやることがない。朝起きると、早くも時間を持て余す。妻は相手にしてくれない。

どこにも行くところのない暮らしは、人をどんどん老け込ませる。何とかもう一度社会に出たいとあがく。ハローワークにも通い、挑戦を重ねる男の物語である。

映画にもなり、主演の舘ひろしさんが日本アカデミー賞優秀主演男優賞やブルーリボン賞主演男優賞や、数々を受賞された。

多くの人に本が読まれ、映画を見ていただいた理由については、心当たりもある。誰もが「いつか来る3月」を、我がこととして覚悟しているからではないだろうか。

私の女友達は、一昨年雇用延長を終了したが、経理事務のベテラン。その特技のおかげで、アルバイトが幾らでもあった。

ところが昨年、クビに。以来、バイトの口がないという。

「コロナ不況で、バイトが最初にクビになるの。もう70代だもの、コロナが去っても雇ってくれるところはないわよ」

「どうするの？」

「生活は退職金をくずして、他に年金もあるから何とかかね。だけど、家にいてもやることなくてさ。これがつらいし、淋しいの。あがいてハローワークにも行ったわよ。でもね、もう私たちの時代じゃないの。私ら完璧に『終わった人』なのよ」

私はその小説の後、『すぐ死ぬんだから』と『今度生まれたら』と、高齢者を主人公に2

作書いた。そのたびに取材もして、我が身にも重ねて、身にしみたことがある。

それは「世代交代を提示されたら、サッと引くこと」だ。心の中では「まだできる！」と怒りがこみ上げても、若い人にサッと交代する方がいい。そう思い至った。

というのも、どう言いつのったところで、会社や組織は、交代を決定済みなのだ。決定事項を提示するのだから、訴えるだけ無駄であり、あがくだけみっともない。私は3作を書き、そこに行きついた。

世の中は世代交代で成り立っている。それは「つなぐ」ということだ。思えば、私たち世代も、古い世代に交代させて、つないできた。今、若いさかりの人も必ず、世代交代がある。

そこに不公平は何もない。

私のようなフリーランスも含めて、年齢と共に必要とされなくなる。その時、「かつてはいい時代もあり、楽しいことも刺激的なことも数多くあったのだから、よしとしよう」と、ちょっとやせ我慢しても、そう思うことは大切ではないか。どっちみち、みんなそうなるのだから。

こう言うと必ず「高齢者は諦めが大切だと言うのか。人間は年齢に関係なく何でもできる。挑戦しないだけだ」と怒る人がいる。私自身の経験から言うと、それは高齢者を型通りに励ましておくだけの、無責任な美辞麗句である。

70代になった今、私は絶対に東北大学大学院受験という挑戦はできない。仙台に住んで通学し、寝袋で研究室に泊まり込み、修士論文は書けない。また、今から大学相撲部の監督に挑戦し、合宿や試合で全国行脚はできない。

自分自身を考えると、とにかく現在の年齢でできることを存分にやることが、最も後悔がなく、最も楽しい年の取り方だと思うのである。

人は、加齢と共に、心身の力を必ず失う。型通りの、励ましのための励ましに惑わされないことだ。体力や経済状態や環境も考え、今できることに優先順位をつける。そして、実行することだと思い至っている。

「私、中卒なんですよ」

　ある時、仙台駅近くのバス停で声をかけられた。まったく見知らぬ高齢者だが、私の顔をご存じだったようだ。それは私が仙台の東北大大学院に入学した直後だったので、もう20年近く昔のことだ。

　その人は少し背中が丸く、70代半ばに見えた。20歳は年下であろう私には「お爺さん」だった。

　すると、バス停のベンチに腰かけながら、言ったのである。

「内館さん、私は中卒なんですよ」

　突然、見知らぬ私に何を言い出すのかと思ったら、目の前の商店や会社の看板、表札を指さした。

「今、ああやってローマ字や英語で書いてあるものが多いですよね。でも、私はローマ字、ほとんど読めません。私の頃は学校で習いませんし」

あの高齢者が、本当に70代半ばとすれば、「中卒」とは旧制中学のことだろうか。旧制中学では英語、ローマ字は習うのではないか。もしかしたら高等小学校卒とか、あるいは戦時下の中学で敵国語は習わなかったのか。

「今から高校に行きたいと思ったんです。内館さんが東北大《トンペー》の大学院で勉強し直すって記事を読んで。どう思いますか?」

思いもかけぬ問いだった。私はバス停で力一杯に答えた。

「絶対に絶対に行くべきです!」

「でもローマ字も読めないんですから、入学試験に落ちますよね」

「まず、市役所に相談するのがいいと思います。夜間高校とか通信制とか色んな高校がありますし、面接と作文だけの高校もあるかもしれません。学びたいという迫力は、絶対に面接官の心に響くと思います」

そう言いながら、私の東北大合格も、単に「迫力」だけだったかもと思っていた。

当時、「男女平等」「男女共同参画」の嵐が吹き荒れ、女性政治家や女性学の研究者たちを中心に、大相撲の土俵や伝統の祭祀、神事、民俗芸能にまで、それを当てはめようとしていた。

私はもちろん、男女平等、男女共同参画は当然のことだと思う。だが、すべてにそれを当てはめるのは違う。そう考えていた。男だけで、あるいは女だけで守ってきた伝統、文化を、なぜ21世紀の考え方で真ったいらにする必要があるのか。

私はこの一点を口頭試問で力説。面接官の教授は、私の迫力に土俵を割ったとしか思えないのだ。

その後、某女性政治家が土俵の女人開放について、新聞に書いていた。男女共同参画を成すことが、グローバルスタンダードに沿うという内容だった。これを読んだ時、戦慄《せんりつ》が走った。自国の伝統文化を、グローバルスタンダードつまり世界標準に合わせようとする政治家がどこにいる。日本にはいたのだ。薄っぺらすぎる。恐い。本気で学ぼうと思った。

バス停の高齢者は、私と話しているうちに、気合いが入ってきたのがわかった。妻に先立たれて独居だと言い、

「やってみます。何か嬉しくなってきた。ありがとう」

と笑顔を見せた。

あれ以来、その高齢者と会うことはなかった。だが、私は通信制でも夜学でも、何らかの高校で学んだと確信している。

こんな古い話を思い出したのは、先日、ニュースで歌手の橋幸夫さんが、京都芸術大学通信教育課程に入学したと知ったからである。橋さんは来年（2023年）5月に80歳になり、

それを機に歌手を引退すると報じられていた。だが、まさか大学で学び直そうとは！　芸大では書画コースを専攻し、「大学で学びたい。それが心残りだったので」とコメントされている。

また「ホンジャマカ」のお一人で、今は俳優や司会者としても活躍中の恵俊彰さんが、早稲田大学の大学院に入学することも報じられた。

恵さんとは大河ドラマ「毛利元就」で俳優としてご一緒しているが、今年58歳だという。あの超多忙な仕事をこなしながら、何としても大学院で学びたいとする迫力は、やはり面接官の心を打つものだったのではないか。

２０２０年には、同じ早大大学院に元横綱稀勢の里（現・二所ノ関親方）が入学。将来、自分の部屋を持つ時のために、弟子の育成方法等をスポーツ科学の分野から学ぶとして、話題になった。すばらしい修士論文だったと指導教授が語っていたニュースを覚えている。

中卒でも高卒でも、資格審査を通れば大学院の受験資格が得られるのは、とてもいい。

また、読売新聞（3月25日付）には、ド肝を抜かれる読者投稿が出ていた。「81歳院生論文挑む」というタイトルだ。投稿主は日野林寛さんとおっしゃる。80歳の節目を迎える前に、仏教を深く学びたいと思った。

そして78歳で大学院生になり、81歳の今は修士論文で「道元」に取り組んでいるという。

修士論文を書くことがどれほど大変か、身にしみている私は、やはりここでも「迫力」を思う。

何としても学ぶという迫力は、恵さんや元稀勢の里関のように多忙であれ、橋さんや日野林さんのように80代目前であれ、岩をも通すのだと思わされる。

本書の「いつか来る3月」（172頁）にも書いたが、「人間に年齢は関係ない。挑戦だ」という無責任な励ましには、何ともお手軽な甘言だとあきれる。やはり年齢や体力は若い時とは違う。また恵さんのような働き盛りの立場もある。

だがそれでも、自ら通信制や夜学も考えるなら、ぜひ実行すべきと思う。学び直しは本人のためになり、若い人の刺激にもなる。

私は実体験として、社会人や高齢者が学び直すことは、想像を遥かに超える豊かさをもたらしてくれると断言できる。

ロシアの女の子

先日、読売新聞の読者投稿欄「気流」にハッとさせられた（3月30日付）。東京都の会社員大西憲二さんからのもので、全文を引用する。

「関東地方の小学校に通うめいっこから、ロシア人の父親と日本人の母親を持つ女の子が学校でいじめに遭っていると聞いた。

ウクライナ侵攻が始まって以降、ロシア系であることを理由に仲間外れにされ、体育の授業でもペアを組む相手がいないという。めいっこはどうしたらいいのか分からない様子で、『本当は一緒に遊びたい』と話していた。

軍事侵攻はもちろん許されない。同時に、政治問題を理由にして個人を差別するのも許されないことだと、我々は肝に銘じる必要がある。

女の子が笑顔で学校生活を送れるよう願うとともに、一日も早いウクライナの平和を祈っている。」

私はまったく迂闊《うかつ》なことに、こんな女の子までが悲しいめに遭っているとは思いもしなかったのである。

日本のロシア料理店が誹謗中傷されたり、客足が途絶えたりという話は聞いていた。『週刊文春』（4月14日号）の連載エッセイでは林真理子さんも触れているし、グラビアでは気丈に頑張る料理店主らを紹介していた。

侵攻とは何の関係もなく、異国の日本で郷土料理店を開いているだけの彼らに、多くの日本人は誹謗中傷も嫌がらせもしないと思う。

ただ、林さんも書く通り、「しかし、やはりロシアと名がつくところに行きたくはないと思っていたのであるが、」という気持ちは多くの人が持っているのではないか。私もスーパーで「ロシア産」は買わない。

日本の若い人は政治や国際情勢に無関心すぎると嘆かれてきたが、ウクライナのために何かできないかと高校生も立ち上がった。せめてものカンパもするし、ウクライナを助けるためのTシャツや品物を買ったりする。

投稿には女の子が「小学生」とあるだけで、年齢は書いていなかったが、連日の報道や周囲の話から、自分の国が何かひどいことをやっていると気づいていよう。

ロシア軍の激しい無差別攻撃で、ウクライナの歴史ある街が焼け野原になっている映像、肉親を虐殺されて泣き叫ぶ人たち。「子供がいる」と大きく書かれた劇場をも容赦なく空爆するロシア。子供にはわからないだろうが、親や大人たちはロシア兵によるレイプ報道にも怒りと憎しみをあらわにしたと思う。

そして、何とかロシア軍から逃れるために、人形を抱いた幼児までがポーランドなどへ避難する。ロシア軍はその避難路までを攻撃する。

日本の子供たちは、自分たちの理解の範囲内で、それを知った。そして「ロシアという国は、何てひどい国なんだ」と思ったのだろう。子供のまっすぐな正義感で、「絶対に許されないことだ」となった。

そして子供たちは、学校にいるロシア系少女を思い出した。あの子の国はこんなに悪いんだと。そして、子供の正義感は「あの子とはもう口をきかない」「あの子とは遊ばない」に行きついてしまった。

それはロシアの侵攻と同じように、とてもひどいことなのだと教師や親が教えるしかない。

「何の罪もない一人のお友達を、よってたかっていじめるのは、侵攻した国に対して、みんなが憎んでいることと同じよ。戦争で、弱い者がよってたかってひどいめに遭わされて、殺されることと同じなのよ」

小学生のいじめの現場で、誰かが掟破りをして一緒に遊ぶことは難しいと思う。女の子には何の罪もないことを理論立てて教える。そして、クラスで人望のある子や一目置かれている子を、いわば「ご学友」としてつけることから始める。そう思うのだが、それは、教師のパワハラになるのだろうか。

女の子は自分の国が悪く言われ、突然仲間外れにされて、どれほど悲しかったか。事前に両親から言われていたかもしれない。

「パパは何も悪くないんだけど、ロシア人だから、いじめられるかもしれないよ」

そして、いじめっ子の中には口に出した者もいるかもしれない。

「アンタも戦争平気な人？」

「お前の国は人殺し！」

たとえ当初は子供らしい正義感であったとしても、やがていじめることにも、それによる少女の悲しみにも、快感を覚えてきたかもしれない。

おそらく、女の子はいじめられていることは、両親には話すまい。話せば悲しませるだけだとわかっている。学校を休みたいとも思うだろう。だが、休めばきっと両親は「ロシア」が原因のいじめだとカンづく。悲しませたくない。地獄の学校に行き続ける。

「秋田魁新報」（3月23日付）の中学生投稿欄に、二人の中学1年生が印象的な言葉を書いていた。共に秋田県の本荘東中学の男子生徒だ。

一人は佐藤卓磨君で、「人間は、失うことを恐れる」と心理を分析。そして失うことを恐れたロシアが戦争によって「既に多くのものを失っている」とロシア側の不幸をも訴えている。

また伊藤快晟《かいせい》君は、北京五輪でウクライナの選手が掲げた「NO WAR IN UKRAINE」という言葉が頭から離れない。そして、「自分に何ができるか。毎日毎日、そのことを考えている」と書いている。

今の中学1年生はここまでもわかっている。小学生であろうと、教師が教えればロシア系少女は必ず救われる。

女の子の職業

興味深いアンケート結果を目にした。

新小学1年生の男女を対象に、「将来、どんな職業につきたいか」を調査したもの。この4月に小学校にあがったばかりの男の子と女の子だ。

調査はクラレの人工皮革を使ったランドセルを購入した親4000人、それを使う男女児童の各2000人を対象にしたものである。

職業に対する女の子の関心は、変わったと思う。祖父母はショックを受けるかもしれない。祖父母が新小学1年生の頃、こんなアンケートはなかっただろう。だがもしもあったなら、まず間違いなく女の子が望む最上位ランクに入ると思われるのが、

「お嫁さん」

だろう。

2022年の今、「お嫁さん」は女の子のランキングベスト10にも入っていない。もっと

も「お嫁さん」は職業でないとして、項目にもなかったのかもしれない。
6、7歳の女の子たちが、将来つきたい職業のベスト10は次の通り。（　）内は昨年の順位である。

1（1）ケーキ屋・パン屋
2（2）芸能人・歌手・モデル
3（4）花屋
4（7）医師
5（6）警察官
6（10）保育士
7（3）看護師
　（8）教員
9（5）アイスクリーム屋
10（9）美容師

「ケーキ屋・パン屋」は24年連続トップだ。「医師」は昨年の7位から三つ順位を上げた。警察官、保育士、教員も上がった。

クラレの担当者は、

「コロナ禍が続く中で、人々の生活に欠かせないエッセンシャルワーカーへの関心が高まっている」

としている。

ならばなぜ、看護師が昨年の3位から四つも順位を落としたのか。医師は同じ医療職なのに上がっている。

私個人の考えだが、医療従事者がコロナ禍で家に帰ることもできず、病院に寝泊まりして激務をこなしているというニュースの影響もあるのではないか。それはよく報じられたが、取材対象は看護師が多かったように思う。家で母親を待つ子供とも会えず、防護服を着て患者のために力を尽くす。

女性医師も同様だったであろうが、ニュースでは看護師の印象が強い。新小学生はニュースを見て「看護師さんは可哀想。子供にも会えないで病院に泊まって、ずっと働いて……」と思ったのかもしれない。となると、順位を落とすことはありうる。

警察官や保育士、教員はコロナ禍の中、人のためになる職業として認識されたのではないか。「悪い人を捕まえて、みんなを安心させる警察官」「子供を預かって、働く母親のために頑張る保育士」「優しくて色んなことを教えてくれる教師」に憧れを持つことは自然に思える。

24年連続1位の「ケーキ屋・パン屋」と、また順位を一つ上げた「花屋」に女の子が夢を見るのはよくわかる。二つともきれいで洒落ている。

明るい店内はパンと花のいい香り、すてきなユニフォームやエプロン。美しいケーキやパン、色とりどりの花、それらに囲まれて働くワタシ。女の子にとってこんな幸せはない。実際には大変な仕事であったとしても、六つや七つで憧れることはとても健全だ。

さらに面白いのは、「女の子の親がつかせたい職業」である。これが子供とは大違い。ベスト3のケーキ屋・パン屋も、芸能人・歌手・モデルも花屋も吹っ飛ぶ。

1 看護師
2 公務員
3 医師

手堅い。警察官も公立学校の教師も公務員であり、いかなる職種でも「親方日の丸」の安心感、安定感は捨て難い。

国家資格があって、専門性も高い医療職に人気が集まるのは、親にすれば当然の願いだろう。

7年前、私の甥に女の子が生まれた。まだ1か月かそこらしかたっていない時、私はその子を抱っこして囁《ささや》いた。

「しっかりした仕事を持つのよ。自分の力で食べていけるようにするのよ。夫に我慢の限界が来たら、子連れでサッサと家を出て、一人でその子を育てられる力をつけるの。そのための勉強を、ちゃんとするのよ」

1か月で首もすわっていない赤児に、私は平気で囁いたのである。

というのも、私は「お嫁さん」の時代に育っており、資格も専門性も何も持っていない。同年代でも意識の高い女性たちは、教師や弁護士、医師、看護師、薬剤師、栄養士、美容師、税理士などをめざしていた。が、何せ夢は「お嫁さん」の私は、働く気などまったくない。

「女の幸せは男に幸せにしてもらうこと」と、もうあきれたヤツだった。

こういうヤツが、男から幸せをもらえないとなると、暗黒世界。あの時に私は「女は子供を養える力をつけるべきだ」と骨身にしみた。そして、今からでも他人が簡単にまねできない技能をつけようと決心した。30代の頃だ。

すぐに、日本相撲協会に電話をして頼んだ。

「私、床山になりたいんで雇って下さい」

床山とは力士の髷《まげ》を結う職人である。好きな相撲界で、床山の技能を身につければ、私は一生元気に生きていける。本当にそう考えた。後でそれを知った弟は、

「ここまで突拍子もない姉とは……」

とあきれ、むろん協会にはその場で断られた。

こういう轍《てつ》を踏まないように、小さいうちから職業への意識を持たせる。途中で希望職種が変わろうが、その教育は女の子に必須だと信じている。

空間恐怖症候群

男友達に何度も電話をかけたものの、不在。携帯にも家の電話にもメッセージを入れたが、急用があるわけでもないしと放っておいた。

すると翌日、電話がかかってきた。旅行に出ていたのだという。コロナのまん延防止等重点措置が解けたゴールデンウィーク前。感染者数が減少傾向にある時だった。

旅行にも行きたくなろうというものだ。だが、彼はコロナ禍のずっとずっと前から、ホントにつかまらない人なのだ。

私に急ぐ用は何もないとはいえ、やっと電話に出た彼が、

「沖縄に行ってて、今帰って来たんだよォ」

なんぞと呑気にぬかすものだから、急に腹が立って言った。

「あなたって、空間恐怖症候群？」

「え？　何それ」

「だから、スケジュール帳に空間、つまり空きがあると不安になるビョーキよ。びっしりと埋まってないと不安になるの。で、次から次へと毎日、埋めるの」

彼はゲラゲラと笑った。

「全然。そんなことはまったくない」

「だって、ホントに空間がないじゃない。今日は映画、今日は落語、今日は芝居、今日はコンサート。海外やら国内旅行はしょっちゅうで、スポーツ観戦も国内外にすぐ行くし。東京オリンピックの観戦もバカスカ申し込んで、かなり当選したじゃない。加えておいしい店探し。そこに食べに行き、おいしいと私たちを誘ってまた行くし」

言い訳させまいと私は一気にしゃべり、断じた。

「空間恐怖症候群よ。間違いないわ」

私のこのがぶり寄りにも、彼は土俵を割らない。陽気に笑って言う。

「好きなことをやってるだけで、空白の日もいっぱいあるってば」

「ふーん。趣味過剰症候群か」

「アハハ。それそれ」

となったが、趣味だけではなく、びっしりと仕事が入っていないと不安になる人もいる。

空間だらけの手帳を見て、「俺はもうこういう立場だから」と自嘲する定年後の人とも会った。

　また、二人の女子中学生は私に「アドレス帳に空きがあるのはイヤ」と言った。空きは「友達がいない証拠」なのだと言うのだ。

　かくも多岐にわたる空間恐怖症候群だが、この言葉を私に最初に教えて下さったのは、ドン小西さんである。

『週刊朝日』の連載「イケてるファッションチェック」が人気の、名高いファッションデザイナーだ。

　私はかつて月刊『潮』で対談のホステスをやっていたのだが、小西さんにお会いしたくて、ゲストにいらして頂いた。２００３年のことだ。もう20年近くも前になる。

　対談で私は、

「小西さんからご覧になって、こういう女はまったくイケてない、こういうオバサンは困ったもんだというのは、ファッション面ではどういう人ですか」

　と質問している。するとその答えのひとつが、

「『空間恐怖症候群』。自信がない人ほどいっぱいつけたがる」

　というものだった。

　まさしくその通りで、それまで私もよく目にしていた。柄物のスカーフを結んで、その上

にネックレスをつけ、耳には大ぶりのイヤリング。空いている肩口には花のコサージュを留めたりだ。

おそらくこれは、空間があると「華やか」ではないと感じるのだと思う。女性にとって、「華やかな人よ」

というのは最高級のほめ言葉だろう。それは服の空間を埋めることではないのだが、そうすることが華やかさにつながると考える人は確かにいそうだ。

この対談をまとめた単行本『おしゃれに。女』（潮出版社）の中で、小西さんは実名をあげておられるが、シロウトの私はブルって、とてもその名をここに書けない。

小西さんは断じている。

「（実名の彼女たちは）引き算ができないし、シルエットで見ることができない。間の取り方も知らないですね」

よく「引き算」とか「間の取り方」と言われるが、シロウトにはそれがわかりにくい。つまりはどういうことなのかと聞いた。

その答えが実に実にわかりやすかった。

「たとえば部屋のインテリアでも、シャガールの絵があったと思ったらマティスがあったり、電話にギンガムチェックのカバーがあったと思ったらペルシャ絨毯があったりして、もうメチャクチャ（笑）」

そうか、スカーフやらコサージュやら、イヤリングやらブローチやらをつけまくるのは、こういうことなのだと納得した。

ペルシャ絨毯とギンガムチェックの電話カバーが並立するかと考えてみる。どちらかを引き下げる。引き算とはそういうことかもと、あの時に思ったものである。

となると、柄物のスカーフを蝶結びにし、ネックレスをつけて、大きなコサージュを留め、ぶら下がるイヤリングを揺らすいでたちは、まったく引き算ができていないと気づく。「間を取る」というのも、こういうことなのだろう。

以来20年、私は誰かと会う時は必ず全身を鏡にうつし、服装が空間恐怖症候群になっていないかとチェックする。

おそらく小西さんは、私が20年近くも生真面目に教えを守っているとは考えてもおられまい。

改めて思うのだが、ファッションだけでなく、仕事や遊びやすべての「空間恐怖症候群」にも、引き算が必要なのではないか。

一人になったり、ゆっくりぼんやり一日を過ごしたり、それは恐いことではなく、人生の大切な空間なのだと思う。

消沈する時代

噂には聞いていたし、メディアが「気をつけよう」と報じていたことも知っていたが、まさか身近に起こるとは正直なところ思ってもいなかった。

私の女友達の義弟は40代半ばだそうだ。会社で部下の女性社員に、

「あ、そのヘアスタイル、似合うね」

と言った。彼女は30代後半らしいが、険しい形相で、

「部長、セクハラはやめて下さいッ。コンプライアンス委員会に訴えますよッ」

と言った。部長、つまり義弟は慌てて謝ったそうだ。コンプライアンス委員会での講習と、注意点を書いた冊子を思い出したからだという。

女友達は私に笑った。

「義弟が言うの。『僕はほめたんですよ。ほめてもセクハラって言われちゃ、何も言えないな』って」

私は女友達に言った。

「どこからがセクハラかって言うと、言われた当人がセクハラだと思えばそうなるそうよ」

「そうだってね。私たちの頃は正面切って、ガチのセクハラだったけどさ」

その通りだ。こんなことは書くだけでもダメだと編集長が言わないかと心配だが、「日本の歴史」であり、史実である。

当時のやり取りを脚本にしてみる。

○オフィス室内
部長（45）に書類を渡す女子社員（38）。部長、受け取ろうと目を上げる。
部長「あ、そのヘアスタイル、似合うね」
女子社員「え!! そうですか。嬉しいです」
部長「初めてほめられたってか？ まァなァ、40間近《しじゅう》なオバサンの髪なんかみんなどうでもいいもンな。イヤ、こりゃまた失礼致しましたッ」
部長、爆笑する。

本当に昭和40年代から50年代の「史実」はこうだった。セクハラ男どもはまず必ず「イヤ、こりゃまた失礼致しましたッ」と言う。これは確か植木等さんの、大流行したギャグの転用だったと思う。そして、彼らは必ず「ウワーッハハ！」と一人で受けて大笑いする。

たぶん、ギャグと大笑いで、「冗談だよ」と許されると思うのだろう。

ただ、私の経験ではたとえ当時でも、マトモな男はこの手のセクハラは一切しなかった。会社で何かとストレスをためていたり、思うようにいかない男たちが、はけ口にしていたように思う。もっとも、元々そういういじめが好きな男もいた。

今でも元同僚の女性社員たちとゴハンを食べたりすると、みなセクハラ男のフルネームを次々にあげる。何十年も昔だが、恨み骨髄なのだ。

電話の女友達は言った。

「もしもよ、女性社員が『部長、そのヘアスタイルお似合いです』って言ったら、これもセクハラで、部長サイドが訴えてもいいわけ？」

「部長がセクハラだと思えば、男女平等だもん、いいんじゃない？　だけど訴えないわよ。あまりに小物《こもの》感が漂いすぎだって自分で気づくわ」

「じゃあ、もしもよ。女性社員がオヤジ部長からじゃなくて、若くてステキな男性社員に『似合いますね』ってほめられたら？」

「喜ぶ……。キンプリとかスノーマン風男性社員に言われたら『ヤダァ！　本気にするわよォ、オバサンをからかっちゃダメ♡』とか身をよじったりして」
「ゲ！　ありうる。でもそれこそ、オヤジ年代や美しくない男へのセクハラでしょうよ」

「そうよ。だけど、男たちは何も言わない。女の言い分を重視する」

「何でよ」

「もめるのイヤだから」

「それだ。それだよね。男はもめるくらいなら自分が我慢しちゃえってとこ、あるよね」

「ある」

「義弟もそれだな」

「とにかく、ルックスに関することを口にするのは差別なの。ほめた気でも、受け取られ方でハラスメントになる」

最近よく「ルッキズム」という言葉が言われる。「外見至上主義」と訳されることが多いようだ。

これは男女に限らず、容姿がいい人に高評価を与え、そうでない人を軽視することだろう。当然、差別である。

男にであれ女にであれ「背が高いのね」とか「スタイルがいいのね」とか「目が大きいね」等々は、言ってはなるまい。

これらは現代においては、一般的に高評価を得る資質である。「プレミアム」とされるそうだ。たぶん、「ロマンスグレーの髪がすてき」もルッキズムにおけるセクハラだろう。ハゲていてロマンスグレーになりようもない人への差別だからだ。

一方、プレミアムとは逆に、低評価を受ける外見を「ペナルティ」と呼ぶのだという。「ペナルティ」とは、これこそ超のつく差別だと思うが、そういう分類らしい。

こう考えると、ありとあらゆることがセクハラに該当し、女友達の義弟が言うように何も話せなくなるというものだ。

だが、大リーグで破格の活躍をしている大谷翔平選手は、

「193センチの長身で、肉体改造により、みごとな筋肉質の体です」

などと言われるが、ルッキズムのペナルティ層への差別にならないか。

また大谷選手は時折、ひょうきんな顔をしたり、愛らしい笑顔を見せたりする。これについても、

「大谷のいたずらっこのような、リトルリーグの少年のような笑顔が、女性ファンの心をわしづかみにします」

などと言われるが、これとてルッキズムにおける差別にならないか。ホントに何も言えなくなる。

かつての「日本史」のように他人を平気で傷つける時代は野蛮だった。だが、何も言えない時代というのも人を消沈させる気がする。

消える一方の名曲

日本テレビの「シューイチ」で「次に音楽の教科書に載るヒットソングは何？」という特集をやっていた（4月17日）。

ヒットソングは70年代半ばくらいから載っていたと聞くが、ＣＤが最も売れたのが平成10（１９９８）年。その年には大ヒット曲の「TRUE LOVE」（藤井フミヤ）が載ったという。番組では今までに教育芸術社の教科書に載った全94曲のヒットソングを分析。次回を予測するものだ。

私は平成14（２００２）年から3期12年間、東京都教育委員を務めたが、音楽に関して非常に衝撃を受けたことが2点ある。

ひとつは卒業式で「仰げば尊し」を歌う学校がどんどん減っていったこと。教育委員は毎年、東京都公立学校の卒業式に出る。私が任期10年目を迎えた平成23（２０１１）年に「仰げば尊し」を歌った学校は、

・小学校　全１３０６校中約20％
・中学校　全６２１校中約10％
・高等学校　全２３１校中約２％

今から11年前（当時）の数字であり、今ではほとんど壊滅状態ではないか。

歌われなくなった理由は色々あろうが、やはり「今風」でないことが大きな理由のひとつだろう。今は「どこかに明るさを感じさせる旋律と、平易でわかりやすく直接的な歌詞」が若い人に好まれるのだと思う。

かつての日本人は「淋しい」とか「希望」とか「夢」とかの直接的な表現をせずとも、歌詞の行間からそれを読み取った。行間で表現し、行間を読み取ることは、日本人の高度な文化だった。

私のもうひとつの衝撃は、教科書にヒットソングが載っていたことだ。

私は委員になるまでは各科の教科書と無縁であり、若者に人気のヒットソングが載っているとは、想像もしなかった。

たとえば、平成18（２００６）年の中学用全8冊を調べると、「Yesterday Once More」や恋に落ちた心境を歌う「So Much in Love」など外国のポピュラーソングが載っている。高校用全６冊では「世界に一つだけの花」「川の流れのように」などの他、英国の人気ロックグループ・クイーンの「We Will Rock You」もある。

これらは誰もが認める名曲であり、私も教科書に載ることに同意する。

ただ、現代の名曲に駆逐されたのかわからないが、教科書から昔の日本の名曲が消えた。

むろん「荒城の月」とか、「花」とか、残っているものはある。だが、日本の美しい四季や、歌が生まれた当時の日本人の心、生活を歌った曲があまりにも多く消えた。

私はCDや、時にはコンサートなどでも聴ける現代のヒット曲は、教科書に載せなくてもいいように思った。

確かに、日本の童謡、唱歌、抒情歌などは、現代の日本人の生活様式にも考え方にも合わないものもある。歌詞も行間を読ませるものが少なくない。それらは直接的な詞や、シャウトして思いをぶつけるものとは大きく違う。

教科書から消えるということは、学校で教えなくなることだ。結果、童謡を知らない親がふえ、子に歌い聞かせなくなることだ。

何でも「時代が違う」で切り捨てていいはずはない。今よりもずっと四季がくっきりと美しかった日本。貧しくも家族が一体となって生きた日々、貧しさゆえに荒《すさ》む大人たち、口減らしで奉公に出される幼い子供たち。恋の歌にしても、現代のリベンジポルノとは正反対である。昔の老若男女の生き方や暮らしを、童謡を通して現代の子供たちに伝えることは人間形成にも大切ではないか。

　私は消えていく一方の童謡、唱歌、抒情歌に非常に大きな危機感を持った。そして平成24（2012）年に、現在は休刊の月刊誌に「消えた歌の風景」という連載を始めた。その後、月刊『清流』で連載を再開できたことは、本当にありがたかった。

『清流』では今も連載中だが、この3月と5月に『消えた歌の風景』（清流出版）というタイトルのままに単行本になった。

　どんな歌が消えたか。消えつつあるか。一目瞭然だと思う。そのほんの一部を紹介する。

〈春の歌〉
「朧月夜」「さくら貝の歌」「青葉の笛」他
〈夏の歌〉
「浜辺の歌」「宵待草」「蛙の笛」「蛍」他
〈秋の歌〉
「叱られて」「風」「里の秋」「山のロザリア」他
〈冬の歌〉
「冬の星座」「冬の夜」「お正月」「たきび」他

　私の印象では、どうも50代半ばから下の年代が、日本の古い名曲を知らない。その年代は知っていると思い込んでいた。

ある日、50代半ばの男性が「五木の子守唄」を知らないと言う。やがて彼は思い出したようで、力一杯に言った。

「五木ひろしさんの子守唄ですね！」

また、別の50代半ばに「北上夜曲」を知っているかと聞くと、

「北上薬局ですか？　この近くにはないです」

と大真面目に返された。

冒頭の「シューイチ」によると、教科書に採用された現代のヒット曲で、最も使われている歌詞のベスト3は、次の通り。

1位「君」　2位「あなた」　3位「涙」

次回はどんなヒット曲が選ばれるのだろう。

そして、もしも私の『消えた歌の風景』の中に興味を持った歌があれば、ぜひユーチューブで覚えてほしい。そして、子供に歌ってあげてほしい。

家族に歌ってもらった歌を、子供は一生忘れない。連載中の取材で、私はどれほどその言葉を聞いただろう。

私の「母子手帳」

私は自分自身の母子手帳を持っている。昭和23年9月生まれなので、今年で74年にもなる。手にしたのは平成28（２０１６）年のことである。弟が転居のために実家の納戸を片づけていたら、姉弟の２冊が出てきたと言う。

私も弟も初めて見るもので、母でさえ呆れた。

「誰が取っておいたのかしら。私はもらったことも忘れてたわ」

これまで地方都市からの転居も幾度かあったのに、よくぞ残っていた。「お宝」ではないか。

だが、母も弟も全然興味を示さず、古くてヨレヨレのそれを平気で「捨てれば」と言う。私は危険を感じ、２冊とももらい受けた。

この「お宝」を久々に思い出したのは、母子手帳が２０２３年度に約10年ぶりにリニューアルされるという新聞記事を読んだからである。

一般的に「母子手帳」と呼ばれることが多いが、正式には「母子健康手帳」。妊娠の経過や予防接種の記録などを一冊に記入できる。これは母子保健法に基づき、妊娠の届け出をした人に自治体が交付する。かつては都道府県の交付だったが、1992年からは市区町村。独自色が出る編集になっているという。

戦時中の昭和17（1942）年から発行されているため、時代に合わせて約10年ごとに大きく改訂されるのだという。

私は新聞記事で2023年度の改訂案を知り、今の時代を感じた。まだ「案」ではあるが、10年前の改訂では考えられなかったことではないか。

ひとつは「手帳の電子化」である。

さらに「名称変更」。育児は母親だけのものではなく、父親の参加を推進する必要がある。そこで「母子」という名称をやめ、「親子健康手帳」にしようという。同志社女子大学の中山まき子特任教授（ジェンダー研究）は「親子健康権利手帳としてもいいのではないか」と提案している。

そして「多胎児、低体重児、障害がある子どもへの配慮」。

また「外国人家庭への支援」では、日本語と併記で10か国語に対応する。

さらに体の成長や健康状態は最長20歳まで記録できる。

一方、私の昭和23年の手帳である。これがまた、まさしく時代を表している。縦14・5センチ、横10・5センチの粗末なザラ紙の冊子で、わずか14ページ。記録は1年間のみだ。

表紙には「姙産婦手帳」と書かれており、戦時中の昭和17年に初めて出た時以来の名称である。そして「秋田縣」と交付地が印刷され、大きな赤いハンコがドーン。

赤ん坊の健康状態のページはほんの4ページで、私の場合、記入はゼロだった。そのかわり、丁寧にびっしりと書かれているのが、配給品の数々。戦後まだ3年で、物がなく、配給の時代である。この手帳で育児に必要な配給が受けられるのだ。

何しろ表紙をめくると「取扱ノ注意」として書いてある。

「此ノ手帳ハ姙娠育兒ニ必要ナ物資ノ配給ヲ受ケル爲ニ必要ナコトガアリマスカラ大切ニ保存シテ下サイ。」

どっちを見ても赤児だらけの昭和23年。親たちはこの手帳を持ち、必死に配給を受けたと思う。だが、それはささやかな物を少量だった。私の手帳の記載が示している。

昭和23年9月　姫ガーゼ
　　　脱脂綿
　11月　乳切符二枚

これは牛乳をもらえる切符のことだろうか。

12月　ねる

これはネル生地だろう。

昭和24年2月 石けん1ケ

7月　手編絲

母親たちは、毛糸で帽子や靴下を編んだのか。

8月　七月分砂糖

物のない時代に、妊産婦は1年間にわたり、恩恵に浴するわけである。

興味深いのはやはり「時代」で、ただ頂けばいいのではない。「妊産婦ノ心得」なるものをしかと心に刻んで生きよと暗に命ぜられるのだ。心得は手帳の2ページ目に10項目が並んでいる。第一条がすごい。

「丈夫ナ子ハ丈夫ナ母カラ生レマス。妊娠中ノ養生ニ心ガケテ、立派ナ子ヲ生ミオ國ニツクシマセウ。」

他の9条は妊娠中の注意だったり、栄養についてだったりする中、第一条を飾るこれこそが、お国の本音なのではないか。無条件降伏の苦衷と捲土重来の思いが、妊産婦にかかっている。

弟は昭和26年生まれである。たった3年しか違わないのに、私の手帳とはまったく違う。

日本がどれほど懸命に変わろうとしていたかがわかる。

名称も「姙産婦手帳」ではない。「母子手帳」である。表紙には母鳥とヒナ鳥のイラストが描かれ、黒と緑色の2色刷り。文字はすべて横書き。

私の手帳では「體重《たいじゅう》」は匁《もんめ》の尺貫法だが、弟はkgである。配給のページもほとんど記入されていない。それよりも、離乳から学齢までの健康状態とチェックするページが埋まっている。

また、子供を育てられない親には、相談窓口があることも書かれていた。

わずか3年で、こうも時代が変わると思うと、2023年度版に電子化が導入されることなど、遅いと感じるほどだ。

私は自分の「母子手帳」つまり「姙産婦手帳」を見た時に思った。手帳を取ってある親は子供に見せたらどうか。

若い人は昔話を嫌う。だが、親や周囲がどれほど「あなたの誕生を喜び、どれほど懸命に育てたか」を手帳は語る。子供は照れても、絶対に悪い影響は与えまい。

そして、祖父母自身の手帳があるともっといい。貧しい時代から懸命に、生き抜いてきたことを感じさせるからだ。

「お帰り」と言う人

6月12日の夜、母が亡くなった。あと1か月余りで97歳という幸せな年齢で、老衰だった。

母は70代に入った頃からずっと言っていた。

「死ぬのは病院がいいなァ。自宅よりずっと安心できるわ」

私はいつも笑った、

「病気しないと病院には入れないのよ」

母は頭も体も病院とは無縁。杖も補聴器も、要支援も要介護も無縁で、家事全般からゴミ出しまでこなしていたのだが、私は昨年くらいから少しずつ衰えを感じていた。

さすがに考えなければと、弟と介護認定のことやホームのこと、行政への相談事項等々で動き始めた時、圧迫骨折。激痛の中、即入院である。

やがて痛みが取れて、本人は安堵したようだったが、動けない。コロナ禍で面会は制限されていたが、医師に呼ばれた日などは短時間のぞける。

少しずつ発語が減り、うつらうつらしている時間がふえていく。それでも、イエスとノーの意思疎通は亡くなる5日前まではできていた。

そしてゆっくりと、安心したように亡くなった。「老衰」という死因は、家族や身近な人たちを楽にしてくれた。まして母の場合、望み通りに最期は病院で、天からの寿命を全うしたねという安らぎ。

亡くなる1週間前に、血圧が下がり、脈拍が弱くなり、危ないことがあった。深夜に私と弟が駆けつけたのだが、もち直したのである。あの時、弟が、

「もう頑張んなくていいよ」

と語りかけ、私もそう思った。だが、あの危機さえ乗り越えての老衰死は、本当に人生を使い切ってくれたと思う。

とは言え、親族だけでの葬儀がすみ、死亡届や多くの雑多な事務処理などが終わると、母がいなくなったことを実感する。それは死因が安らぐものであろうと関係ない。いた人がいないのだ。

いつだったか、女友達の母親が80代で亡くなった。母親は元気な一人暮らし。だが、実家を離れた娘たちが様子を見がてらよく泊まっていたという。母親の死後しばらくたってから、彼女が私にポツンと言った。

「実家に帰っても『お帰り』って言ってくれる人がいなくなった……」

あの時、私はこの言葉がどれほど彼女の欠落感を表しているか、まったく思い至らなかった。母親の死に関し、他の深い悲しみに比べれば、「お帰り」の声はさほどのものではないように思ったのだ。

なのに今、彼女のあの言葉ばかりを思い出す。

私と母は同じマンションの別の階に住んでいたため、私は日に1度は顔を出していた。当然の如く母にお茶をいれさせ、一緒にテレビを見たりして帰る。それは「実家」という感覚だったのだと、今にして思う。

今、何かを取りに母の部屋に行っても、真っ暗である。カーテンが閉じられ、声はない。だが、母の匂いがする。段々と行きたくなくなってくる。かつては母がいた「実家」であるだけにだ。

「『お帰り』って言ってくれる人がいなくなった……」

という欠落感の強さが今になってわかる。

だが、亡くなった人たちはお盆には帰って来る。

「死ねば無だ」

という声もよく聞くが、私は東北大の大学院でとても多くのことを学んだ。専攻の宗教学でもだし、日本思想史で生者と死者の交歓を考えさせられた。

日本を代表する思想史家の佐藤弘夫教授によると、生者が死者をずっと記憶に止《とど》めたいと思うようになったのは、14世紀から16世紀あたりだという。それ以前は、仏という絶対的な救済者が死者を異次元の浄土に迎える。仏を信じる者は、浄土で喜びにあふれた生を与えられる。そこに生者の力は及ばない。

ところが、近世になると、死後のあるべき姿に変化が起きた。見知らぬ遠い世界で悟りを開くという死後ではなくなった。この世にいたまま、生前と同様に生者と交流を続けることに変わったのである。

それは墓が物語っている。死者は異界に行くのではなく、墓にいる。

中世では墓参りという習慣はなかったそうだ。救済された死者は墓にはおらず、仏のもとに旅立っている。墓は、「餓鬼草紙」の絵が示すように、救われない餓鬼たちがさまよい、死体を食う場所だった。

今、樹木葬であれ、そこに行けば死者と話せる。海の散骨も同様だと思う。散骨した海に行けば、死者がいる。死者と話せる。それは遠い浄土に去ったというものではないと、私は考えている。

佐藤教授が生者と死者について語られた中で、強く印象に残っている言葉がある。これまでの人類の文化を振り返ると、「霊魂と死後世界の実在そのものを否定する考えはゼロだった」という。例外はないそうだ。

これが示しているのは、

「人間は死者を必要とする存在である。生者の人生の物語は死後世界と、先に死んだ死者を組み込むことによって、初めて完結する」

ということだと知った。

生者の人生の物語は、誰にとっても先に死んだ多くの人たちを、組み込まないと完結しない。生者は死者を必要としていると納得するし、死者は近くにいると思わされる。

お盆の風習として、私たちはキュウリで馬を、ナスで牛を作る。駿足の馬にこめられたのは、死者たちに「これに乗って早く家に帰っておいで」の意だと聞く。の〜んびりの牛には「これに乗ってゆっくり戻りなよ」の意だ。生者と死者は早く会いたいし、別れはゆっくりがいい。

この話が好きだ。

「アイス買ってェ！」

気温が40度を超す地域がある中、東京の暑さもジリジリと肌を刺す。

女友達が、

「フライパンで焼かれているよう」

と言うと、別の女友達がせせら笑った。

「アンタ、フライパンで焼かれたことあるの？」

こういうギスギスした会話の原因こそが、フライパンで焼かれるような暑さのせいである。

近くの郵便ポストに投函《とうかん》に行くにも決心がいるほどだが、日陰を選んで歩いて行った。

すると、３歳か４歳かという男の子が道端にしゃがみ、泣き叫んでいる。

顔を真っ赤にして、ボロボロと涙をこぼし、

「アイス欲しいィ！　アイス買ってェ！　ママァ！」

と叫ぶ。

そうでなくとも酷暑の中、この叫び方では体温が上がりに上がって熱中症にならないか。その上、照り返しの激しい道端にしゃがんで、ビィビィである。

母親らしき人は、そんな息子を振り返ることもせず、ズンズンと行く。ビィビィとズンズンはどちらも譲らない。

やがてビィビィの声が小さくなった。

「アイス欲しい。アイス買って」

そして諦めたのか、顔の汗と涙を腕で拭うと、ズンズンの後をトボトボと追っていった。

私はポストの横でこの光景を見ながら、

「買ってあげればいいじゃないの。この炎天下を、小さい子供に歩けという方が間違いよッ」

とムカついていた。

だが、私の考えは「祖母の甘さ」なのだろう。母親としては、たぶん子供に、「泣き叫べば大人は言うことを聞く」という教育をしたくない。それが通用すると思う子になっては困る。

だが、甘い祖母は可哀想で見ていられない。そこには教育もヘッタクレもない。幼い孫にきつく当たるな！　とそれだけ。祖母が嫌われるわけだ。

ずい分前の夏に出会ったシーンで、記憶があいまいになっているが、私は都心の大きな通り沿いの歩道を歩いていた。

すると、両親と男児が向こうからやってきた。男児は5、6歳ではなかったか。

私とすれ違う時、男児が母親に言った。

「マミー、僕とダディはジェラートね」

こまっちゃくれたガキが、こうぬかしたのだ。この言葉は、今もしっかりと記憶している。

私がたとえ甘い祖母でも「ダディ」「マミー」「ジェラート」にはイチャモンをつけるだろう。

「おっ母さん」「お父っつあん」と呼べとは言わぬが、子供は「アイス」と言え！　とは言いそうだ。ジェラートとアイスクリームに違いがあるにしてもだ。

若いダディとマミーは、「私たちの教育に、時代遅れの口を出すな」と言うだろう。だから、口うるさい祖母は嫌われる。

この原稿を書きながらふと思い出したのだが、テレビだったか雑誌だったかで、「アイスクリームは紀元前にはすでに存在した」とあった。

それは旧約聖書の「創世記」に出ており、父親のアブラハムに、息子のイサクが雪とヤギ乳を混ぜて飲ませたという話である。確かにアイスクリームめいている。

これを知った当時、私は東北大で宗教学を専攻しており、「キリスト教史」が必修科目だった。教科書は『聖書　旧約聖書続編つき』（日本聖書協会）である。

だが、元祖アイスクリームを聖書で確認した記憶はない。今回、思い立って久々に教科書を開き、調べてみた。

ところが、聖書の「創世記」に出ていない。雪とヤギ乳を混ぜたことも、それに近い記載もない。

おかしいと思い、丁寧に読むが、出ていない。やがて父のアブラハムは175歳で死去。息子のイサクもその後、180歳で死んでしまった。

あんなにハッキリと紹介されていたので、私の見落としだろうか。何度も読み返したのになァ。

致し方なく自分に言い聞かせた。175歳とか180歳とか、こんなに長寿なのは、きっと雪とヤギ乳の、元祖アイスクリームが体によかったからだ。うん、きっとそうだ。決まっている。

現に、私が病気をして入院していた時、まったく食欲が出ない日々があった。卵のおすましとか茶わん蒸しとか、そんなものでも食べられない。

医師が、

「アイスクリームなら食べられるでしょう。アイスミルクとかラクトアイスではないものね」

と言い、翌日から病院食にアイスクリームがつくようになった。乳固形分が15パーセント以上含まれており、うち8パーセント以上が乳脂肪という栄養価の高いものだ。これはおいしかった。やがて、少しずつ食欲も戻ってきた。

あの時のアイスクリームの効用を思い出すと、アブラハムとイサク父子の長寿にきっと影響を与えたのだ。まして、紀元前の人間はろくな物を食べていないだろう。私たち現代人と違い、いい物を食べるとすぐに全部、血や肉になったに違いない。きっとそうだ。

私は「創世記」では見つけられなかったモヤモヤの落としどころを、アブラハムとイサクの長寿に見つけたのである。

道端にしゃがんでビィビィと泣き叫んでいた男児は、あの後どうしただろう。

母親の後を追ってトボトボと行く先には、コンビニやスーパーが並んでいる。熱中症になりそうなほど赤い顔をしていた幼い息子に、小さなアイスを買ってあげて欲しい。私はポストからの道を戻りながら、祖母心が消えなかった。

77年目の夏

私は毎年、8月15日の終戦記念日にはリビングの一角にたくさんの盃《さかずき》を置き、秋田の日本酒を注ぐ。

お盆なので、野菜で作った馬や牛も並べる。死者が行き来する乗り物だ。

私はキュウリやナスだけでなく、キャベツ、大根、じゃが芋、ピーマン、何でも馬や牛にする。カボチャがあれば馬車にする。シンデレラのようだが、たくさんの人が乗れる。

私はある時に気づいたのだ。無縁仏とか身寄りのない死者もいるだろう。そんな人はみんな、うちの縁者と一緒にうちにおいでよと思った。

もっとも、昭和23年生まれの私でさえ、戦争は知らない。その上、個人的には戦争の話は酷《むご》くて苦手である。映画や書籍や、あらゆる媒体の戦争ものはパスしてきた。

それが今年の1月、秋田テレビに出演した際、一枚の新聞コピーを手渡された。

「これ、内館さんのお祖父《じい》様が秋田魁新報に載せた死亡広告です」

私の母には「隆」という名の兄がおり、20代前半で戦死していた。それは知っていたが、手渡されたコピーは、その死を知らせる祖父の文章だった。祖父はつまり、隆の父親である。その文を読んだ時、戦争で犠牲になった若い男たちの無残さ、遺された家族の悲しみを、私はまったくわかっていなかったと思った。むろん、「戦争は絶対にいけない」とか「戦争は断固反対！」とかは本気で思っていた。平和が多くの犠牲者の上に成り立っていることも、型通りの「当然さ」で思っていた。

祖父はかつて「報知新聞」が一般紙だった時代に記者だったと聞く。書くことには慣れていただろうが、長男の死亡広告文には衝撃を受けた。以下、その全文である。

長男嘉藤隆は比島方面へ出動中の処、昭和二十年四月中マニラ附近の戰闘に於て戰死を遂げたことが此度帰還した戰友に依て確認されましたから知合の方々へお知せし、併せて生前お世話になつたことを厚く御礼申上げます尚ほ其筋からは公報も遺骨も來ませんが部隊が秋田を出発した二月二十八日（昭和十八年）を命日と定め、当日自宅に於て近親者のみで佛事を営みます

昭和二十二年二月十三日
秋田市土崎港旭町

父　嘉藤小三郎

それまでも、戦死した夫や父、息子、兄弟などの骨箱には何も入っていなかったとか、氏名を書いた紙だけが入っていたとかはよく聞いていた。

だが、祖父は部隊が秋田を出発した日を「命日」と定めたと書く。これは身にこたえた。大切な長男の死の様子、日時、場所などがまったく定かでないとリアルにわかる。息子は異国のどこかで消えた。これは「いなかった人」に等しい。

戦争という非常時には、人間の生命などそこらの石ころと同じなのだと実感する。誰も責任は負わないし、たぶん、誰が死んだかもどうでもいいのではないか。

歌人の馬場あき子は、

「戦争ってね、生死に対して鈍感になる」

と語っている（読売新聞令和3年8月19日付）。

祖父の文章は、行間に怒りと悲しみがにじむ。

帰還した戦友は、長男の死を父親にどう伝えたのだろう。「四月中」とか「マニラ附近」とあるので、日時も場所も明確ではないのだ。

もしかしたら長男は倒れて動けず、地面に這いつくばって、その戦友に言ったのかもしれない、

「俺は放っといて、早く行け。今までありがとうな。早く行け」

戦友は泣きながら見捨てるしかなかった。そして、帰還するなり父親のところに来たのかもしれない。死に方によっては野ざらしで、焼いてももらえなかっただろう。そんな人が、全国にどのくらいいたかと思うと、胸がつまる。

私は祖父の文章を読み、8月15日の他に、2月28日の「命日」にも秋田の酒や、たくさんの盃を置くようにした。

令和3年に文化勲章を受章した岡野弘彦は、第2次世界大戦の歌を多く詠んでいる。「秋田魁新報」（令和4年4月21日付）で知った一首は忘れられない。

「遺体よりのびひろがれる腸《はらわた》のまだあたらしき色におどろく」

戦友の遺体を焼いた時の歌だろう。「腸の色がまだ新しかった」という衝撃は、どれほどのものだったか。これは昭和42（1967）年刊の第1歌集『冬の家族』に出ているという。

歌人の大松達知が解説している。

「戦後しばらくしてようやく歌い得たリアルな場面だ」

あたらしき色の腸は、戦後22年間、岡野の心から離れることはなかったのではないか。

また、令和4年1月8日の読売新聞には、やはり岡野の歌があった。

「村いでて戦ひ死にし少年の　家族《うから》ほろびて　墓すらもなし」

俳人の長谷川櫂が解説している。

「戦後の岡野は戦争への嘆きとともに生きてきた。ここで歌われるのは戦場から帰らなかった少年とその家族。」

令和4年は終戦から77年。風化し、歴史になっていく歳月だ。しかし忘れてはならない。私たちの平和が「あたらしき色の腸」や、「父母に見送られて出兵した日を命日とする」しかない人たちや、「墓すらもなし」の人たちの上に成り立っていることを。

（文中敬称略）

年齢のサバ読み

ある日曜日、女友達3人とランチをした。コロナの第7波が現実味をおびている時期であり、急いで集まった。

A子とB子は親戚で、一緒に来た。するとA子がニッコニコして私たちに言った。

「先週さ、B子の息子とその友達とゴハン食べたのよ。ね、B子」

「ハイハイ。で、『おばさん、何歳なんですか』って聞かれたのよね」

「そ。『今時の音楽よく知ってますねえ』って。びっくりされちゃって」

「ハイハイ。で、聞かれてA子は答えました。78歳よって」

私たちは耳を疑った。A子は73歳である。若くサバ読む人は多いが、年上にサバを読み、それも五つもだ。

A子は自慢した。

「そしたら、友達二人が『えッ！　えーッ！』とか驚いてサァ。『若いっすねえ』『とても78

になんか見えませんよ。信じらンねえ』って」

当たり前だ。本当は73なのだから。私にそう言われても、A子はへっちゃらである。

「最低でも五つくらいは上に言っとかないと、『若ーい！』なんて言ってもらえないからね」

もう一人のD子もあきれた。

「そりゃそうだろうけど、五つも年上に言って『若ーい！』って言われても意味ないよ」

A子は全然そうは思っていない。

「考えが浅いね。『若い』って言われることは、何よりも本人を若くするの。『若い』ってびっくりされるたびに、アナタ、男も女も若くなるの」

親戚のB子は、うんざりしたように言った。

「ハイハイ、来年は80って言いなね」

A子はケロッと、

「言うわよ。今年の秋から言いたいくらいよ。びっくりされるよねえ！」

と、嬉し気にビールをゴンと飲んだ。

さすがに私は言った、

「五つも年上にサバ読んで、それでびっくりされても、ウソなわけでしょ。本当はほめられていないんだから、幾ら驚かれても本人を若くするとは思えないね」

A子はバカにした目で私を見た。

「ジイサンバアサンを主人公にした小説書いてるのに、底が浅い」

「……すみません」

「『若い』と言われるたびにね、男も女も『そうか、もっと頑張ろ』って思うものなの。それが大事なの。誰もほめてくれなきゃ、どんどんヨレて小汚いジジババになる。ここを理解しないと」

D子が妙に納得したようにうなずいた。

「まァねえ……70過ぎると、他人からほめられることが減るからねえ。うそでもほめられると力になるってことはあるかもしれないなァ」

すぐに軍門に降《くだ》るんだから。

B子が私に言う。

「70過ぎたって、ほめられるよねえ」

私が「そうよ」と言う前に、A子が断じた。

「そりゃほめられるわよ。だけどたいていは『お元気ですねえ』とか『杖も使わずにすごいですねえ』とかでしょ」

軍門に降ったD子が、

「そ、そ。『転ばないなんてたいしたもンだ』とかさ。脚腰ばっかほめるんだよね」

としっかり同意すると、つい私も、

「そうよね。あとは『ご趣味があって、羨ましいですよ』とか『何かに挑戦するのに年齢は関係ないんです』っていうつっまんねー励まし。老人用お定まりセリフよ。『若ーい』って驚かれるのは、確かに効果があるかも」

と、軍門に降っていた。

五つもサバを読んでほめられる効果は「?」にしてもである。A子が言うように、ほめられると男も女もさらに努力する現実はあると思う。

私が『すぐ死ぬんだから』という小説を講談社から出したのは、2018年のことだ。それより前に、たまたま私はオブザーバーとして80代中心の集まりに出る機会があった。

そこで強烈な印象を受けた。参加者は男女合わせて20人か30人かだったと思う。参加者の「見た目」がハッキリと二つに分かれていたのである。それは年齢よりずっと若くておしゃれな男女と、A子の言う「ヨレて、小汚いジジババ」と化した男女だ。両者はとても同年代とは思えない。ヨレた側は、服にも髪にも肌にも、手をかけていないと一目でわかる。そこらにあるものを着て、いつものリュックという姿だ。

やがてお茶や軽食が出て、自由なおしゃべりが始まると、両者の差はさらに目立つ気がした。おそらく日頃から自分に手をかけて、ここに来るにも見た目を意識して来たであろう男女。この人たちには自信が漂う。会話を楽しみ、笑い、ヨレた側にも気配りをする。

A子に言われて、今にして気づいたのだが、彼ら彼女らは日頃から「若い」とか「ダンディ」とかほめられてきたのではないか。そして、もっと頑張ろうと思ってきた。

私の印象に残っているのは、ヨレた側のジジババである。特にババは非常に不快気に、若くておしゃれな同年代を見る。これは自分が負けたと思ったことも一因だろう。今日から手をかけることだ。

この『すぐ死ぬんだから』の原作に惚れ込んでくれた泉ピン子さんが、村田雄浩さんと二人の朗読劇として、全国を回っている。まだ大阪の箕面、愛知、神奈川の相模原、兵庫の小野、栃木の小山、東京、山口など、これからの地域も数多い。ネットでお調べの上、ぜひご覧頂きたい。

ヨレたバアサンだったピン子さんが一変した人生に立ち向かう快感と言ったら！　年取ったら「見た目ファースト」だと実感させられる。

臨死体験の物語

『週刊現代』（8月13日・20日合併号）が、「『臨死体験』最新研究」というカラーページの企画を組んでいた。

私自身も、「あれは臨死体験だ」と思うことに出遇《であ》っている。あちらの世に行くすんでのところで引き返したようだ。

友人知人に「臨死体験をした」と言うと、まず同じ物語を口にする。

「川の向こうに花畑があって、死んだお祖父ちゃんとかお祖母ちゃんが立っていて、手招きして言うのよね。こっちにおいでって」

「その時、『行くなッ』って声がして、我に返った人が生還する」

ほとんどがこれ。かく言う私もそうだ。日本人の間に、これほどまでに同じ物語が伝わっているのである。

『週刊現代』では、明治大学意識情報学研究所の岩崎美香研究員の言葉を紹介している。彼女は10年以上にわたって、臨死体験の調査・研究を続けている。

その言葉というのが、

「生命の危機状態に陥ったあと、生還した人の約3分の1が臨死体験をしたという報告があります」

というもの。約3人に1人が死に臨む状態を体験した後、この世に戻ったことになる。

そこで、岩崎研究員は臨死体験をした日本人を五つの世代に分け、体験内容をこまかに比較してみた。

というのも、臨死体験にはその人の死生観や文化的な要因が影響しているという指摘があるからだ。つまり、臨死体験はその人固有のものであって、死後の世界を覗《のぞ》いたわけではないということになる。

だとしたら「昭和初期に生まれた人と後期生まれの人では、体験する内容が多くの部分で違ってくるでしょう」と、彼女は語る。

その通りだ。戦争体験の有無、家電製品や自動車の有無をはじめ、年代による多くの体験差が、固有の臨死体験差に影響するだろう。

が、調査の結果、

「大きな差異はないことがわかったのです」

と語る。

調査は1910（明治43）年頃の生まれから、1979（昭和54）年以降に生まれた人たちを5分割。それぞれの臨死体験を列挙している。

それを見ると、確かに年代による差は小さい。五つの年代すべてが「体外離脱」を挙げ、四つの年代が「花園」「人物との遭遇」を答えている。

年代によっては、遭遇した人物が自分の側に手招きすると答え、他から「来るな」という警告があったと答えている。

これらを知ると、臨死体験に関して同じ物語が伝わることに、納得もいくのである。

だが、私の体験はまったく違う。

私は平成20（2008）年に、岩手県盛岡市で急性の心臓病に襲われた。岩手医科大学附属病院に救急搬送され、約13時間もの緊急手術を受けた。2週間の意識不明が続き、命の危険はとうに家族に伝えられていた。

その間に体験したのだろうと思うが、私はどこかのビルの屋上で、白いオープンカーを一人で見てさわっていた。何人も乗れる大きな車だった。すると、係員らしきオジサンが言った。

「今夜は火祭りがあるからね、見る人を乗せて上空から見物するんだ」

屋上から車が空を飛ぶのもあり得ない話だが、私は当然のように頼んだ。

「私も見たい。一緒に連れてって下さい」

オジサンはうなずき、私は期待に胸をふくらませて屋上を降りた。その後、私がどこにいて、どう時間をつぶしたかはまったくわからない。ただ、待ち遠しくて、3回、4回と屋上に行った。そのたびにオジサンが、

「夜にならないと車は出ないよ。暗くなってからまたおいで」

と言う。私は言われるたびに屋上を降りた。

そしてどこかで、暗くなるのを待ち続けたのだと思う。やがて本当の夜になった。今度こそ間違いなく出発する。イソイソと屋上に行った。

だが、白いオープンカーがない。私は何度も見ているし、オジサンは乗せてくれると言った。

別のオジサンがいたので聞いてみた。

「ここにあった白い車で、火祭りを見に行くことになってたんですが」

オジサンはケロッと答えた。

「ああ、みんなを乗せて、ちょっとさっき出ちゃったよ」

あんなに何度も来たというのに、私はわずかな時間差で置いて行かれたのだ。

4か月後、2度の手術を経て東京に生還すると、友人に思わぬことを言われた。

「その車に乗ってたら死んでたな」

「え……」

「何回も屋上に行って車にさわってたってだけで、あなたが生死の紙一重にいたってわかるよ。それ、臨死体験だよ」

「えーッ⁉　でも、花畑も川もなかったし、誰かに呼ばれて我に返ったんじゃない。車が勝手に出ちゃってたのよ」

「だけど、乗ってたら川向こうに行ってたよ」

その夜、私は考えた。あの車には死ぬ人だけが乗っていたのだろう。川や花畑や、よく聞く物語とは違うが、私は死に臨んでいたのだと思う。

あれほど乗りたかったのに、乗ることができなかった。それは川向こうの花畑に行くか否かの変形であり、遅刻は「行くなッ」の声で我に返ったことと同じなのではないか。

私は「生かされている」という言葉は、気恥ずかしくて好きではない。だが、タッチの差で乗車できなかったことを考えると、「生かされている」とつくづく思わざるを得ない。

それほどのショック

ある夜、女友達から電話がかかってきた。

その時、何の話からの流れか覚えていないのだが、彼女が言った。

「あれは私の人生五大ショックのひとつよ」

私は聞かなくてもわかっていた。この「五大ショックのひとつ」を、彼女はもう30年は言っているからだ。よほど衝撃だったのだろう。

30年前、彼女の仕事関係者にB氏がいた。40代後半のB氏は仕事の能力が非常に高く、気っ風がよくて人望があったそうだ。おしゃれで、スーツやネクタイのセンスは抜群。レクリエーション大会などでのジャンパー姿やコットンパンツ姿もステキで、彼女をはじめ、女子社員の憧れだった。

するとある日曜日、彼女はデパートでB氏と偶然に会ったという。茶色の秋らしいセーターで笑顔を向けられ、彼女は「あがっちゃった」とまで言った。

が、ここで「人生の五大ショックのひとつ」が襲いかかった。

隣にいた妻が、あまりにみすぼらしくて、ショボくれてて、彼女は心の中で「ウソ、この人が奥さん⁉」と叫んだ。

妻はとても感じがよく、夫が世話になっていることへのお礼を、丁寧に笑顔で述べたという。

だが、脂っ気のないパサパサの髪はぺっちゃんこ。ずい分と美容院に行っていないらしく、だらしなく伸びた毛先はハネている。化粧っ気はゼロで、顔は洗いっ放しの感じ。丸首のセーターと古いウールのズボンだったという。

あの時、彼女は私や仲のいい友人たちの前で、ハッキリと言った。

「髪と顔と衣服。この三つに最低限の気配りが必須。これだけでOKなの。美人だとか若いとかスタイルがいいとかは何の関係もない。あの妻を見てよくわかった」

彼女はこの日以来、B氏への熱が一気に冷めた。

「あの妻をのさばらしているB氏だとわかったら、もうアウトよ。自分自身だけ気配りして、あの妻に何も言わないなら能力ないわよ」

あれから30年、私は電話で言った。

「今は男にも女にも外見的な何かを求めるのは差別よ。見た目を重視するのはルッキズムで、訴えられもするのよ」

「だよね。昔は『娘十八番茶も出花』なんて平気で言ってたけど、十八が女としてすばらしいとか、今じゃ言う男いないでしょ。腹の中で思っていてもさ」

そして、彼女は断じた。

「30年前も今も、私の言っていることは、女性差別じゃないのよ。姿形とか若さとかまったく関係ないって言ってるんだから。高価な服もいらない。ただ、夫に恥をかかせるほどショボイのは困るってだけ。差別じゃなくて意識の問題よ」

確かに、私たちはショボイ女性を見ると、

「美人なのにもったいないね」とか「若いのに生かしてないよね」などと言う。差別やルッキズムの問題ではなく、自分を生かしきれていない同性を情けないと思うのだ。

「そういうことよ。だから、外に出る時だけは、髪と化粧と衣服には気を使えって話よ」

私は逆のケースで面白いことに気づいた。

妻が仕事ができて、おしゃれでステキで、憧れの的の場合だ。その夫が、みすぼらしくてショボイと、女性たちはどう思うか。「ウソー！　彼女の夫がこの人？」と「五大ショック」になるのか。

一概には言えないが、妻がそうであるほどのショックは、受けない気がする。

私も大昔、憧れのキャリア女性が夫とランチしている店で、バッタリと出会ったことがある。彼女はすぐに笑顔で夫を紹介した。夫は見た目だけで言うと、ショボかった。この人が夫かァと驚いたが、なぜかこういうのもアリだと思った。

電話の彼女にその話をすると、同意した。

「あれって不思議よね。有名人でも夫がダサめっているじゃない。でも何だかどうでもいいま、男はこんなもンよって」

「それこそ男性への差別でしょうよ」

「でも30年たっても、B氏夫人のみすぼらしさを覚えてるんだから、女は注意しないと」

私は30年前にはわからなかったが、今になるとふと思ったりもするのである。B氏は妻に「もっときれいにしたら?」と遠回しにでも言ったことがあるのではないか。

だが、ナチュラル好きの(単に無精な人もいるが)妻は、うるさく思った。新婚時代と違い、強情にもなっている。そして不機嫌に言った。

「これが私らしいの。私らしく生きたいから」

この「私らしく」とか「自分らしく」は、今も好まれる言葉だ。男であれ女であれ、「私らしく」「自分らしく」と言われたら、相手は黙るしかない。天下無敵の意味不明瞭な一言である。

とかく男はもめごとを嫌う。B氏も「私らしく」の妻から直ちに手を引いた。そして、「俺は俺、妻は妻」と割り切ったことは考えられる。

私は脚本や小説の取材などで、この30年間に多くの中高年男女に会った。そして教えられた。

外出する時は、夫も妻もツレアイに恥をかかせないレベルで、外見を整えることは必要だと。

これは彼女が言うように、意識とツレアイを思う気持ちではないか。

30年前、B氏にすっかり熱の冷めた彼女だ。しかし、女子社員たちにはB氏の妻の実態について、一切話さなかったそうだ。

あの時、言ったものだ。

「何もみんなをがっかりさせる必要はないからね。自分の目で見てショックを受けりゃいいのよ」

思いやりだか意地悪だかわからない。

年寄りと暮らす

ある日、私は都内の大学病院の廊下を、秘書のコダマと歩いていた。数年前に骨折し、年に一度のレントゲン検診を受けている。

今年も何の問題もなく、「お昼、どこで食べようか」などと話しながら行くと、廊下の先からものすごい怒鳴り声が聞こえた。女性の声だ。

あれほどの怒鳴り声はたぶん世間でもめったに耳にはしないだろう。私は初めて聞いた。まして、廊下とは言っても病院である。

廊下を行く人は驚き、さり気なく女性を見る。彼女は見られていることにさえ気づかないようだ。それほど怒っていて、窓ガラスをふるわせるほど怒鳴り散らす。

私たちはかなり後ろにいたのだが、あまりの大声に、女性の怒りの理由が全部わかった。

彼女は80歳代らしき母親に怒鳴っていた。世間ではよく「嫁より娘の方が恐い」と言うが、あそこまで怒鳴り散らせるのは、娘だろう。

娘は高齢の母親につき添って、この大学病院に来た。娘は母親に、

「私が会計をすませてくるから、このソファに座って待っててね」

と言ったらしい。もちろん、普通の声で。

母親は言われるままに、待合室のソファに座った。大きくて広い病院なのだが、非常に混んでいた。会計も薬をもらう窓口も一杯。ソファに座り切れず、立っている人が多かった。当然、会計がすむまで時間もかかる。

やっとすませた娘が戻って来ると、ソファに母親はいなかった。娘は慌てた。どこに行ったのか。待合室の前にはエスカレーターがある。これに乗ったのか。トイレに行ったのか。外に出たのか。おそらく、娘は顔色を変えて捜し回った。

だが、見つからなかったのだと思う。捜し回った末に、病院職員の手も借りたのだろうか。やっと母親と会えた。

廊下で怒鳴っていたのは、会えた直後だったのだと思う。

「何で動いたのッ。何でッ。えッ、言ってッ」

母親は娘が怒っているのはわかるが、状況は理解していないようだった。怒鳴り散らされても表情を変えず、無言である。

「あんなに動くなって言ったでしょッ」

「……」

「何でわかんないのッ」

「……」

「一人じゃ何もできないでしょッ。もう勝手にしなさいッ」

「……」

「私、帰るからッ」

娘は母親を置き去りにし、一人で荒々しく廊下を行った。母親は「……」のまま、無言で立っている。

私とコダマは母親のすぐ近くまで来ていた。私はどうしたものかと思った。このまま放っておいていいのか。だが、通りすがりの私が何かしたら、娘は怒るだろう。

すると、娘が突然大股でUターンして来た。そして母親につめ寄った。

「何で動いたのッ。何でッ、えッ」

「……」

「もうついて来ないからね、私ッ。今日も一人で帰ってッ‼」

何とまた娘は母親を置き去りにして、怒りの足取りで行ってしまった。

母親はナナメ掛けしたポーチにさわりながら、うつむいて立っている。私はコダマを見た。

彼女は小声で言った。

「娘さん、また戻って来ますよ」

その言葉が終わらないうちに、娘はまたUターンして来た。怒りはまったく収まっておらず、あの大声で叫ぶ。

「車椅子に乗ってッ。勝手に動かれちゃ迷惑なのッ。車椅子ッ」

娘は母親の手を乱暴に引くと、車椅子置き場の方へと去った。この間、母親は一言も発することなく、ポーチをさわっていた。状況を理解していないように見えた。私はコダマに言った。

「あそこまで怒らなくてもいいのに」

「娘さんはすごく心配したんですよ。病院の外は交通量の多い大通りですし、車に轢かれたんじゃないかとか。会えてホッとしたんですよ」

もしかしたら、母親はこれまでに徘徊《はいかい》することがあったのかもしれない。そうなると、娘の心配と怒りもわかるが、

「それでもあそこまで怒鳴らなくても……」

とつぶやいた。するとコダマは言った。

「いえ、年寄りと暮らすって、ああいうことです。思いもかけないことがいつもあって、イ

ラ立って、心配が大きい分、爆発も大きいんです」

コダマは年寄りと暮らしてはいないが、私より遥かによくわかっている。私が唯一わかっていたのは、あの娘がこの後、落ち込むだろうということだった。年寄りが親であろうと他人であろうと、抵抗できない相手をいじめたような気になるものである。私の母は97歳まであと1か月で亡くなった。最後まで何もかも一人でこなし、まったく手はかからなかった。それでも、前に言ったことを忘れ、また聞いたりもする。私はそのたびに、

「もう、何度言わすの」

とうんざりした顔をする。そして、後で落ち込む。この程度のことでも落ち込むのだ。あの娘はどれほどか。心配したからだと言っても、たぶん母親には伝わらない。

私がコダマに、

「娘は罪ほろぼしに、今から母親を誘ってお昼食べて帰るかもね」

と言うと、彼女は首を振った。

「いえ、あれほど怒鳴って叫んで、『じゃゴハン行こ』の気持ちにはなれませんよ。娘は落ち込んで、母親と家に帰るしかないと思います」

そうか……。年寄りの多くは、若年者の落ち込みには気づくまい。

成功体験は必須

滋賀県野洲市の市立小学校で50歳代の男性教諭が、担任している男子児童をいじめたと認定された。児童は2年生だというから、7歳か8歳か。それしか生きていない。

報道によると、男子児童は授業で知らない言葉が出てくると、手を挙げて意味を質問することがよくあったらしい。

すると、その担任教諭は、クラス全員の前で、

「お前は本当に言葉を知らないな」

と言う。それでも児童はわからない言葉が出てくるたびに、質問を続けたのだろう。担任は、

「うるさい。スルー（無視）する」

と言い、質問に答えなかった。そればかりか、クラスの他の児童にも、「みんな、スルーしよう」と促したそうだ。

児童たちは面白がったのだろう。以来、その男子児童に対して、「スルーしよう」が合言葉のようになったらしい。そんな児童たちとてわずか7、8年しか生きていない。相手の気持ちを思いやるとか判断力とかは、まだしっかりしているまい。何よりも、「スルー」は担任が勧めた言葉だ。

この担任はさらにすごいことをやった。「言葉クイズ」だ。どんなクイズかは詳しく報じられていなかったが、担任はクラス全員の前で、

「このクイズは、君たちのためにやるんじゃないからね」

と言い、断じた。

「言葉を知らない○○君のためにやるんだ」

これら一連の行為はどう見ても「いじめ」である。それも小学校にあがって2年目の、非力な児童1人を、50歳代の担任教諭がいじめるのだ。

私が思うに、この担任は相手が幼かろうと、1人をターゲットにすることに快感を覚えていた。児童たちが同調して囃《はや》したてることにもだろう。

この一件は、私自身の体験とピタリと重なる。今までに何度か書いているが、私は幼稚園に入るや否や、担任のいじめを一人で受けた。

私は過保護に育てられすぎて、一人では何もできない4歳だった。トイレにも行けず、服

のボタンもとめられず、返事もできない。毎朝、母が持たせてくれるお弁当も、他の園児たちの中ではふたを開けられない。

何ぶんにもベビーブームの子供であり、幼稚園は1クラス60人もいた。各担任は1人で60人を受け持つ。私のように手のかかる子をいじめないとストレスが発散できなかったのかもしれない。

60人の前で、私を「何もできない子」と言ってきつい目で見る。今でもあの言葉と担任の名前を覚えている。すぐにクラスの園児たちも「何もできない子！」と囃すようになった。

実際、私はすぐ泣くので、面白かったのだろう。つねられたり、ぶたれたりも始まった。担任は知っていたと思うが、「スルー」である。

帰り道にはいじめっ子が待ち伏せている。恐くて恐くて、その態度が彼らを刺激する。

今回の滋賀の一件でも、報道で知る限り、男児は親には話していないようだ。担任は保護者面談で、母親に言った。

「(お宅の子は)発達障害なので早急に検査を受けるべきだ」

この断定は何と、担任の勝手な臆測だった。母親は市の教育委員会に相談し、いじめが発覚した。

私の場合は、母が担任に呼ばれた。後で母に聞くと、言われたそうだ。

「お宅のお子さんがいると、迷惑なんです。即刻、退園して下さい」

こういう乱暴な言い方が通る時代であり、私は入園後6か月たつかたたずかで、退園させられた。

私はそれまで、どんなに担任や児童にいじめられても、絶対に両親には話さなかった。今もいじめの報道を知ると、子供は自殺するまで親には話さなかったりする。親に心配をかけたくないのだ。

私も4歳とはいえ、そうだった。手つかずのお弁当を毎日持ち帰れば、母が心配する。帰り道に材木屋があり、いつも木が立てかけてあった。私はその木の裏に一人でしゃがみ、お弁当を食べた。母は幼稚園で完食したものと思い、喜ぶ。そんな母が私も嬉しい。

ただ、退園勧告を受けるより少し前に、私の様子がおかしいと両親は気づいたらしい。以来、父が会社の昼休みに自転車で迎えに来るようになった。この迎えと退園勧告は、私をどれほど楽にしてくれたことか。

だが、担任にいじめられたショックは、しばらく尾を引いた。今で言う「トラウマ」だろう。

心のどこかに、「私はダメな子なんだ」と刷り込まれたのだと思う。退園させられた後も、親以外とは外に出ず、家の中で一人で遊んでいた。教師のいじめというものは、これほどまでに大きい。

ここから脱け出すには、たった一度でいいので「成功体験」を持つことだと思う。他人がそれをほめ讃《たた》えてくれればさらにいい。

私の一人遊びは紙相撲だった。紙で力士と土俵を作り、戦わせる。そして星取り表をつける。そのおかげで、小学校入学前に「鏡里」とか「吉葉山」などの漢字をすべて書けた。「7勝8敗」とか「13勝2敗」とか15までの計算は暗算だ。

昭和20年代後半、こんな「神童」はいなかった。小学校の担任は驚き、みんなの前で私をほめた。みんなは私の席に走って来て、ノートを見るなり「すごい」「きれいな字」などとほめ、驚いた。この成功体験ひとつで私は一変した。「ダメな子じゃないんだ」と思った。

成功体験がいかに人間に自信を持たせ、前向きにするか。寄り添うことや励ましも大切だが、周囲は成功体験の場を作ることを考えてもいい。

「お行儀」に感服

7月に日本大学の理事長に就任した林真理子さんだが、先日、そのインタビュー記事を読んだ。

手もとにそれがないのだが、私は林さんの言葉にいたく感じ入った。

林さんは「日大改革」の重責を覚悟の上で、火中の栗を拾うことを決断。それまでの日大は経理のことから体制のことまで、数々の「闇」が報じられていた。そこには、部外者にはうかがい知れないような、多くのできごと、現実があったと思う。

そんな中、記者から次の質問が出た。

「日大のことを、小説とか何かに書こうと思われますか？」

私が感じ入ったのは、それに対する答えである。

「そういうお行儀の悪いことは致しません」

記者としては当然の質問でもあっただろう。部外者にはうかがい知れない闇の中に、当代きっての作家が入ったのである。

作家という人にとって、それはきっととてつもなく興味深い対象だろう。「理事長・林真理子」にしか書けない事象であり、作家魂が疼《うず》くと記者が考えても不思議はない。

だが、林さんは即座に否定した。多少なりとも彼女を知っている私は、書くわけがないと思っていたが、「お行儀」という言葉には虚を衝かれた。

例えば「一切書くつもりはありません」とか「絶対に書きません」などという言葉より、遥かに遥かに強い。「お行儀」という古くて柔らかい言葉は、突っ込みようのない断固とした姿勢を感じさせる。さすがに彼女の言葉の選び方はすごい。

考えてみれば、小さい時は親や教師から、どれほど行儀の躾《しつけ》を受けたことだろう。現代の若い親たちであっても、基本的なことは教えているのではないか。

挨拶、箸の持ち方、音をたてて食べない、食事中に立ち歩かない等々だ。今は「男女差別」と言われそうだが、かつては「女の子は膝を合わせて座れ」とか「女の子がラッパ飲みするな」とかも、うるさく言われた。ラッパ飲みとは、ボトルに口をつけて水などを飲むことだ。ちょうどラッパを吹く姿になることでついた名前だろう。

また、「立ち食い」「歩き食い」は男女共に、非常に行儀の悪いこととされ、きつく叱られた。だが、今では大人も子供もラッパ飲み、立ち食い、歩き食いは普通だ。

「行儀」という言葉は人としての「マナー」か。興味を持ち、他の言い方を調べてみた。『類語例解辞典』（小学館）では、「行儀」は「礼儀」の項目に出ており、他の言い方として「エチケット」「マナー」「作法」とある。それぞれの意味は多少違うものの、「人と接するときの正しい態度」「心づかい」「立ち居ふるまい」などが挙げられている。

その時、私はふいに安倍元総理の国葬を思い出したのである。その案内状が届いた国会議員や著名人たちで、「欠席」の人たちもいる。その中には、案内状や欠席の返信ハガキなどを写真に撮り、アピールした人たちがいた。

国葬に反対の人たちは、当然欠席するだろう。だが、それを写真に撮ってSNSでアピールすることについては、メディアでもずい分と賛否の意見が出た。

私自身は、黙って欠席すればいいのにと思っていた。反対意見や考え方は、しかるべき場所やメディア、デモなどを通じて訴えればいい。案内状と欠席通知をアピールするのは、死者を悼むマナーにそぐわない。むしろ、自身のアピールかと思われる。

ネットではこの行為を「下品」としている人もいたが、どうもそれもそぐわない。そして、私は今になってハタと気づいたのである。彼ら彼女らのアピール行為は「お行儀」が悪いのだ。そうだ、それだ。

前述の辞典にあった通り、「人と接するときの正しい態度」や「心づかい」「立ち居ふるまい」に、写真付き欠席アピールは違反している。

人間の性《さが》とも言えることかもしれないが、行儀の悪い行為というのは、ややもするとカッコよく思える。「他の人ができないことを、敢然とやる先鋭的な私」という陶酔がのぞくことさえある。

思い出せば、中学校の頃にこれ見よがしにラッパ飲みする女生徒もいたし、社会に出てからも目立つために自慢気な行動を起こす人たちもいた。行儀の悪い行為を先んじてやることは、その人をハイテンションにさせる。

「みんな、見て見て。やってやったよ、アタシ」

の気分になり得る。

かつて、私が横綱審議委員だった時のことだ。私は横綱朝青龍が土俵上の所作を、我流に崩すことを非常に怒っていた。例えばヒラヒラと手踊りのような手刀を切る。左手で懸賞金を取る。横綱土俵入りは、モンゴル相撲の鷹の舞のようだ。

それは外国の伝統文化で禄《ろく》を食《は》む人間として、許されるものではない。伝統は変化しながら続くものとは言え、我流に崩すことは冒瀆《ぼうとく》である。私は何度も当時の高砂親方（元朝潮）に言った。だが、らちが明かない。看過する相撲協会と横綱審議委員会に対し、何らかの行動を起こすべきだと訴えた。

すると一人の横審委員が、「みんなお行儀よくなってもねえ」と発言。私は次の瞬間、反論した。

「伝統の正しい所作を守ることと、お行儀のよさは違います」

その委員はおそらく、「若い人は多少ハメを外しても」という意味で言ったのだろう。しかし、それと伝統の所作を勝手に崩すことを同列にしてはならない。

「お行儀」という柔らかな言葉の裏にある強さで、林さんは突き進んでいくと思う。

医療小説に転向？

母の友人から電話がかかってきた。90歳も間近だが、頭も体も健康そのものの女性だ。

電話の第一声が、

「牧子ちゃん、医療小説に転向したのね」

である。私はわけがわからず、とまどった。

「医療小説は書いたことがありませんし、転向もないですけど」

「あら、だって今度の新刊、まだ読んでないけど医療小説でしょ」

「『老害の人』のことですか」

「それよ、それ」

ここで私はピンと来た。「老害」を「労咳《ろうがい》」だと思い込む高齢者が何人もいたからだ。「労咳」は、肺病とか肺結核といわれる病気である。現在は罹患者が減ったが、かつては死に至る恐い病気だった。80代、90代が瞬時にして、「労咳」と思うのも無理はない。

最初に私にそう言った人は、眉をひそめた。

「今度は労咳がテーマなんですって？　恐いわ」

イントネーションも「老害」と同じであり、「老害」も恐いと言えば恐い。そのため、私は「労咳」とカン違いされているとは考えもしなかった。それに、私の年代であっても「労咳」という言葉は死語。使う人を聞いたことがない。最初の時、わからずにいる私に、彼女は、

「労咳で死んだ人たちが、周りにたくさんいたわ。不治の病よ、当時は」

と言った。私は心の中でやっと「えッ!?　労咳のこと？」と叫んだのである。

ただ今回の母の友人は、開口一番に「医療小説に転向したのね」である。その唐突な言葉に混乱し、すぐには「労咳」と結びつかなかった。

私はテレビドラマでもストレートなタイトルを好んでつけてきた。たとえば「週末婚」「昔の男」「都合のいい女」等々だ。

エンターテインメントの脚本家としては、タイトルを見ただけで内容に関心を持てるものがいいと考えていた。タイトルだけで「私のことみたいだわ……」とか「いるよね、こういう人」とか思ってほしいと、望んでいたのである。

小説のタイトルも、そんな思いでつけることが少なくない。後に「高齢者小説」と呼ばれ

るようになったシリーズの、最初の作品は、『終わった人』である。定年になり、社会からは「終わった人」として枠外に置かれる元会社員。まだ60代なのにだ。その悲哀を書きたかった。

2冊目のタイトルは『すぐ死ぬんだから』。老人は何かというと、

「いいのよ。どうせすぐ死ぬんだから」

と言う。

歯が抜けても抜けたまんまで、しゃべる時も笑う時も口元を手で隠す。見かねて「歯医者さんに行かないの？」とでも聞けば、

「いいのよ、すぐ死ぬんだから」

となる。面倒くさいことはすべて「すぐ死ぬんだから」であり、そのままタイトルにした。もちろん、すべての高齢者がこうだというのではない。

このタイトルは「うちの姑、もろこれ」などの賛同をたくさん頂く一方、予想だにしないこともあった。ある時、版元の講談社から電話が来た。

「○月○日に新聞広告を出す予定でしたが、日延べさせて下さい」

聞けば『すぐ死ぬんだから』の隣に出る広告が、「人間に生の希望を与える」という内容の本で話題だという。私はあわてた。これはまずい。

また、講談社にも私の事務所にも、読者から怒りの手紙が何通か届いた。いずれも同じ内容である。

「母は苦労しながらも懸命に生きてきた。やっと少し楽になった今、すでに高齢だがおしゃれを楽しんで欲しい。この本の内容はピッタリだというのに、タイトルがひどすぎる。『すぐ死ぬんだから』では高齢の母に渡せない。タイトルを考えよ」

次に出したのが、70歳の女性を主人公にしたもので、『今度生まれたら』というタイトルである。

私自身、70歳になった時、ハッキリと思った。「人生の微調整はできても、やり直しはきかない年齢だ」と。

そんな時、同年代の友人たちと会った。彼女たちはお酒を片手に言ったのである。

「今度生まれたら、今の夫とは結婚しない」

「私も今度生まれたら、大学を中退してまで結婚なんかしない。続けてたらプロになれたのに」

「私は今の夫と結婚して、二人して地方都市でレストランやるわ」

私自身は、今度生まれたら医師になる。自分が大病から救われて、今度生まれたら救う側に立ちたい。だが、これまで友人たちと来世の夢物語が話題になったことはない。

それが話題になり、現世とは違う生き方をしたいとする。むろん、今と同じ人生がいいと望む人も多いはずだ。だが、70代は人生をやり直すことはできない年代で、「今度生まれたら」となるんだなァと、今度は医師になりたい私は実感した。そこで、タイトルはその思いのままである。

そして今回の「労咳の人」ならぬ『老害の人』だが、4作品の中で一番口にしにくい。私としては老害をまき散らす老人と、それにうんざりしても口には出しにくい若年層の「活劇」のような小説を書きたかった。現実社会では、おそらく老人たちは思う。

「邪魔にしやがって。長生きは迷惑か？」

若年層は思う。

「昔話、自慢話、世代交代の拒否等々、ホントに迷惑。消えてくれ！」

しかし、それらは現代社会では老若共に口に出せない。小説に登場する老害者たちは80代、90代の5人で「老害クインテット」である。現実社会と違い、腹の中を全部言う老人vs.若年層は書いていても痛快だった。同時に、私自身が老害年齢に入ったからこそ書けたと、複雑な思いである。

相手が悪かった？

10月18日、「徹子の部屋」（テレビ朝日系）に出演した。ノンフィクション作家の吉永みち子さんと二人である。

彼女と初めて会ったのは30年ほども前。以来、国内外を旅行したり、共通の趣味のプロレスを一緒に観に行ったりして、心許せる大切な友達だ。

「徹子の部屋」が人気の長寿番組だということは、もちろん知っている。それにしても、周囲からの反響が大きくて驚いた。全国の見知らぬ方々からも頂く。

その感想は次の四つのどれかか、複数である。

一つ目は「洋服がすてき」。私をほめているのではなく、洋服だ。

二つ目は「やせた？」というもの。

実際、この2年ほどの間に、体重が落ちた。よく食べるし、よく眠れるし、医師の指導でタンパク質もちゃんと摂っている。筋トレ後にプロテインまで飲む。なのに2年間、体重は

「低値安定」である。減りもしないが増えもしない。検査を受け、問題はなかった。

その時、ずっと以前に会った高齢女性を思い出した。何年ぶりかでお会いすると、顔も体もほっそりして見えた。私は、

「あっ！　おやせになりましたね」

と、ほめ言葉のつもりで言ったところ、イヤーな顔をされた。

「会う人会う人に『やせた？』と言われて、すごくイヤ」

当時、彼女は70代後半だったと思うが、検査を受けていなかったのではないか。だから「やせた？」と言われるたびに不安。でも結果が恐くて検査はイヤ。気持ちはわかる。

高齢者には「やせた？」が、若い人には「太った？」が禁句なのだ。

そして、感想の三つ目。

「肩や首が痛いの？」

驚いた。痛いのである。だが、こんなことまでテレビは映し出すのか。

以前にある女優が嘆いたことがある。

「最近のテレビ技術の進歩には困るの。ないシワまで映すんだから」

これにはみんな大笑いだったが、私はここ2年ほど、ストレートネックがひどいのである。

正常な首の骨は、30度から40度の湾曲があるそうだ。だが、ストレートネックはその名の通

り、湾曲がなくなって真っすぐ《ストレート》になってしまう。

「スマホ首」とも呼ばれ、長時間・長期間のスマホ使用によってなる人も多いらしい。私はスマホはそう使わない。おそらく40年間というもの、下を向いて原稿を手書きしたせいではないか。

よく言われるが、壁を背にして立ち、頭・肩・お尻・カカトの4か所がピタリと壁につくのが正常。首の骨に湾曲がない人は、頭がつかない。私も3か所はつくが頭が前に出る。

今も治療に通っているが、肩と首のこり、痛みで歩行のバランスも崩れてくる。「徹子の部屋」では座っているのに、なぜバレたと思ったところ、

「吉永さんの方を向く時、首だけ回すのが普通でしょうに、あなたは上半身全部回してた」

テレビ技術も恐いが視聴者の眼力も恐い。いつもテレビで見られている芸能人、タレントは苦労がどれほど多いか。

が、四つ目の話が断トツ人気だった。吉永さんと私が某ホテルのレストランにクレームをつけた一件である。

「徹子の部屋」の当日にネットのニュースになったと聞いた。また、私の事務所にも取材依頼が入ったほどだ。

もう15年以上前のことである。彼女と私は趣味のプロレス観戦を終え、興奮を引きずって

ホテルのレストランに入ろうとした。

するとと、入口に看板だったか貼り紙だったかがあった。そこには、

「スポーツ新聞及び競馬新聞をお持ちの方は、入店をお断り致します」

と書かれていた。こんな差別がどこにある！　プロレスでたぎった血がさらにたぎった。

私たちは店の席に座ると、支配人だったか店長だったかの責任者に猛抗議した。

「両新聞のどこがいけないんですか」

「ガラが悪いとでもおっしゃりたいんですか」

責任者の答弁に納得できなかったのだろう。血のたぎる二人は言った。

「私、日本相撲協会の内館牧子と申します」

「私、日本中央競馬会の吉永みち子と申します」

二人とも所属してはいないが、由縁の者ではある。私は女性初の横綱審議委員の任期中だった。吉永さんは競馬専門紙「勝馬」の元記者。女性初の競馬新聞記者である。「日刊ゲンダイ」でも競馬記者をやっている。さらに天下の吉永正人騎手の元妻で、著作の『気がつけば騎手の女房』が大宅壮一ノンフィクション賞を受けている。

困惑する責任者に、私たちは後楽園ホールやドームがスポーツのメッカであり、馬券売場もあるのに、この差別の根拠は何かと詰め寄った。

そして、競馬には天皇賞があることや、大相撲には天皇賜盃があることを言い、一般紙とは違う両紙の意義をぶち上げた。

「今日を限りにこういうことはやめて下さい」

そう言う私たちに責任者は頭を下げ、立ち去った。たぶん、相手が悪すぎたと思っただろう。

私たちはビールをゴンゴン飲みながら、今夜の試合の反省会をやった。

次に行くと、あの注意書きはなかった。よしよしと、私たちはまたゴンゴン飲んだ。

「徹子の部屋」で語ったこの差別は、今ではあり得まい。だが、こんなびっくり仰天の暴挙がまかり通る時代があった。視聴者にウケたのは、信じられない歴史を感じたからかもしれない。

万死に値するミス

書籍の場合、多くに著者の「あと書き」があり、協力者や関係者に謝辞を述べている。これは決められているものではなく、書く著者もいれば書かない人もいる。

私はほとんどの場合、書く。その方々が背後におられるというのは、本当に心強いものだ。何か疑問があるとすぐに質問し、自信を持って書ける。

もちろん、多くの資料や文献にも目を通すのだが、その現場で生きている方々のナマの声は、ドキッとさせられることが多い。そこから物語が新しい展開へと向かったりもする。

だが、その方々にとっては何の利にもならず、煩わしいだけだと思う。

しかし、こういった方々や幾つものプロの目を通過しないと、書籍にならないのである。

まずは著者が書いた原稿を、担当編集者がじっくりと細かく読む。それまでに何度となく打ち合わせを重ねているのだが、一冊分の原稿を通して読む。感想やおかしいと思う点などを指摘され、著者は直すべきは直す。

その後、前述した協力者や関係者に、関係した部分を読んでもらう。すると「ここはこういう言い方をしない」とか、「この季節にこの作業は行わない」とか、小さな間違いもチェックされる。これによって嘘っぽさが一気に消える。

こうして直した原稿は、次にプロの校正者と校閲者の目にさらされる。

「校正」は多くの場合、字句など表記の間違いを正す。たとえば「目をしばたたく」なのか「しばたく」なのか、「座わる」なのか「座る」なのか。一言一句見逃さない。

一方、「校閲」は内容の間違いを厳しくチェックする。それは古代から現代までの、ありとあらゆるジャンルに及ぶ。たとえば、私が何か資料を見て、第○代横綱に推挙された力士の口上を書いたとする。

「横綱の名を汚さぬように……」

すぐに直しが入る。

「横綱の地位を汚さぬように……」

そして必ず複数の資料のコピーを添付し、「『名を汚さぬように』は大関昇進時の口上です」と記されている。大関時についても複数のコピーが添付されている。

簡単な文字や送り仮名を間違えたり、内容をカン違いしていたり、著者としては赤っ恥である。これほどのプロたちの目を通過した後、「著者校」と言って、著者が最終的に通読。

この間、装幀家、装画家は内容にふさわしい表紙やイラストを試作している。

こうしてすべてがＯＫとなれば、原稿はやっと印刷され、製本され、書店に並ぶのである。これほどまでにプロの目を通過しており、著者としては本当に安心だ。

ところがである。

このたび、私自身が取り返しのつかないミスをしてしまった。それを知った時、本当に血の気が引くのがわかった。

十月に出した新刊『老害の人』である。舞台地は埼玉県だが、もうひとつ重要な地として青森を出した。金木や五所川原など奥津軽と弘前。いずれも霊峰岩木山が見守っている地だ。

私は東北大学の大学院で宗教学を専攻した際、これらの地域を歩き回った。そして、人々が岩木山を「お岩木」とか「お山」と呼び、死んだらそこに帰るのだと言うのを何度も聞いた。悲愴感も恐怖感もなく、祖父母に教わったのか子供までが「みんなお山に帰るんだよ」とアッケラカンと笑った。何といい話かと思った。「お山に帰る」という発想は明るく、幸せで、今もずっと私の心の中にある。

『老害の人』は死に近い年代が主人公であり、お山の話をどうしても入れたかった。

だが、私は奥津軽にも岩木山にも詳しくはない。そこで、友人の對馬菜採子さんに、それらのことから方言までじっくり教えて欲しいとお願いした。彼女は弘前出身で、今も青森に住む。

對馬さんは私の質問について、細やかに至れり尽くせりで教えてくれた。それは地理から文化に至る。資料にしても新聞のチラシや方言カルタ、地方紙の切り抜きまで送ってくれた。私が言うのもナンだが、本当にいい青森部分になったと思う。

当然ながら、私は万感の思いをこめて、あと書きにお礼を書いた。

彼女とは古いおつきあいで、今まで一度も「對馬菜採子」の表記を間違ったことはない。なのに、なぜか「對島菜摘子」と書いていた。

私がミスに気づいた時にはすでに印刷を終え、製本に入っていた。

名前の間違いは最もやってはならないことだ。それも、今回は二字ものミス。「對島菜摘子」は「内館牧子」を「内飯牡子」としたに等しい。別人であり、万死に値する。

しかし発行日は目前で、打つ手はない。謝罪するしかないが、彼女は心の中で「私のこと、この程度にしか考えてないのね」と思うだろう。

私の謝罪に彼女は怒りを見せず、「重版の時に直してくれればいい。もう気にしないで」と言った。私は「重版なんてかかるかどうかわからない」と答える他ない。本が売れない今、重版がかかるのは至難なのだ。

自著の重版を、これほど祈ったことはない。初版のミスが消えるわけではないが、あれがずっと残ることだけは避けたい。もう毎日祈った。

すると信じられないほど早く、講談社から重版の知らせが入った。

私は椅子にへたり込み、『老害の人』の読者に感謝した。買って読んで下さったからこその重版。へたり込みながらも、私は頭《こうべ》を垂れていた。

私もカアカアでした

私が「それは違うでしょう」といつも思うことは、高齢者に対する励ましの言葉である。

「人間に年齢はない。自分はトシだからと引いてはもったいない」

「人間は死ぬまで挑戦です。挑戦をやめると、人は老いるのです」

「人間は実年齢ではなく、何かを始めようと思った時が一番若いのです」

こういう励ましは、女性誌などでもよく目にするし、「いい老後のために」などという特集が組まれると、必ずと言っていいほど語られる。

「人間に年齢はない」「挑戦をやめると人は老いる」「何かを始めようと思った時が一番若い」、これは高齢者への「殺し文句三羽ガラス」だ。

むろん、頭も体も考え方も実年齢とはかけ離れて若い人は少なくない。高齢になってから挑戦した何かが花開き、社会で活躍している。そういう人もよく紹介されている。

これは高齢者にとって大変な刺激になる。「私も頑張ってみようか」「私にもできるかも」

と思う。そこに「殺し文句三羽ガラス」をカアカアとやかましく飛ばす人たちがいるのだから、高齢者はますますその気になる。

困ったことに、メディアは花開いた高齢者を紹介したがる。その多くは「趣味」を超えて、社会が一目置くまでになっている。これは断言してもいいと思うが、稀有《けう》な人たちだ。こうなる人は圧倒的に少ないのに、そういう人を紹介し、カアカアと三羽ガラスで煽る。

おそらく、おそらくだが、メディアにしてもカラスたちにしても、「みんながみんな、こうはなれない」とわかって言っていると思う。それは「人生はネバーギブアップだ」「挑戦しないで後悔するより、して後悔する方がいい」という万人受けする常套句《じょうとうく》に支えられている気がする。

もうひとつ困ったことは、カラスを飛ばす人たちの少なからずは、高齢者ではないことだ。あるいは高齢者なのだが、そのキャリアを必要とされ、現在も社会で働く人たち。このどちらかが多いように見受けられる。

要は、カラスたちは「一般高齢者」ではないのである。このランクの人たちに「人間に年齢はない」だの「何かを始めようと思った時が一番若い」だのと説かれてもなァ。

私は小説『今度生まれたら』の中で、高齢なのに必要とされている女性弁護士を登場させた。彼女の講演会で、一般高齢者の女性が質問する。

「先生は今、社会から必要とされていても、されなくなる日が来ます。その時、どう生きますか」

女性弁護士は、内心で動揺するが、うまくはぐらかす。本人もその日が来ることはわかっているのだが、今はカアカアができるのだ。

私は人間には年齢があると思う。やはり適正な年齢というものはある。

私は「決断の7項目」を考えることが多い。

それは「年齢」「意欲」「体力」「記憶力」「持久力」「経済力」「環境」。

中にはきっと「始める前からそれじゃ、うまくいきっこないわ。内館さんみたいな人は、引きこもってバアサンになりゃいいの」とムカつく人もあろう。

私は「趣味」として楽しみ、仲間を作るなら、何に挑戦してもいいと思う。だが、70代や80代以上になってから何かを始め、「人間に年齢はない」と、稀有な人たちを目標にするなら、落ち込むことの方が多かろう。いくらカラスを飛ばされても、あの人たちのようになるのは大事《おおごと》なのである。

私は「趣味」として挑戦することを大前提に、やりたいことをすべて書き出すのがいいように思う。7項目に沿ってだ。すると、体力がついていかないとか、経済的に余裕がないとか出てくる。それをどの程度カバーできるかを考え、やりたいことに優先順位をつけていく。

そして、その上位に挑戦するのが一番幸せで、豊かではないか。

それは家族や周囲に趣味を押しつけられたり、根拠のないカアカアに煽られるのとは違う。

7項目を熟慮して始めることは、主体的だ。

私は54歳の時、仙台の東北大学大学院を受験し、入学した。あの頃は若くて7項目など念頭になかったが、大相撲について学びたいという意欲は破格。むろん、プロの学者になるなど考えもしない。3年間は生活の拠点を仙台に移し、朝8時50分の第1限に始まり、5限の終了17時50分までほとんど大学にいた。

その忙しさ、精神的追いつめられ方は、すさまじいものがあった。

人間に年齢はないとカアカアされても、今ではもう絶対にできない。あれから20年がたち、7項目が満たされなくなっている。

それを受けいれることは、決してギブアップではなく、新たな局面をどう生かすかということだ。

するとつい先日、私は、恥ずかしさの余り、声をあげた。今から6年前に受けた女性誌のインタビュー、その校正をする必要があり、読んでいた。そこに何と、私の偉そうな言葉が載っている。

「人は、何かをやろうと思い立ったときが一番若いんです。もちろん誰だって明日や明後日より、今日の方が最も若い。でも、年齢だけでなく、人間、『これをやりたい！』と思ったときが、一番若い心をもつものだと実感しています」

ああ、顔から火が出る。カアカアおばさんそのものではないか。世のカアカアをとやかく言えるか？

私は少なくとも67歳まではこう考えていたということだ。校正でカットするわけにもいかず、残したものの、小綺麗で万人受けする励ましだったと「実感しています」。

上海の白い猫

その日、私はプライベートの旅行で、友人たちと上海にいた。もう30年近く前だろうか。みんなでお昼を食べ終えて、大通りに面した歩道を歩いていた。真っ昼間からのビールや紹興酒で、誰もが幸せそのもの。

歩道にはずっと茂みが続いており、青葉が美しい季節だった。

その時、茂みの中から「ニャア……」と、か細い声がした。

「猫？」

並んで歩いていた女友達が言い、私はうなずいた。他の酔っ払いたちは、賑《にぎ》やかに話したり笑ったりしながら、先を歩いている。

私と女友達はしゃがんで茂みをのぞいた。猫らしき姿はない。青葉の奥に声を掛けてみた。

「猫ちゃーん、いるんでしょ。どこ？」

「ニャーンって言ったからバレてるよー」

何度か声掛けをしていると、奥の奥から猫が姿を現した。

それはもう、本当に小さな白い猫だった。やせてやせて、目だけが大きい。たぶん、大人だと思うが、満足に食べていないせいだろうか。

女友達がその猫に、優しく言った。

「お昼を食べる前にわかっていれば、紙コップにスープとか入れて来たのに。何で今頃出てくるの」

私はバッグをひっかき回したが、のど飴しかない。猫に言い聞かせた。

「私たち旅行で来ていて、食べる物、何も持ってないの。ごめんね」

黒くて濡れたような目は何かを訴えているようで、やせて小さな体は放っておけない。だが、連れては帰れない。

猫は前の両脚をそろえて座り、じっと私たちを見ている。

「明日、帰るのよ」

私たちはしつこいほど旅行者だと繰り返し、謝った。その場を離れる私たちを、猫はきちんと座ったまま見送っていた。いい子だった。

この子を東京で見たなら、後先考えずに連れ帰った。彼女もそう言った。

翌朝、私は朝食バイキングのミルクを、持参していた密封容器にこっそりと入れた。彼女はパンを千切って紙ナプキンに包んだ。

人間用の飲食物は、動物にはよくないと聞いたことがあるが、そんなことは言っていられない。

あの茂みはホテルからすぐで、空港に向かうリムジンまで十分に時間もある。私と彼女は茂みへと急いだ。

「猫ちゃーん、朝ごはんですよォ。パンをミルクに浸しておいしいよ」

「出ておいで。私たち帰るけど、パンとミルク、ちゃんと食べるのよ」

いくら呼んでも猫は姿を見せず、茂みの奥をのぞいてもよくわからなかった。

「ごめんね、帰るね。ニャーって聞かせて」

「パン入りミルク、ここに置いておくから、食べなね」

「いい人が家に連れてってくれるといいね」

私たちはホテルへと戻った。何度振り返っても、猫の声も姿もまったくなかった。

帰りの機内で、私は彼女に言った。

「あのパン入りミルク、食べたんじゃないかな。そんな気がする」

「私もそう思ってた。見知らぬ私たちの前で、もらい物にかぶりつくとこ恥じてたりして」

「中国四千年の歴史に生きる猫だからね、プライド高いのよ」

これだけのことなのだが、私はそれからもほんのたまに、あのやせた白い猫を思い出すことがあった。パン浸しミルクで、何日か命をつないだのかな……と彼女と話すこともあった。だが、年を追うごとに、思い出すことは減っていった。

そして、２０２１年７月のことである。私はいつも月刊「ねこ新聞」㈲猫新聞社）を愛読しているのだが、これはタブロイド判全８ページ、猫のことしか書いていない新聞である。きれいなカラーページもあれば、猫好き著名人や読者たちが、「わが猫愛」をぶちかます寄稿ページもある。

その７月号第１面に、次の詩が書かれていた。

我慢　　山崎陽子

「うちのアパートでは、猫が飼えないの。
ママも子どもの時、猫を飼いたくて、飼いたくて。
だから、あなたの気持ち、よくわかっているわ。
でも、しかたがないの。
我慢してね」
ぼくを、そっと置いて帰っていったお母さんと女の子。

ぼくは、ふたりの目に涙が光っているのを見た。

女の子は、昨日も今日も、ぼくを探しにきている。

でも、ぼくは、絶対に出ていかない。ふたりのために。

『ねこ・ネコ・子猫』（山と溪谷社）より

山崎陽子さんは著名な童話作家であり、ミュージカルの脚本家である。

そしてこの詩と共に、大きな黒い猫の絵があった。日本画家として大正、昭和の画壇で活躍した樋口富麻呂画伯の「黒猫」という作品だった。

もう何年も思い出さなかった上海の白猫の姿が、一気に甦った。あの子は茂みの中から、この黒猫と同じ瞳で私たちを見ていた。両脚をそろえ、この目で見送っていた。

あの子は私たちが帰国することを理解し、

「ぼくは、絶対に出ていかない。ふたりのために。」

と思ったのだ。そうだ、きっとそうだ。

この詩と絵のことを、先の女友達に話すと、飛ぶようにして見に来た。そして、グショグショと泣いて、笑った。

「あーあ、もう30年近くも前のことなのに」

「ね」

もう当然死んだだろうが、私たちは決してその言葉を口にせず、あの日を思っていた。

常識外れのハガキ

今の季節になると、喪中のハガキがよく届く。多くの場合、故人との関係、つまり親とか伴侶とかが書かれ、死亡時の年齢もあったりする。

「喪中のため、賀状は失礼するが、皆様のご多幸を祈る」という主旨である。年賀状はもうやめたという人たちからも、届く場合がある。喪中ハガキには、届いた時だけでも故人を思い出して欲しいという気持ちがあるのかもしれない。

私たちは受け取ると、ショックを受ける。

「えッ⁉　亡くなったんだ……。何回もカラオケに行ったよなァ……」

なぜか、生前の笑顔ばかりが思い浮かぶものだ。

私も母が6月に亡くなり、喪中ハガキを出した。とても思いがけなかったのは、ハガキを読んだ人たちから励ましや思いやりの手紙、メールを頂いたことである。これは本当に嬉しいものだった。

私も今までさんざん喪中ハガキを受け取ってきた。だが、遺族に手紙を出すという発想は、まったくなかった。ショックを受け、淋しがっているだろうと案じているのにだ。

するとある日、古い友人からハガキが届いた。彼女は私と同年代で、もうずっと賀状のやり取りだけになり、30年くらい会っていない。

官製ハガキにパソコンの、少しかすれた文字が印刷されていた。

内館牧子事務所御中
先般、喪中のご連絡はがきを頂戴いたしましたが、当方、既に印刷物によるご挨拶を失礼させて頂いております。恐れ入りますが、住所データから削除頂きたく、よろしくお願いいたします。

○○県○○市○○番地
○○○子

私はこの文章を読んで本当に「ぶっ飛んだ」のである。

何という切り口上。何という常識外れの文章か。私は個人名で喪中ハガキを出したが、もらったハガキは、宛名も本文も「内館牧子事務所御中」である。私の名前はどこにもない。

普通、型通りにでも、故人を悼む一行を書くだろう。彼女が賀状をやめた連絡は受けていなかったので、私は出していたのだが、「住所データから削除頂きたく」もすさまじい。それでも、もしも宛名を私個人にして、彼女のサインだけ手書きにすると印象が違ったかもしれない。

が、そのうちに思ったのである。これは内館牧子事務所への「事務連絡」であり、私個人宛てではないのだと。

であれば、余計なことは一切書かず、用件を手短に端的に伝えることは正しい。

それでも、この喧嘩腰のハガキは衝撃だった。思わぬ人たちから思いやりの手紙やメールを頂いていただけにである。

すると2、3日後、まったくの別件で女友達から電話があった。彼女はこのハガキの主をもよく知っている。

私はつい、ハガキに呆れたことを話した。

「私の方がヘンかなァ」

女友達は早口で断じた。

「いいえ、そういうハガキ、普通は書きません！　そんなハガキもらえば、誰だって呆れる。ヘンなのは彼女の方よ」

「だから、事務所宛ての事務連絡かなと思って」

「公式文書じゃないでしょ。いくら事務所宛てでも『内館さんから喪中ハガキを頂きました。お悔やみ申し上げます』って形だけ書くわよ。その後で印刷物は既にやめてるって書けばいいのよ。住所データ削除ナンタラなんて、大きなお世話で、書く必要なし！　こっちが勝手に削る」

この女友達も、彼女とは30年以上も会っていないと言うが、二人で昔の彼女を思い出した。悪い印象がまったくない。嬉しいことや楽しいことを、素直に顔に出し、それが周囲をも喜ばせたものだ。

すると女友達が言った。

「彼女、昔のことや昔の友人、知人、全部遮断したいのかも」

「何でよ。30年も会ってない私まで遮断する必要ある？」

「昔は一切合切、遮断よ。もう新しく生き直したいんじゃない？」

過去の人間関係を全遮断するのも、乱暴というか思い切った手段だが、彼女も70代になって、もう人生のやり直しはきかないと感じたのか。それならば、新しい人たちとゼロからまた生き直す方が、ずっと楽しいし刺激的だと思ったのか。

すでに昔の人たちと会うことは少ないにせよ、会えば相手を見て「この人、年取ったなア」と思うだろう。相手も彼女を見て、そう思うのだ。そして、「あの頃」の思い出を話し、「若かったよな」で終わる。

70歳からを積極的に生き、新しい環境を求めるならば、失礼なハガキも遮断のための計算ずくだろう。

そんなことを女友達と話していると、彼女が言った。

「先が見えてきた年代であればこそ、若い時代を肴にして、古い友人たちと飲んだりというのも楽しいと思うけどね」

「でも、それがうっとうしいわけよ。中にはもの覚えのいい人がいてさ、『君はレストラン開きたいって言ってたよな。やっぱり無理だったか』とか言うし」

「まあね。『どうして結婚しなかったの？　若い頃は可愛かったのに。あ、今もお綺麗ですよ、ハイ』とか」

「言いそう。全部まとめて遮断するっていうのは、老後の生き方としてアリかもね」

と、さんざん分析しながら、最後には二人で一致してしまった。

「失礼なハガキは、単に彼女の常識知らずじゃないかしらね」

と。

孫が欲しくて

たまってしまった新聞を、まとめて読んでいた。

その中に、切実な人生相談があった。読売新聞の「人生案内」である（'22年12月1日付）。相談者には孫がいない。「お孫さんは？」と言われるたびに悲しくつらい思いをするという。以下、長いが相談文を全文紹介する。

「50代のパート女性。20代の子どもが3人おり、長男が3年前に結婚しましたが、子どもはまだいません。周りから『お孫さんは？』と言われるたびに、悲しい気持ちになります。

先日、義姉の子どもがいわゆる『でき婚』をしました。結婚式に行きましたが、複雑な気分で心からおめでとうと言えませんでした。自分が不妊で苦労した経験があり、赤ちゃんへの思い入れが人一倍強く、幸せそうな義姉の顔を見るのは本当につらかったです。

私も孫を見られる日が来るのでしょうか。孫を見ることができたら、死んでもいいとさえ思います。自分の幸せのために、子どもに期待してはいけないことは分かっていますが、人からあれこれ聞かれるたびにつらいです。友達の子どもが結婚し、孫ができたと聞くたびに友達との縁を切っています。

　これからどういう心で生きていけばよいのでしょう。孫さえできたら全て解決するという思いを断ち切りたいです。（奈良・G子）」

　まず、G子さんは大きな間違いをしている。20代の子供が3人もいて、うち2人は未婚らしい。孫なんてこれからの話だろう。なのに、「死んでもいい」などという言葉が出てくるのは、どう考えても思いつめすぎ。

　だが現実に、孫の話にどれほど多くの人が閉口し、また悲しい思いもしているか。私は新刊小説『老害の人』を書く上で、実感している。

　同作には、色んな種類の老害者を登場させた。昔の手柄話を繰り返す高齢者、元気自慢に病気自慢、何にでも文句をつけ、怒鳴るクレーマー、「死にたい」と一日中言っては全然死なない姑も出した。

　そんな中に、私がどうしても入れたかったのが「孫への溺愛を垂れ流す」という老害。そして、そういう50代女性を登場させた。

　50代はまだ老害年齢ではない。ただ、年齢とは関係なく、孫が生まれた瞬間から、溺愛を垂れ流すことも、珍しくない。あまりの可愛さと喜びに、自制心など吹っ飛ぶのだ。成長してからも名門校に入ったの、一流企業に入ったのと続く。

小説に登場する数々の老害ジジババで、実は読者の反響が一番大きかったのが、「孫への溺愛を垂れ流す」だった。これには担当編集者の小林龍之さんも私も驚いた。てっきり上位に来るのは「昔の自慢話」とか「説教したがる」あたりかと思っていたのだ。

世のどれほど多くの祖父母が孫の話をしまくり、フェイスブックなどにのせまくり、他者に知らせたがっているかの証拠ではないか。他人は他人の孫に何の関心もないことに気づかない。

だが、世の中には孫が欲しくて欲しくてたまらないのに、いない人がいる。「お孫さんは？」と聞かれると深く傷つく。悲しい。G子さんのように、孫のできた友達とは縁を切りさえもする。

この人生相談の回答者は作家の久田恵さん。そして「お孫さんは？」と聞くのは「社交辞令」に過ぎないし、その一言にそこまで傷つくとは誰も思っていないのだと答えている。私もそう思う。「今日は寒いね」と同じレベルで、

「あら、息子さん結婚したの？　お孫さんは？」

と言うのだ。だが、欲しくて死にたいほどの人は現実にいる。その人たちには、社交辞令だとは思えない。意地悪で言っていると傷つくことさえあろうと思う。

しかし、意地悪で言っているのではなく、とにかく自分の孫の話をしたくて、そのきっかけに「お孫さんは？」と社交辞令を振るのではないか。

きっかけさえつかめば、相手に孫がいないと知っても平気だ。自分の孫のことさえ話せればいいので、「ほめ殺し策」に出る。「孫がいないアナタが羨ましいわよ。ホントよ。孫を持ってわかったけど、もうお金と体力ばっかり使うの」と、うんざりした顔で言ったりする。

ここからが本領の「殺し」である。

「3人の孫が私にくっついて、欲しいものねだるし、『ばあば、だーいしゅき』とか言って、一緒にお風呂よ。こっちもトシだもの、疲れるわよ。アナタは幸せよ。ゆっくりと自分の時間とお金が使えるじゃない」

孫のいない相手を型通りに持ち上げながらのほめ殺し。この高度なテクはよく耳にする。だからと言って、孫のいない人が耐え切れなくなり、やんわりとでも「孫の話はもうやめて」とは言わない方がいい。相手は孫のいる何人かで、反省めいた噂をするのだ。

「私らが悪かったの。孫のいない人に話しちゃいけないの。反省した」

「きっと傷ついたわよね。申し訳なかったわ」

「孫がいない人の気持ちに気づかなくて。もう話すのはよそうね」

こういう反省会みたいなことで、彼女たちはさらに孫のいる幸せに満たされる。そして、次の日からは何ごともなかったかのように、また溺愛を垂れ流すのだ。

孫欲しさから解放されるのは、自分磨きの何かを始めることではない。他人のためになる何かを始めることだと思う。誰かの、あるいは何かの役に立っているという意識は、きっと元気と生き甲斐《がい》を生む。

土星の輪

ある晩、電話を取るなり女友達が大声で笑っている。

「ごめん。あなたのあのこと思い出しちゃって」

「あのこと？」

「この間、皆既月食で天王星の惑星食が同時にあったじゃない。私、惑星食がよくわからなくて、今頃になって気になってネットで調べたの」

「あれって肉眼でもわかるんだっけ？」

私が言うと、彼女はヒイヒイと笑う。この笑い方で、私の「あのこと」がわかった。大昔の話なのに、こうして一生笑われることを、私は大真面目にやったのだ。

私が通っていた都立田園調布高校は、当時、山中湖に「山中寮」という山荘を持っていた。自炊の台所もお風呂も、広い集会室や宿泊室もあった。

私が高校2年の夏休みだったと思う。大学受験用の特別補講が山中寮であり、希望者を募った。私も友人たちと参加した。

勉強のできる参加者が多く、私や幾人かは苦労した。すると夕食の時だったか、勉強のできるA君が、私とN子という女生徒に言った。

「今夜はさ、土星の輪が見えるんだよ。山中寮のまわりは真っ暗だから、門のところからでもよく見えると思うよ」

私とN子は驚いた。

「肉眼で見えるの？」

やはり勉強のできるB君が笑った。

「肉眼じゃ見えないよ。でも、今日は懐中電灯で照らせば見える」

勉強のできない私とN子は、もうすっかり信じこんでしまった。すぐに管理人室だったかから、懐中電灯を借りた。

そしてずっと、2人で玄関横の真っ暗なところに立ち、夜空を照らし続けた。懐中電灯で。

夜空はまさしく「星が降るよう」にきらめいていたが、土星の輪っかは全然見えない。そのうちに私は気づいた。だまされていたことについてではない。

「ねえ、N子。私たち、どれが土星かわからないから、水星とか木星とか別の星を照らしてるのよ。だから見えない」

N子の力一杯の答えを、私は今も覚えている。

「土星はまだ地球に近づいてないのよ。だってA君もB君も、門のところから見えるって言ってたじゃない」

「そっか。そうよね」

私たちは星空を、懐中電灯でかわりばんこに照らし続けた。だが、ついに輪っかを見ることはできなかった。

その後、A君とB君に謝られたのか、彼らが先生に叱られたのか、結末は全然覚えていない。

ただ、今でも高校の同期会があったりすると、

「2人並んで懐中電灯で照らしてたよなァ」

「俺ら、2階から2人を見て笑った笑った」

などと言われたりする。

電話でヒイヒイと笑った彼女は、

「私は見てないからね」

と言うが、見て笑い転げていたに決まっている。

「マキコってさァ、ホントに数学とか理系ダメだったよね。懐中電灯仲間のN子は、まだ正

負の計算はできたもの」

私は数字の正と負の概念が、どうしても理解できなかった。「気温のプラス25度はマイナス35度より暑い」ということを理解したのは、大学生の頃かもしれない。＋－が理解できないので、数字の大きい35度の方が暑いと思うのである。

家庭教師は「数直線」を作ってくれた。紙の真ん中に「0」を書き、右に行くと「＋」、左に行くと「－」。「-7」なら0から左に7つ行く。だが、100とか150とか数字が大きくなると書き切れない。まさかトイレットペーパーのような数直線も持ち歩けず、お手上げである。

しかし、よく都立高校に入れたと思う。入試は9教科合計点の時代なので、理数以外で稼いだのだ。入学後は、現代国語と古典、漢文だけが優秀で他は全部赤点だった。

数学は10段階の2で、母が呼ばれて「1に近い2です」と言われた。母は「まあ！　1って一番上ですよね」としらばっくれたというから、すごい。

担任は国語教師だったので、唯一人だけ私を認めてくれていた。が、進級会議か何かで理数の先生たちに詰め寄られたらしい。私は担任に呼び出され、宣告された。

「今の成績じゃ、都立高校には置いておけないんだよ。どこか簡単な私立に転校するか、全教科おしなべてオール3にしてくれないと。国語はもう何もやらなくていいから、他の学科に時間を回して」

懐中電灯で土星の輪を探していた私には、理系科目を3にするのは無理だ。すると、担任がため息まじりに言った。

「僕は本当はね、何かひとつだけできる子ってすごくいいと思うんだ。必死に頑張って全教科平均点にするのはつまらないことだよ」

むろん一言一句定かではないが、こういう言葉だった。それを聞き、私に力がみなぎった。そうよ、そうだわ。得意なものをもっと伸ばすべきなのよ。そしてそれが生かせれば一番いいじゃない！　そうよ！

音楽でも絵でも科学でも、工作でも料理でもスポーツでも何でもだ。好きなこと、得意なことには努力できるものである。

自分をおさえつけ、懸命に平均点にならす努力は、結局は芽をつむ努力だろう。あの日以来、私は今でもそう思っている。

懐中電灯の私でありながら、「奇蹟的」に公立高校の卒業を勝ち取った。「奇蹟」の手段は書けない。

今、自宅に電話をかけてきてヒイヒイと笑った彼女は言った。

「それで結局は国語を生業にしてるもんねえ。ところでネットで知ったけど、天王星にも輪っかがあるんだって。これは懐中電灯で見えるかもよ」

うるさい！

いい塩梅の刺激

昨年9月のある夜、編集者2人と私は都内の店で夕食を取った。その店のおいしさ！　頭がまっ当に働かなくなるほど。そのせいだと思う。私は唐突に言った。

「ね、俳句やらない？」

2人は即答した。

「やろう！　俳句やろう」

この即答も頭がまっ当に働いていないからだ。

翌日、親しい男女編集者4人を誘うと、何と4人とも「やる！」と即答。やはり、何らかの理由で頭がまっ当に働いてない時間だったのだと思う。何しろ7人とも俳句とは無縁。一人は言った。

「70まで生きて、俳句を作るの初めて」

私は由緒ある『銀座百点』の句会に出ている。俳句は作ったこともなかったが、題のひとつが「初場所」だった。相撲なら大丈夫！　作れるわ！　畏れ知らずにも出席してしまった。高橋睦郎さん、嵐山光三郎さん、冨士眞奈美さんらの俳人がズラリと居並ぶ中、私は自信満々に次の句を披露。

「初場所や　心の愛人　北の富士」

居並ぶ俳人たちはのけぞり、息を吹き返すのに時間がかかった。

今回集った7人も、私と同レベル。「けり」も「や」も「かな」も、その使い方を誰も知らない。お互いの句に批評もできない。なのに俳号までつけたあげく、

「『俳句同好会』とかじゃなくてさ、『結社』にしよう。カッコいいよ」

となった。「結社」の何たるかもよく知らないが、確かに重みがある。

こうして「俳句結社盆暮《ぼんくれ》」を作ってしまった。盆と暮れの2回、句会を開く。あとは勝手に勉強するのである。

「今までの納涼飲み会とか忘年会に、文化の香りがつくねえ」

「すぐに今までの飲み会と忘年会になるわよ」

まあねえ……。とにかくアイウエオ順で私ともう一人が第1回の幹事になり、冬と春の季語各3語を出した。冬は「初雪」「柚子湯・冬至湯」「熱燗」。春は「芹」「朝寝」「朧月」である。これらの季語から選び、各自が5句ずつ作る。幹事は作者名がわからないようにして

一覧表にする。

7人はその中からいいと思う句を5句選び、点をつけて幹事に送る。幹事は順位をまとめ、句会で初めて作者名をも明かすわけだ。1位は句会の飲食代が半額になる。

全員が5句を詠んで出すまでが、大騒動。大慌てで歳時記を買いに走り、ネットで「俳句の作り方」を検索し、TBS系の番組「プレバト!!」で学ぶ。全員がこれであるから、何が「結社」か。

こうして昨年暮れ、ついに「第1回・盆暮句会」は、赤坂の中華レストランで開催にこぎつけた。

私は『週刊朝日』の連載には絶対に書かないつもりでいた。恥をさらすことはない。だが、誰もが自分を棚に上げて、他人の句に笑い転げる。本誌の読者に初笑いを届けない手はない。ドサクサに紛れ、出版社名と実名を明かさないからと了解を取った。

第1位は同点2句。

「童ども百まで漬かれ冬至の湯」

「芹洗う泥根に小さき虫が生き」

第2位は次の一句。

「猫逃げて心もとなき朝寝かな」

とにかく選外が傑作。

「熱燗を浮かべし湯の先薄紅のひと」。

これは全員の解釈が一致していた。「居酒屋のカウンターで、女将が燗をつけている。その湯気を通して薄紅の化粧が浮かぶ」である。全然違った。温泉宿の露天風呂、その湯に熱燗を浮かべて飲んでいると、湯の先に薄紅の女が見えた情景だという。

「何、その女は化粧して温泉に入ってるのか？」

「いや、湯であったまって顔がピンク色に火照《ほて》ってるんですッ」

「えー？　それを薄紅って言わないよ。薄紅は普通、化粧だよ」

「もしかして、彼氏との湯で、スッピン見られたくなくて化粧したまま入ったとか。女心！」

「それに五八七だよ」

「ま、選外だからどうでもいいよ」

次の一句もすごい。

「朧月口づけ交わす影法師」

誰かに「妄想の爆走だな」と言われ、この一言で瞬殺。

「芹食みて摘みたる老母の手の皺想う」

一人が「これも五八七だ」と言うと、作者の「俳人」は平然と答えた。

「書きたい思いがあふれて定型に入らない」

「それを入れるのッ。老母と手の皺はダブり」

「どっちかでいいよな」

　一人が助けを出した。

「でも食むとか、情緒ある言葉で頑張ってるし」

「草を食むのって牛だろうよ」

「まずはきちんと五七五の定型を覚えなさいって、『プレバト!!』で夏井いつき先生も言ってたよ」

　俳人はうつむいた。

「だから、やっと五七五の定型に思いがこめられたのに、誰も点を入れてくれなかった……」

　そのあふれる思いを五七五に入れた最高傑作。

「芹鍋の締めは雑炊鍋奉行」

　作者以外の全員が笑いすぎて泣いた。

「これってさ、カルタの読み札だよ」

「締めは雑炊鍋奉行、ハーイッてかっ」

　第2回は盆にやるのだが、7人とも同じことを思っていた。それは今までにやったことのない何かを親しいグループでやることは、絶対に老後にお勧めだ。写真でも絵でも楽器でも、何でもいい。指導者がいれば一番いいが、いなくても飲み会や忘年会に文化色をつけて笑えれば、いいではないか。人間だもの。老後だもの。

私たち7人は、顔で笑いながら「盆の句会を見てろ!」と目が炎を噴いていた。恥をかいてもいい仲間と、本気になりすぎずに遊ぶことは、いい塩梅《あんばい》の刺激である。

1万円選書

私が本は書店に買いに行くと言ったら、親戚の若いモンに笑われた。

「は？　ネットで注文すればすぐ届くじゃない」

「そういう態度だから、日本の若いモンはどんどんバカ面《づら》になるの。書店に最近行ったことある？」

「何年も行ってない。でも本は読んでるよ」

「ネットで注文して、電子書籍なんかで読むんでしょ」

「そ。同じじゃん」

「同じじゃないッ」

欲しい本をネットで注文するのは、いわばピンポイントである。ターゲットはその欲しい本のみに絞られる。

その上、書店への往復時間も不要、探す手間も不要、荷物にもならない。自宅で寝転がり、ゲームをしていれば届くのである。ターゲットの本が間違いなくピシャリと。

私も仕事などで急いで必要な本はネットも利用するが、圧倒的多くは書店に行って探す。たとえば宮沢賢治の『風の又三郎』を買いたいとする。欲しい本を直ちに届けるネットと違い、書店というのは迷宮《ラビリンス》みたいなものだ。入口を入るなりまっすぐに『風の又三郎』にピンポイントで突き進めないものだ。

入口近くの雑誌に目が行き、関心のあるものを開いたりする。近くにはベストセラーランキングの棚があり、その書籍が並ぶ。一冊読んでみようかとなる。

目的の本にたどりつく前に、旅行誌に目が行き、「必ず治る大病の数々」の類や「食べてやせるメニュー」、プロスポーツ監督や選手のドキュメントにも足が止まる。アチコチに引っかかり、予定外の本をすでに3冊抱えている。

隣には、現在の社会を鋭く切った論評が平積みされている。つい開いてみる。

こうして又三郎の待つ文芸の棚へと歩くのだが、ここに至るまでに、かなり時間がたっている。なのに、又三郎を直前にしてミステリーで引っかかり、直木賞や芥川賞作品で引っかかり、大作家の遺稿に手が伸びる。

そしてやっと、又三郎に会えた。が、ここでまた引っかかる。又三郎はこんなに多くの出版社から出ていたのか。どれがいいだろう。宮沢作品は短編が多く、何作かをまとめて一冊にしていたりする。その組み合わせをチェックし、せっかくなら読んでいない短編が入っているものにしようと考える。

「水仙月の四日」は読んでないよな、いや読んだか。わからなくなって、今度は「水仙月の四日」の入っている本を探し、立ち読みしては「読んでないや」となったりするのである。

これらはピンポイントで欲しいものを簡単に手にすることとは比較にならない効率の悪さだ。まして、この回り道はすぐに役立つものでもない。

だが、私は魅力的な迷宮を行きつ戻りつし、思いもしなかった一冊に目を留めたりすることは、実はとても大切ではないかと思うのだ。多少ではあっても、人間の幅や深さに寄与してくれると考える。

これは、ニュースならネットでわかるからと、新聞は不要とするピンポイントにも似ている。

何か知りたい事件が起きた。それを打ち込んでネットで探せば、幾らでも出てくる。ほぼ全紙、全誌が読める。また今日のニュースを知ろうとすれば、ネットでダーッと1、2行のヘッドラインが出てくる。関心のあるものをピンポイントで選んで読めばいいのである。

新聞だとやはり、政治経済から家庭、文化、読者投稿から人生相談、健康、料理、各地の話題などに引っかかる。目的が「3面の大事件」と明確ならば、すぐに3面を開けばいい。

だが、新聞で寄り道するのも、書店と同じ理由で、無駄ではないと思う。だいたい、書店や新聞に因《ちな》む無駄を排除して、どれほどの役に立つのか。

1月1日の秋田魁新報に、興味深い記事を見つけた。

出版不況で町の書店が10年で約3割消えているという今、北海道砂川市の「いわた書店」が、とても面白いことを始めた。店主の岩田徹さんが考えた「1万円選書」である。

客は1万円を前もって書店に支払う。岩田さんは客の好みや悩みなどに寄り添って本を選ぼうと、アンケートに答えてもらう。そして、1万円分の本を選び、客に届ける。

これが2014年にSNSなどを通じてブレイク。今では東京や大阪でも広がっているそうだ。

3年前からは、長女の及川昌子さんも加わり、70歳と45歳の父娘が丁寧に選書しているという。全国の書店でまねてもらって、出版業界全体が盛り上がってほしいと願う岩田さんだが、1万円選書のきっかけは高校の先輩の一言だった。

「面白い本がないから1万円分選んで送ってくれ」

確かに私たちは、書評や口コミや、他人が推す本には関心を持つところがある。1万円選書はそこも満たしている。

新聞記事には書いていなかったが、たとえば客が「私はリベラル派なので保守派の本を1

万円分選んでほしい」とか「日本の若いミステリー作家のものばかりを」などと希望をつけるのも面白いと思う。若いミステリー作家の作品の中に、敢《あ》えて江戸川乱歩と松本清張を入れたりしたなら刺激的だ。

今、書店が消え続けていることに危機感を持った国会議員らが、会合も開き始めた。やっとその空気になってきたわけだが、いつまでも書店や出版社の自助努力だけではやっていけない。私たち一般国民は、まず書店に行くことで力になれるのではないか。

名文珍文年賀状

私は昨年6月に母が亡くなり、今年は年賀状を失礼した。11月くらいには、喪中のハガキを出していたのだが、それでも例年の4分の1ほどの賀状を頂いた。これは妙に嬉しくて、母のいない正月が明るくなる気がした。また、大相撲関係者からは、松が取れた後に、

「蒙御免　年頭状としてのご挨拶をお許しを」

と一枚が届いた。さすがに粋なことである。

中には年末に電話をくれた男友達がいて、

「週刊朝日の『名文珍文年賀状』が休みだと、読者も淋しいと思うよ。俺、ネタになるようなの出すから、休むなよ」

と泣かせてくれたのである。私は休むつもりでいたが、彼の言葉と、例年にも増して多い「老害の人」のぼやきによって、やはり書く気になった。

まずはこの電話の男友達だが、「ネタになる」どころか全然面白くなくて、即ボツ。今度は私が泣かせてしまったわ。

★高校の同級生（男）

「もはや完全に『老害の人』です。口を開くと昔の自慢とか思い出話になりそうで、いつも一人で本を読んでいます」

読書はいい老後の趣味です！

★中学の同級生（男）

「しゃべるとうざい顔をされるので、毎日朝から晩まで読書です」

そうよ、それに限るわと思ったら悲しい続き。

「デイサービスの時以外、もう何年も誰かとしゃべってないです」

私の周囲は雇用延長世代と、前・後期高齢者世代が大半と言っていい。

★80代後半の女性

「今年こそ死にます。お世話になりました」

★70代後半の男性

「死ぬことばかり考えています。生きていても意味ない。実感です」

いるのよねえ、こういう老人。現実にはすごい食欲で、どこか痛いとすぐ入院したりして、若い人たちは「死ぬ死ぬ詐欺」と呼んでいるのよ。

★元編集者（男）

70代後半の彼、大きく、

「ゆっくりと下っていこう」

と一言。もう、一人でそう思ってなさいよ。老人の悪いところは「死にたい」にせよ「下っていこう」にせよ、他人に言わないと満たされないこと。私は小説『老害の人』に、老人だけで集って思う存分に話すことを、本気で考えるべきだと書いた。賀状に書くなって。

★某キャリアウーマン

後期高齢者目前の彼女は、バリバリの現役。

「年寄りが踏んばらないと危い時代になりそうですね」

一理あるのだが、これも時に老害になる。小説の登場人物にも言わせたが、老人はとかく「若いモンがしっかりしないから、私ら高齢者が踏ん張らないとなんないのよ。そろそろ楽させてよ」と存在感を示したがる。その少なからずは、現役でいたい。だから理由をつけて踏ん張る。

私は若い人と共に何かやりたいと欲するより、まず老人同士で何かを始める方がずっと前向きだと思っている。

若い人と老人では、生きた時代が違うし、文化も文明も違う。であればこそ、とかく「お互いに補い合って、共に進む」ことができるはずだと考えがちだ。

だが、こうも違う両者であればこそ、「お互いに別の生き物。ワケわからない生き物」と考える方が、お互いに優しくなれるのではないか。

何しろ高齢者が多いため、自身の健康不安、物価高での経済不安、家族の冷たさ、先々への不安が濃い、濃い。そんな中に次の一枚があった。

★袴田俊英住職（秋田県・龍江山　月宗寺）

「惟《おもいみ》れば不安の全く無い未来などないのでしょう。漠とした不安があるから、人は一生懸命生きられるのかもしれません。

今年も懸命に生きたいと思います」（ふり仮名・内館）

まずは受け入れて、そこから懸命に生きるしかないのだと、殊勝にも思ったりする。

これも高齢と無関係ではないが、「賀状は本年をもってやめる」という挨拶が添えてあるものが非常に多かった。例年の4分の1程度の賀状数なのに、多くて驚いた。

確かに賀状は加齢と共に負担になるし、やめることはまったく構わないと思う。問題はその通知方法だ。

これまでのお礼と共に賀状卒業を、最後の賀状に書き添えるのは効率的だし、ベストである。だが、これを読むたびにガックリする人もいるのではないか。私はそうだ。新年早々、年齢や終活や断捨離を思い、水をぶっかけられた気になる。すぐにケロッと忘れるのだが、それでも賀状に書くことには、私自身は抵抗がある。

さりとて、別の日に通知し直すのも不経済だし、負担が大きい。これについて、生前の母と話したことがある。当時、95歳くらいの母は言った。

「私はもう15年くらい賀状は出してないわよ」

「最後の賀状に、やめますって書いたの？」

「書かないわよ」

「どうやってやめたの」

「知らんぷりしてやめたのよ」

「えーッ！　挨拶抜きでしらばっくれて……」

「そう。バックレたの。それがいいわよ」

「だけど、友達とか周りの人が言うでしょ。年賀状が来ないと心配になるとか。年賀状は無事の証とかって」

「心配なら電話してくるわよ。出れば生きてたとわかるし、出なければ『死んだんだ』って誰かに電話して確かめるわよ」

「そうか。バックレが一番か……」

「そうよ。バックレ1番電話は2番」

母は文明堂のCMソングのようなことを言ったが、冷水をぶっかけるより、これもアリだと思う今年の賀状だった。

夫を退職させた妻

昔、社外サークルで知り合った友人から、久しぶりに電話があった。

彼女はとても気弱で、常に誰かが決めたことに黙って従うタイプだった。私は何となく気になり、よく一緒に帰っていた。それが縁か、今もずっと連絡を取りあっている。

電話の第一声が、

「夫のこと、会社辞めさせたの。壊れる寸前だったから」

である。驚いたが、すぐに私は言っていた。

「正解。壊れちゃったら大変だもの」

「でしょ。この話、どこかに書いてよ。同じ思いしてる夫を持つ妻って、絶対に多いはずよ」

彼女の夫は私も会っている。仕事に打ち込み、妻子を愛し、郊外に家を建て、文句のつけようのない人だったと思う。すると、彼女は言った。

「夫は一流大学、一流企業だけど、30代後半に中途採用なの」

中途採用は初めて知ったが、よくある話だ。

「夫はもうすぐ定年なのよ。だけどね、最低の役職しかついてないの。それもラインから外れて」

私も会社勤めをして初めて、「ライン」というものがあると知った。これは簡単に言えば、中枢に続く一本の線《ライン》と考えていいだろう。

私が就職していた会社の当時のラインは、下の役職から係長、課長、次長、部長だった。それは役員へと続きうる一本の線《ライン》だ。

一方、ラインではない役職群を何と呼んでいたか。下から主任、主務、主査だった。部長同格はハッキリ覚えていないのだが、確か「主管」だった気がする。

この「主」のつく役職者には、直属の部下がいなかった。部下にとって、直属の上司はラインの役職者なのだ。

今は、どこの企業もここまで明確な区別化はしていないと思うが、彼女は言う。

「でも、わけのわかんない役職名は多いのよ。『部付き部長』とか『統括課長』とか。年齢やキャリアを考えて、無理してつけてる感じ。うちの夫は『グループ主任』よ。若い無役の部下たちを『グループ』としても、夫の部下ではないの。直属の係長がいるんだもの、その係長は女性よ」

私の時代と違い、今は女性社員もライバルであり、当然、同じように登用される。

「夫のところのラインの課長が海外勤務になってね。その後はこの女性係長が昇格。夫より後輩で大学も夫の方がいいの。でも、夫は変わらずにグループ主任。定年はすぐ」

私も会社勤めを経験して、理不尽なことをたくさん見てきた。「運」とか上司の「評定」とか、自分ではどうしようもないことが、影響する場合は少なくあるまい。

だが、妻は夫の勤務状況や社内の様子をつぶさに見ているわけではない。大学がよかろうが、夫には組織人として何かが欠けていることもありうる。決断力とか人望とか、交渉能力とか熱量とか。

むろん、おべっかやへつらいに弱い上司もいるし、イエスマンで固めてしまうことはあろう。だが、少なからずの場合、「我が社にとって誰を選ぶのが最善か」の基準をまず考慮するだろう。

「書いてほしいのは、思い知ったの。一流大企業なんて決していいものではないってこと。娘や息子をそういう会社に入れたがる親が多すぎる。そりゃ、外部の人に『夫は〇〇の本社にいます』なんて言うのはカッコいいわよ。でもそれだけ」

「だけど、中小の企業に行っても同じことはあると思うわよ」

「でも、中小の方が救いがあるように思う。経営者と話すことも多いだろうし」

中小ならではの面倒もあろうが、私は大企業に13年半勤めて、社長の顔は一度も見たことがない。役員も1人か2人、見かけたかどうか。彼らは丸の内本社（当時）の本丸にいて、一般社員とは異次元の人なのだ。

そのため、脚本家になってから大出版社や大テレビ局でも、一般社員がフツーに社長と話し、時にはゴハンに行くことに仰天した。信じられない光景だった。

彼女の夫は自分のみじめな扱いに限界が来て、日に日に鬱っぽくなっていったという。

そこで、妻は言った。

「会社辞めなさい」

「へ？」

夫は驚きの余り、ホントに「へ？」と言ったらしい。

「私が稼ぐ。年金もあるし、退職金も出るでしょ。贅沢はできないけど、我慢して定年待つよりずっといい」

彼女はいわゆる「手に職」がついていて、それは高卒後に専門学校で学んだものだった。

これまでもずっと、パートだったり、依頼されてバイトをやったりしていたが、仕事の口はあるのだと言う。

彼女は、夫がこの申し出をイヤがると思っていた。ところが夫は言った。

「ありがとう」

そして、すぐに元気に退職した。

「私、手に職つけといてホントよかった。親は短大とか出ておけって言ったけど、やっぱり名より実だよねえ」

私はあの気弱で、人の言いなりのような彼女が、こう強くなったことに驚いた。すると、

「夫なんかもう特別な男じゃなくて、そこらのオヤジよ。けど、やっぱり『身内』なのよ。父とか兄とか息子を苦しませたくないのと同じ。うん、おんなじ」

と言い、つけ加えた。

「『ありがとう』ってすぐに言った夫には、妻として、ま、嬉しかった」

「これであなた達、もっといい夫婦になるね」

彼女は照れたように笑った。還暦を過ぎてこんな笑い方は悪くなかった。

空気のようにまとう

大相撲初場所で、ＮＨＫ解説席の北の富士さんが、大変な話題になった。ネットでも反響が大きかったようだ。

何が騒がれたかと言って、北の富士さんが真っ赤な革のジャケットを着ていらしたことである。

これがもう似合うの何の。土俵の取組より、解説席を映してほしい。私は元横綱審議委員らしからぬ不謹慎な邪念を押しころしたほどである。

もっとも私の「北の富士の追っかけ歴」は10代の頃からで、横綱審議委員より遥かに長い。今でも断言していいが、私が結婚できなかったのはひとえに、

「タイプは北の富士と小林旭」

と叫んでいたせいである。「あんな男と比較されちゃたまらん」と、誰も私に近寄ってこなかったのだ。私がナマイキだとか言いたい放題だとか、態度がデカイとか、そういう問題

ではない。私の男の趣味に、周囲の男たちがビビった。それだけである。

私はよく「心の夫水戸泉　心の愛人北の富士」と言っていた。横審になってから、北の富士さんや幾人かでチャンコを頂いた時、一人に言われた。

「水戸泉と北の富士じゃ、好みが一致しないね」

私は当の北の富士さんを隣に、平然と言った。

「北の富士さんは夫には向きません。絶対にアチコチに愛人作っちゃう。ですから、夫は水戸泉のように真面目で実直で、安らぐ人がいい。適材適所というものです」

北の富士さんは声をあげて笑い、周囲の人も反論せずに大笑いした。

あれから何年がたっただろう。北の富士さんは今年2023年には81歳になる。

81歳が、まるで空気をまとうように自然に、真っ赤な革のジャケットを着る。あんな80代はいないという声は私の周囲でも多かった。

ふと考えた。

北の富士さんには「イタい」というところが微塵《みじん》もないのである。

男も女も、加齢と共に若い人から「イタい……」と言われることがふえる。若い人はリコウでわきまえており、本人を前にして「イタい」とは絶対に言わない。陰で集まって笑うのだ。

「今日の○○さんの服、見たァ!?」

「見た‼　イタいよねえ、あれ。恥ずかしい〜！」

「××さんもイタすぎ。笑う時、無理に口角上げるんだから」

「みんな気づいて面白がってんのにさァ」

と、こうなる。

「イタい」というのは多くの場合、高齢者が若い人から「おしゃれだ」とか「若く見られたい」という渇望の、失敗例である。

加齢に抗って生きることは大切だと思う。だが、そこに「若い人に認められたい」という意識が見えると、実際に若い人たちにはバレる。「イタい」ともの笑いの種になる。

加齢と共に外見に気を配ることは、必須中の必須事項だ。だが、認められたくて頑張りすぎると、若造りに堕《お》ち、「イタい」の対象になってしまう。

高齢になれば口角が下がるのは自然だが、満身の力をこめて上げる。だから笑顔がひきつる。「娘と共用よ」と、やたらと若い服を着る。これらは、外見に対する高い意識のあらわれだと思う。本来は「イタい」と言われるところではない。

だが、北の富士さんの如く、空気をまとうように、それができない。だからイタい。北の富士さんの赤ジャケットは、若い人へのウケ狙いではないことに、若い人は気づいている。

女性でも黒柳徹子さんは、まったくイタくない。何を着ても、何を持っても、何を履いても、やっぱり空気のようなのだ。

何度かお会いしているが、若い人に若いと言われようとか、おしゃれと言われようとかは、まったく感じたことがない。

実は私はとてつもないハンドバッグを持っている。もう30年ほども昔、ニューヨークで見つけた。これが黒の革でできていて、形はハート型。

そのハート型バッグの表全面に男女がキスしている絵が描かれている。ダヴィデのように彫りの深い男と、ラファエロの絵のようにふくよかな女。女は白いアゴをあげて、男の唇を受けている。この絵がバッグの一面にデカデカ、堂々。多くの人は、一目でどん引きする。あげく、ファスナーを開けるとバッグの中は一面の金色。目のさめるような金ピカ、ピカピカ。

これは先頃、81歳で亡くなった英国のファッションデザイナー、ヴィヴィアン・ウエストウッドのものだ。挑発的で性的なパンクファッションの開拓者である。私はパンクとは無縁で、彼女の名前も知らなかった。

それにこの大胆なバッグ、いつどこで持てばいいのだ。どこに持って行っても目立ちすぎる。みんな驚いて、そしてあきれるだろう。それに安くはなかったと記憶する。

なのに、なのに買ってしまった。買わずに帰る気にはなれなかった。

帰国後、私はこのバッグをよく持った。まだ「イタい」と言われる年齢でもなく、どんな服やコートにも、何だかヤケッパチのようによく合う。

町で若い女の子に、

「それ、どこで買ったんですか」

と聞かれることもしょっちゅうだった。

そして「イタい」の年代に入った私だが、今も好きでよく持つ。ただ、北の富士さんや黒柳さんの如く空気のようではない。「イタい」と言われないように、色々と考える。このバッグを持つ時は洋服の色や形を抑えめにするとかだ。

こんな気遣いをする限り、北の富士さんや黒柳さんの、「空気のようにまとう」域は遠い。

具沢山味噌汁のススメ①

これは以前にも書いているが、私は還暦を過ぎて初めて「料理」というものを始めた。

普通、女の子は3歳くらいになると、母親と台所に立ちたがる。母親に教わって、こねたり混ぜたり。母も娘もそれが嬉しい。

私はそんなことには何の関心もない幼女で、ひたすらラジオの大相撲中継を聴き、星取り表をつけていた。ずっとそれだったが、さすがに結婚適齢期になり、「まずい」と思った。そして会社の帰りに料理学校に通い始めたのである。

昭和40年代の半ばのことであり、女たちの圧倒的多くは「結婚至上」だった。「売れ残り」とか「オールドミス」とかの言葉を、男たちが平気で口にする時代である。

私は大企業に勤めていたが、結婚退職する女子社員は、まず9割方は振り袖を着て、婚約指輪をギラッギラさせて、社内の挨拶回りをする。結婚退職者以外は、振り袖は着ない。暗黙の了解だった。女子社員の大半は、もちろん私も「売れ残り」ではなく「振り袖」の側に行きたい。

　だが、その側に行くには、男たちが望む「妻の条件」にかなわなければならない。条件のひとつが、「料理」だった。女たちはわかっていて、

「アタシね、冷蔵庫の残り物なんかで、チャチャッとおいしい物を作るのが得意なの」

なんぞとぬかす。会社のトイレでタバコ吸ってる女が、何が「チャチャッ」だ。だが、安月給の若い男たちは、「残り物」を生かす女なら……とだまされる。そしてやがてトイレタバコの女は振り袖姿で退職していく。

　私は料理学校に行き、アピールしようと考えた。色々なコースがあったが、迷わず、総菜コースにした。「総菜」——安月給の男たちを、そそりそうではないか。

　が、料理学校で、適齢期の女のすさまじさを実体験した。ベビーブーマーの私たちであり、生徒は大教室に50人はいたと思う。先生はまず、その日のレシピを講義し、実演する。

　これが終わると、生徒たちは隣の調理室に、ものすごい勢いで駈け込む。そして、鬼の形相で包丁を取る。刃物を持つ鬼と化す。

　6人ほどの各グループに、包丁は2丁だかしかない。それが取れない生徒は鍋やフライパンをひっつかむ。それも取れない生徒は味噌、醤油などの調味料を握る。

　何も取れない生徒は、彼女らが切ったり、炒めたり、調味料を合わせるところを見ている。

そして、汚れた皿や鍋を洗う。

私は毎回、これだった。たまに先生が「包丁はかわり番こに」と注意するが、そんなことを聞く人はいない。鬼には結婚がかかっている。

結局、私は高い月謝を払って鍋ばかり洗い、あの時、結婚レースには勝てないと思った。実際勝てなくて、脚本家になって一人暮らしを始めても、料理と呼べるものは作ったことがない。テキトーに炒めたり、チンしたりだけ。あとは仕事の打ち合わせで外食が続く。

そして、私は60歳の暮れに突然、倒れた。これも何度か書いているが、出先の岩手県盛岡市で、心臓と動脈の急病に襲われたのである。盛岡（当時）の岩手医科大学附属病院に緊急搬送。２度の大手術と４か月の入院で、九死に一生を得た。

その時、医師にこれまでの食生活を問われた。私が20年間余のチンと外食生活を話すと、医師は食への態度をきつく戒めた。

臨死体験までした私は生還と戒めによって、人間が変わった。殊勝にも「食べることは生きること」だと思ったのだ。

以来、料理を始めたのだが、これがやり始めると面白い。最近は漬物も漬けるし、だしも鰹節を手で削り、焼き干しや干しシイタケなどと合わせて自分でひく。

口の悪い女友達どもは、

「あなたねえ、還暦で初めて料理すりゃ、面白いわよ。私ら20代からやって、還暦ではもう飽っき飽き。出前とチンで十分においしいし。よかったじゃないの、結婚しなかったおかげで、老後の趣味ができて」

とせせら笑う。

以来、14年余。私は後期高齢者目前なのに、楽しく台所に立っている。一人で食べる時でも雑誌などに出ている料理を、丁寧に作ったりする。やはり生死の境をさまようと食への思いが変わる。

そればかりか、昨年の晩秋、念願かなって料理研究家の土井善晴さんと対談したのである。還暦まで料理したこともなく、鍋ばかり洗っていた私が、「土井善晴」と「食」をテーマに対談するなんて、自分でも信じられない。

この対談は月刊『パンプキン』2月号に掲載されたのだが、3月に出る文庫『牧子、還暦過ぎてチューボーに入る』（潮出版社）の特別ページとして、私がお話を伺いたいと熱望したものだ。

土井さんは家庭料理は「一汁一菜でよい」と、驚くべき提唱をされた人である。具沢山の味噌汁は、相撲部屋のチャンコと同じで、優れた「おかず」だという。

次項で詳しくご紹介するが、これは必ず、料理を作ったこともないジイサン、オジサンをその気にさせる。チャンコ番の若い力士たちは、よく故郷の食材を煮込んでいた。きっと母親を思い出していただろう。

ジイサン、オジサンは「故郷」と「母親」に弱い。具沢山味噌汁は簡単で、おいしい。還暦を過ぎてチューボーに入った私にもすごくうまくできる。

母親と故郷を思いながら、妻孝行もできるのだから、こんないいメニューはない。

具沢山味噌汁のススメ②

以前から料理研究家の土井善晴さんに教えて頂きたいことがあった。だが、還暦を過ぎるまで料理を作ったこともない私だ。何しろ『食べるのが好き　飲むのも好き　料理は嫌い』（NHK出版）という本を出したほどの筋金入り。大病から生還して、やっと目がさめたというテイタラクである。

それにしても、編集者という人たちはとてつもないことを考えるものだ。2016年だったか、『ゆうゆう』（主婦の友社）の女性編集者から、

「牧子、還暦過ぎてチューボーに入る」

という連載依頼があったのだ。それも「主婦」の「友」である。私とは無縁の人生だ。が、料理の何から何まで目新しい私の話は、もう「チューボー」を卒業したいと思っている「主婦」や、その「友」には面白いと考えたのだろう。

こうして2年半にわたる連載が、同社から単行本として出版された。驚いたことに、版を

重ねたのである。これは間違いなく、妻たちが夫に、

「内館さんだって還暦過ぎて始めたんだから、パパもチューボーに入ってみて。できるよ」

と『牧子、還暦過ぎてチューボーに入る』を買い与えたに決まっている。

それが今度、同名の文庫本になり、潮出版社から発行される。土井さんとの対談は、文庫版の特別企画である。だいそれたお相手だが、めでたい文庫化を理由に、編集部が口説いてくれた。

私には教えて頂きたいことが、二つあった。

ひとつは「家庭料理は一汁一菜でよい」として、具沢山味噌汁を提唱されたことである。

しかし、世は「肉食こそがベスト」と言う。肉と魚の動物性たんぱく質をふんだんに摂ることが、人間の、特に高齢者には重要なこととされる。

「具沢山味噌汁の場合、動物性たんぱく質が摂れないのではないか」

ずっと疑問だった。が、土井さんは即答された。

「日本人にとっての肉というのは、もともとは油揚げであり、豆腐です。私が家で作るときは油揚げがベーコンや鶏肉になります。おみそ汁にそういうたんぱく質を入れたらいいんです」

言われて初めて、気づいた。そう言えば、豚汁は具沢山味噌汁だ。鶏団子と野菜の味噌鍋

も、鮭の石狩鍋もだ。これらは、何人かで賑やかに囲む「鍋」と考えていた。だから味噌汁と一致しなかった。

アジやイワシなどのツミレ汁、牛肉と根菜の味噌汁、カキやホタテの味噌汁等々、私はいつも冷蔵庫にある食材を何でもぶちこんで、具沢山味噌汁にしていたのにだ。「肉食」というとステーキとか焼肉を思い浮かべ、初歩的な愚問。何せ還暦過ぎてチューボーに立ったからねえ。

そう言えば、おでんの具にウィンナがあることから「ウィンナの味噌汁」を作ってみたことがある。イケた。サラダチキンも焼きトリの味噌汁もイケた。

味噌とは、すごい力を持つものだ。何にでも合う。たっぷりと野菜やたんぱく質を入れると、椀が鍋に匹敵する。栄養豊富なチャンコ椀になる。

もうひとつ伺いたかったことは、

「情報過多の今、何を食べたらいいのか」

である。肉食ベストが言われる一方、粗食ベストも言われる。炭水化物はダメ、いや、いい。油脂はダメ、いや摂らないとシワシワになる。一事が万事これなので、素人《しろうと》には何を信じていいかわからない。土井さんはこれにも即答された。

「それは自然。旬のものですよ」

びっくりした。というのも、私は2004年に料理研究家の飯田深雪さんに、2016年には鈴木登紀子さんにお会いしている。土井さんにお会いするまでの間、18年もあるというのに、料理界の大家3人が、一番大切なことは「旬のものを食べること」と答えておられるのだ。

18年もたち、食生活も生活環境も大きく変わっている。だが、大切なことは動かないとわかる。

今はハウス栽培や養殖で、野菜や果物も魚介も多くは一年中出回る。だが、季節の移り変わりと共に店に並ぶものは、栄養がまるで違うそうだ。

昨今、どれが旬なのかわかりにくいが、鈴木登紀子さんの答えは軽やかだった。

「お店で、山盛りになって安く売っているものが旬よ」

そして、土井さんの次の言葉でよくわかった。

「(日本の家庭料理は)ご飯とみそ汁にお漬けものがあったら、本来はそれで完成です。ただ、その季節にサンマがあったら焼けばいいし、タケノコの時期なら炊けばいい」

そうか、こういうことなのだ。たんぱく質をもたっぷりと入れた具沢山味噌汁、そして何か旬の一皿にごはん。この伝統の一汁一菜でお腹も栄養も満たされる。

戦後の日本は、栄養学を導入し、たんぱく質と脂肪のカロリーを世界レベルに上げようとしたのだという。その結果、カロリー過多になり、生活習慣病、アレルギーなどが増えてしまったそうだ。

昔の和食店には洗剤がなかったと聞いて驚いた。たぶん、油脂をそう使っていなかったということだろう。さらに、日本の家庭料理には「メインディッシュ」という考え方がなく、一汁一菜が大本《おおもと》だったそうだ。それが今はメインがないとお粗末に感じられる。

外食は外食で楽しんで、家ではたんぱく質たっぷりの具沢山味噌汁。何をぶちこんでもおいしいチャンコ椀。故郷の食材を入れてお袋の味も再現。世のパパたちもチューボーに立つ気になるのではないか。

思い出と戦っても

定年になった男の悲哀を書いた小説『終わった人』（講談社）の中に、私は次のセリフを書いた。

「思い出と戦っても勝てねンだよッ」

小説の主人公、田代壮介は、メガバンクの超エリート。いよいよ役員の座が見えた時、子会社に飛ばされる。そのまま定年を迎えた壮介は、情けなくて立ち上がれない。毎日が大型連休で、やることもない。過去の華々しい自分、輝く日々を思い出しては落ち込む。

そんな時、高校のクラスメート川上喜太郎と会う。川上は壮介と常にトップを争う秀才で、実際にエリートコースを走っていた。だが、妻と一人息子を事故で失い、自ら職を辞して故郷の岩手県盛岡市に帰った。

認知症の父親を介護しながら、家業の古びた店を営む川上に、どこか明るさを感じて壮介は不思議に思う。すると、川上の亡妻は、夫が「昔は……」と言おうものなら、

「思い出と戦っても勝てねンだよッ」

と叱り飛ばしたと言う。

川上は常にそれを思いここまで来たのだ。壮介はハッとさせられる。自分は過去の栄光とばかり戦っていたことに。

これは、あらゆる場面にあてはまる言葉だ。思い出は年がたつほど美化され、輝きを増す。戦うのは不毛である。

このすばらしいセリフは、実は私が作ったものではない。プロレスラーの武藤敬司さんの言葉である。『週刊プロレス』のインタビューだったと思うが、定かではない。

当時、プロレス界の二大勢力は、アントニオ猪木が設立した「新日本プロレス」と、ジャイアント馬場が設立した「全日本プロレス」だった。アントニオ猪木の傘下には「闘魂三銃士」として、武藤、蝶野正洋、橋本真也が一時代を築いていた。一方の全日本、ジャイアント馬場の傘下には「プロレス四天王」として三沢光晴、川田利明、田上明、小橋建太が人間離れした試合を展開していた。両団体はかなり長く、一切の交流を拒む関係にあり、ファンも明確に二分されていた。

その前の時代から、アントニオ猪木の弟子には藤波辰爾、長州力らの大スターがいて、ジャイアント馬場の弟子にはジャンボ鶴田や天龍源一郎らの大スターがいた。

だが、彼らはもはや過去の人たちであり、当時は闘魂三銃士やプロレス四天王の天下だった。なのに、ファンの中にはまだ猪木や馬場、天龍や鶴田と比べる人たちが少なくなかったのだろう。三銃士や四天王が命を懸けて闘っても、思い出は美化される。

その渦中にあって、武藤さんは、

「思い出と戦っても勝てねンだよ」

と口にされたと記憶する。

それは決して後ろ向きなものではなく、「だから俺は思い出と戦うような、不毛なことはしない。自分たちの今と戦い、築き上げる」という姿勢だったと思う。

私はずっとこのセリフを座右の銘のように大切にしていた。

そして『終わった人』を書く時、武藤さんにあのセリフを使わせてほしいと願い出たのである。以前から対談などをきっかけに親交はあったが、

「小説の中では『©武藤敬司』って書けないけど、単行本ではちゃんと、『あと書き』に出《で》処《どころ》は武藤敬司と書くから」

と言うと、大笑いされた。読者たちにも評判になったこのセリフには、こういう背景があったのである。

そんな武藤さんが、ついに2月21日の東京ドームで引退試合を行った。61歳になる今年ま

で、古巣の新日本から全日本、米国進出、個人での団体旗揚げ等々、たくさんの個性的な組織、レスラーと出会い、闘ってきた。

武藤さんは間違いなく、それらを若いレスラーたちに還元する。間違いない。と言うのも、話しているといつでも「若手に思いっきりやらせたい」という熱意を感じるからである。

若手の台頭こそが、その社会を発展させる。それはどの社会にも通用するだろうが、「老害の人」たちはつい、「俺は余人をもって代え難い存在だ」と居座りたがる。だが、第一線を引いたら、やせ我慢しても「滅死利若」（私の造語だが）こそが、生きる証なのではないだろうか。

かつて、私が横綱審議委員だった頃、大相撲は底をつく不人気だった。国技館をはじめ全6場所、空席だらけの閑古鳥。武藤さんは私に言った。

「相撲協会、あれじゃやっていけないだろう」

私は答えた。

「空席の多くは企業とか愛好家とかが、通しで買っているの」

「え？　空席でもチケットは売れてるってこと？」

「そ。相撲茶屋がチケット販売を一手に仕切ってるから。茶屋制度は独占利益だとして国会で問題にもなったけど、茶屋制度がなければ、大相撲はとっくにつぶれてたと思うわ」

「そうか……。相撲界って体力あるなァ」

そう言って、武藤さんはおし黙った。

茶屋制度は少しずつ変わり、今では茶屋を通さずに買えるチケットも少なくない。

だが、相撲界の組織は江戸時代から変化しながら、体力をつけ、維持してきたのだ。

武藤さんには、「比類なきジャンル」と言われるプロレスを、何とかもっとメジャーにしてほしい。一度見れば、プロレスがいかに魅力的な世界か、100人中100人がわかる。

現世を忘れて異世界に翔ぶプロレス観戦は、老後の趣味としてもどれほどの力を与えるか。

第一線を退いたレスラーを今こそまとめて、武藤さんには猪木、馬場どころか力道山の思い出にも勝って頂きます！

娘と父

昨年末、叔父が93歳で亡くなった。母の妹の夫で、血縁ではないのだが、私は小さい時に絵本や人形やカバンや、色んなものを買ってもらった。子供は、親が買ってくれないものを買ってくれた人を、しっかりと記憶しているものだ。

叔父には2人の娘（私の従妹）がいて、妻（私の叔母）と4人で暮らしていた。やがて長女は結婚して家を出て、その後、妻が他界。叔父は独身の次女と2人で7、8年は暮らしたはずだ。次女は都内でブティックを経営しており、買い付けなどで海外も多く、父と娘の2人暮らしは、双方にさほどの気苦労もなかったのだと思う。

やがて叔父も加齢と共にできないことがふえたし、次女の負担もふえた。しかし、長女も手伝い、最期まで自宅で過ごした。

亡くなってから数か月がたち、私はどうしているかと次女にメールを送ってみた。するど「納骨がすんでホッとしていますが、考えない日はないですね」と返事があった。

この返事に、私は父親に対する娘の「情の変遷」を思い、ついちょっと笑った。

娘は自分の年齢によって、父親に対する距離感や感情がまるで違ってくるものだ。もちろん、それは各家庭の状況や事情によるし、一律にあてはまるものではない。

ただ、この従妹や私自身や多くの女友達、知人らと話していると、父親に対する娘の距離感や感情は、母親に対するものと違う。特に娘の年齢によって、変化が大きい。

亡くなった叔父は、ちょっとカッコいい人だった。カタギの国家公務員なのに、ふと四角四面ではない匂いも漂い、雰囲気がステキなのだ。

長女と次女が高校生くらいの時、もう社会人だった私はそう言った。すると2人は「ヒャー！」とのけぞった。

「やめてよォ。お父さんなんか全然カッコよくない。私、ヤダァ！」

「ヤダよねえ。私たち電車に乗った時、もしもお父さんが乗ってたら車両変えてるもんね」

のけぞったのは私だ。

「ちょ、ちょっと車両変えるの？」

「だって、話しかけられたらヤだもん」

「友達と一緒だったりすると、もっとヤ。お父さんだってバレる」

「ね。私らの友達もみんな車両変えるって言ってるよ」

こうなのだ。

考えてみると、小学校高学年あたりから、「うちの父親はジャニーズ系ではない。他人《ひと》に見せられない」と気づく。

ジャニーズ系がそこらにウジャウジャいるものか。ヒガシやキムタクやマッジュンのような父親なら、車両を変えるどころか友達を引っぱって行って紹介する。だが、おりません、そんな父親。

私がいくら「ちょっとカッコいい」と言っても娘たちは「ヤ！　車両変える」とのけぞるばかり。

しかし、ジャニーズ系ではないと気づくまでの間、幼い頃からずっと、少なからずの娘は父親っ子だ。この従妹たちも、親戚みんなで食事をしている時に、父親の姿が見えなくなると泣いたり、必死に探したりしたのだ。

やがて、娘は大学生くらいの年齢になると、母親との会話、一緒の行動一辺倒になる。父親のことも、もう車両を変えはしない。だが、話しても楽しくない。母親とはファッションから旅行、アイドル、おいしい店の話等々、何でもイケる。「今度行こうよ！」となって、盛りあがりまくる。

その間、父親はポツンとソファで新聞を読んでいたり、テレビを見ていたりだ。

私も何度もこういう父に気づき、慌てて「一緒に行こう」と誘ったりした。だが、父親という者、「ついでに誘われた」とすぐに察知し、聞こえないふりをしたりするから、扱いにくい。

それでも私は自己犠牲的な娘で、高校生の頃の通学は毎朝、父の通勤に合わせて並んで駅まで歩いた。やりたくてそうしていたわけではない。たまたま文化祭の準備か何かで、早めに学校に行く日があった。ちょうど父の出勤時刻と同じだったので、一緒に駅に向かっただけで、「当日限り」のつもりだった。

ところが父が喜んで喜んで、ご近所の人にも「娘と一緒なんていいなァ」と羨ましがられたらしい。母はこれ幸いと私を拝み倒し、引くに引けなくなってしまった。文化祭が終わって木枯らしが吹いても、私は毎朝、父に合わせてクラスで一番に教室に着くしかなかったのである。車両を変える年代に、何と立派だったか。

さらに、娘はもっと大人になると、何となく父親が哀れになってくる。自分が社会に出たり、父親の定年が近くなったりで、今まで見えなかったものが見えてくるのかもしれない。

父親はこれまで懸命に働き、イヤなことや理不尽なこともあっただろうに、家族を守るという思いでやってきたに違いない。そして近々、社会の第一線を外れようとしている。

母親という者は、例外もあるが、地域など多くの場でコミュニティを築いている。友人知人がいる。小説『終わった人』でも書いた通り、父親はどんどんショボクレ、母親はどんどんハツラツとしていく。小説ではそれを見た娘が、母親にきつく注意する。そこには父親の来し方に対するねぎらいと、現在に対する悲哀、加えて母親に対する諫めがあった。

遠い昔、「車両を変える」と言った娘たちが、年齢と共に弱っていく父親を支え、葬儀の一切を仕切った。そして今、「考えない日はないですね」と言う。とても自然な父娘関係を見た気がする。

貧乏人のアマ

春とは名ばかりの寒さが続いた頃、通りを歩いていると、一人暮らしの男子大学生と会った。

「これからバイトなんっスよ」

と言い、バイト先はこれから私が行こうとしているビルの地下だった。

彼はぼやいた。

「もう何から何まで値上がりで、毎日バイトしたって、何の足しにもなンないっスよ」

「ホント、卵から野菜から調味料まで、日常を直撃だもん」

「俺、すげえ寒がりだから、電気代が高くなったのが一番困る」

「エアコン、まめにつけたり消したりすると、電気代がかかるんだって。だから、その部屋を30分以上あけない時は、つけっ放しにする方がいいってよ。寝る前に部屋をあっためといて、寝ると同時にスイッチを切る。これが一番だと家電メーカーの人が何かに書いてたの。

だから、私はそうしてるわよ」

　彼は寒い北風に、あまり口を開けずに言った。

「俺、アパートのエアコン、ほとんど使ってないっスもン」

「え？　暖房切ってるってこと？」

「イヤ、暖房の中心は湯たんぽ」

　びっくりした。こんな若い世代が、二十歳になるかならぬかの男の子が、「湯たんぽ」と言う。私は湯たんぽ世代だが、エアコンに慣れて、思い出すこともなかった。

「バイト先のヤツらに聞いて、俺もすぐ買いました。結構いいっスよ」

「昔は金物屋とか荒物屋で売ってたんだけど、今は何屋で買うの？」

「何屋って言うのも笑える。俺とかまわりのヤツらは、みんな百均」

「えーッ、えーッ、百均に湯たんぽあるの？」

「百円じゃ買えないけど、プラスチックの安いのは七百円くらいで買えます。あと、ネットでも安いの色々あるし」

　私の頭の中に、デコボコのついた金物の、亀のような姿が浮かんだ。あれが「何屋」に行かなくても、現代を象徴するような「ネット」で買えるのだ。

　彼は毎日、帰るとコートも脱がずにまず湯をわかし、湯たんぽに入れるそうだ。それを太ももにのせ、両足の下にも一つずつ置く。お腹にも巻いたり、椅子にも置いたりすると、エアコン不要だという。

「寝る時には、また熱い湯を入れ直しますから、このさめた湯は洗い物とかに使うんっスよ。翌朝のさめた湯は顔洗ったり、歯みがいたりに使うんで、無駄ゼロのエコっス」

それを聞いて、私は不思議に思った。いったい湯たんぽを何個買ったというのか。太ももに1個としても両足の下、お腹、椅子の上のお尻用、5個だ。消費税を入れたら四千円近くなる。

もっとも毎年繰り返して使えるので、初回の出費は目をつぶるのだろう。

すると、彼は私の思いを察したのか、笑った。

「湯たんぽは一個しか買ってないっスよ。あとは全部、ペットボトル」

そうか！　思い出した。以前、うちのテラスに居ついた野良猫が可愛くて、私は何とか室内で飼おうとした。ところがテラスの小屋から動かない。冬でも絶対に家に入らない。ふと思いついて、小屋に湯たんぽを入れた。ペットボトルだった。

「俺、大失敗しちゃって。湯たんぽを一個買って使ったら、結構よくてもっとあるといいなとか思ったんスよ。そしたら大学の友達が、ホットドリンクの入ってるペットボトルで十分だよって。チクショー、早く教えてくれりゃ一個も買わなかったよって、ムカついて」

大学の友達は、彼に言ったそうだ。

「まさか湯たんぽカバーは買ってねえだろな」

湯たんぽは、熱さで火傷《やけど》をしないように、また保温のために、カバーに入れる。多くは別売りだという。彼が、

「一番安いヤツ買った」

と答えると、友達は「お前、貧乏人のアマだな」と呆れ、言った。

「これから寝るんだから枕カバーとか、明日着るシャツとかでくるめば一石二鳥じゃん」

彼はまた「チクショー」と思ったが、反論してみせたと言う。

「枕カバーとかシャツに足の裏のっけたり、尻のっけたりって、何か不潔だろうよ」

「何言ってんだよ、自分の足の裏と尻だろ」

タイプだわァ、こういう男。

目的のビルに着いた時、私は地下のコンビニで、

「湯たんぽ、どーぞ」

と、ホットのペットボトルを2本買ってあげた。彼は大喜びしてダウンコートのお腹に入れ、走ってバイト先へと行った。

私は帰宅後、確かうちにも湯たんぽがあると思い出した。プロレス団体「ノア」が旗揚げ

して間もなくだったと思うので、20年ほどたつだろうか。「ノア」から頂いたのだ。プラスチックの、小さな赤い湯たんぽで、同色のカバーに「NOAH」と刺繍《ししゅう》がしてあった。

私は大切にとってあると思い、探した。すると薬戸棚の奥からきれいなまんま、出てきたではないか！

以来、私は毎晩、この湯たんぽで寝床をあたためておく。昔ながらのホワーンとした温もりが、眠気を誘う。

今、燃料価格の高騰で湯たんぽ業者は大忙しだと聞く。私の友人たちもすでに使っている人が多く、複数人に言われた。

「夏はキンキンに冷やした水を入れて、カバーで包んだら脇の下に挟んで寝るの。クーラーいらずよ。熱がある時もいいし、アイスノンを買うのは貧乏人のアマよ」

あの大学生と会ったら教えてあげよう。今度は友達を「アマ」と笑えるかもしれない。

自分を何と呼ぶ？

春の日、私は甥の息子の保育園児に、聞いた。

「お昼、何が食べたい？」

するとと、言下に答えた。

「オレ、肉。肉食う」

びっくりした。ずいぶん会っていなかったが、いつから「オレ」と言うようになったのだろう。「肉」にも驚いた。以前は確か「お肉」と言っていたはずだ。「食う」というのも初めて聞いた。「オレ、肉食う」って、何だか急に男の子めいたではないか。

甥が言った。

「最近、使い始めたんだよ。『オレ』って」

「親が教えたの？」

「教えないよ。『ボク』なら教えるだろうけどね。突然、オレだもん」

そう言う甥の顔は、どこか嬉しそうだった。「オレ」を使うのは、何だか息子の成長を見る気がしたのではないか。

男の子も女の子も、小さいうちは自分に「ちゃん」をつけて呼ぶことが多い。親や祖父母らが口にするままに、「ヒロシちゃん」とか「ミチコちゃん」とかである。「ヒロシちゃんにも買って」だの「ミチコちゃん、泣かなかったよ」だので、可愛い。

あるいは親や祖父母らが使う愛称で、自分を呼ぶ。たとえば「ボクちゃん」とか「ミッキー」とか「プリンちゃん」などと呼ばれていれば、「ボクちゃん、お肉」となることが普通だ。

これは私の推測だが、保育園児であっても「オレ」と言った時の、父親のちょっと嬉し気な表情、それに気がついているのではないか。アニメか何かで覚えた「オレ」なのか、園の友達の口まねなのか、「オレって言うと、何だかパパは嬉しそうにするじゃん」と気づいたのだと思う。

「オレ」はもっと大きくなると、たいてい「ボク」になる。「オレ」は乱暴な印象がして、特に女の子には嫌われそうだ。担任から「乱暴な言葉遣いはやめなさい」と言われることもある。

仲間うちでは当たり前に「オレ」でも、しかるべきところでは「ボク」。たぶん、大学生くらいまではそうではないか。

就職活動の年齢になると、男子もみな「ワタシ」を一人称として使うようにと教わる。だが、面白いことに「ワタシ」はイヤだと言う男子学生がいる。ずっと女性の一人称としてとらえてきたので、違和感があるのかもしれない。ならば、彼らはどう言うか。

「自分」である。

「自分は御社の社風に共感を覚えました」と面接で言ったり、しかるべき相手に「自分はそう考えます」などと言う。

私は東北大相撲部の監督として、部員にたびたび言っていた。

「体育会出身者はよく『自分』と言うし、学生だということで、面接では見逃してもらえるかもしれないけど、しかるべきところでは『ワタシ』と言う方がいいわよ。仲間うちではオレでもオイラでもいいから」

さらに、部員が私の前で言ったなら、叩きのめされる言葉があった。他人と話す時、自分の父親、母親を「お父さん」「お母さん」と言うこと。

「お父さん、お母さんなんて、小学生まで！　必ずチチ、ハハと言いなさい。オヤジ、オフクロもちゃんとしたところではダメ。就職面接でせっかく『ワタシ』を使っても『ワタシはオヤジに多くを学びました』ではダメ。『チチ』よ」

有名人がテレビなどで「お父さん、お母さん」と言うケースも決して少なくはない。だが、「オレ↓ボク↓ワタシ」と同様に、「お父さん、お母さん、パパ、ママ↓チチ、ハハ」への移行は、年齢と共に身につけるものだろう。

これらの移行は、男性たちは比較的うまくできるように思う。

問題は女性である。

それでも中学に入るあたりまでには、「ミチコちゃん」や「ミッキー」からすんなり「ワタシ」に進むものだ。

だが、中学生か高校生かになると「ミチコ」や「ミコタン」などに戻ることが、ままある。「赤ちゃん返り」的なこれには、女性本人の計算が強く働いている。本人が自分で「ワタシ」から「ミコタン」に戻しているのである。

高校時代から会社員時代まで、私はもう耳が腐るほど、この計算ずくの赤ちゃん返りを聞いた。

甘え声で「ミコタンねえ」とか「ミチコ、泣いちゃうゥ」とか言うと、男性は絶対に可愛いと思う。男性がそう言ったわけではない。女性がそう思い込んでいる。むろん、そうではない女性たちがいるのも当然だ。

ただ、結婚を勝ち取るには甘く可愛い方が好かれると、そう思う女性は決して少なくはなかった。「ミコタン、ケーキだーい好き」とか「ミッキーも行きたァい」とか「その仕事、ミチコが頑張る！」とか、表情を作って言う。考えてみれば、男たちに受けたいと熟考し、その行きついた先が「ミコタン」ならば、幸せを得るために必死だったのだ。それが的外れであってもだ。そういう時代だったと思う。

私は『今度生まれたら』（講談社）という小説の中に、自分を「バンビ」と呼ぶ元女子高生を登場させた。今は70代だ。

彼女は私の創作人物であるが、高校生の頃から可愛くて、男子生徒にもてまくり。そこに加えて計算ずくで、甘え声で「バンビねえ」とか「バンビにも教えてェ」とか言う。自分の顔の可愛さを、特に泣き顔は天下無敵ということも、十分に知っている。実は大変なしたたか者なのだが、小説では、男子生徒は可愛いと思ってしまう。男性は今より純だった。

そして春の日、私は幼い「オレ」の手を引き、肉を「食い」に行った。

トレンドだったんです

先日、ある女優さんと空き時間に控室でしゃべっていた。

その時、なぜかロシア文学の話になった。二人とも全然読破できないという話である。

女優さんが言った。

「時間ができるたびに思うんですよ。今度こそ読もうって」

まったく同じだ。

「私もよ。うちの書棚には大作が並んでるけど、どれひとつとして、最後まで読んでないわ……」

「同じです！　ドストエフスキー、トルストイ、ツルゲーネフ、全部すぐにギブアップです」

「ゴーゴリ、チェーホフ、ゴーリキー。読もうと思って買うのに、何かロシア文学って、他より難し気で。私はアタマの何ページかでダメ」

「そうなんですよ！　その繰り返しだから、毎回アタマから読む。で、毎回アタマで挫折」

二人で笑ってしまった。

私の友人たちに聞いてみると、みんな読んだかのようにタイトルをズラズラとあげる。

「白痴、悪霊、罪と罰、戦争と平和」

「どん底、アンナ・カレーニナ、父と子、カラマーゾフの兄弟」

そして、同じに言う。

「本はある。だけど読めない。なのに何だって次々に買うんだろ」

思うに、団塊の世代である私たちは、全共闘世代でもある。あの頃は「トレンド」として、私の如きおバカな女子大生でも、マルクスの『資本論』や、『共産党宣言』をバッグに入れていた。むろん、これらもアタマしか読んでいない。

それと同じに、ロシア文学も「トレンド」だったのだと思う。たとえ主人公が「不倫」に走ろうと、社会の理不尽な格差や農村の悲惨さ、戦争の非人道性などが、あの頃のノンポリ学生にさえ「トレンド」だった。必読ではなく、必携だったのである。

ところがだ。これが「ロシア民謡」となると、友人たちの反応は一変する。タイトルどころか、次々に最後まで歌えるのだ。

彼ら彼女らが、次のようにズラズラと並べた曲名は、私も全部歌える。団塊世代以上は誰でも懐かしいのではないか。

・カチューシャ
・黒い瞳
・ともしび
・カリンカ
・ポーリュシカ・ポーレ
・紅いサラファン
・一週間
・ステンカ＝ラージン
・仕事の歌
・泉のほとり
・ウラルのぐみの木
・トロイカ
・バイカル湖のほとり
・ヴォルガの舟唄
・コロブチカ

・サラベイ
・すずらん
・山のロザリア
私は特に「仕事の歌」が好きだった。「コロブチカ」は中学、高校では曲に合わせ、全校生徒がフォークダンスを踊った。ロシア民謡も、あの時代のトレンドだったのだと思う。マルクスやロシア文学は難しくても、ロシア民謡の精神は、あの時代の若者が理解でき、心にピタリとハマったのである。

特にロシア民謡がメジャー化したのには、「歌声喫茶」の存在が大きかった。喫茶店に見知らぬ客同士がぎっしりと隣りあって座り、全員で一緒に歌う。リーダーのもと、ピアノやアコーディオンの伴奏で、客は思いっ切り声を合わせる。

私も新宿の店「灯《ともしび》」と「カチューシャ」に何度かクラスメイトと行ったが、客同士に不思議な連帯感が生まれる。店名からわかる通り、ロシア民謡は曲目の中心であった。他には童謡や叙情歌もあったが、労働歌や反戦歌は、ロシア民謡と同じに定番であった。

高校のクラスメイトの中には、歌声喫茶で「ワルシャワ労働歌」や「国際学生連盟の歌」を覚えたと言う人も少なくはなかった。昼休みの教室で歌い、教えてくれたりしたものだ。

考えてみれば、全校生徒が校庭で輪になって、「コロブチカ」を踊るというのは考えられない。歌詞は、肩にくい込む荷物を背負って生きる行商人のラブソング。幾ら旋律が明るくても、「ロシア民謡の持つ思想を押しつけるのか」と問題になろう。

だが、そんな現在に至るよりずっと早く、ロシア民謡は一般人の中から消えた。若い人の文化や嗜《し》好《こう》があの時代とは一変し、全国の歌声喫茶は次々と閉店した。

ロシア民謡は時代に合わなくなった。その大きな理由は「男女格差」と「暗さ」ではないかと、私は考えている。

たとえば「泉のほとり」にしても「仕事の歌」にしても、男は兵士や労働者として外で肉体を酷使して懸命に働く。一方、乙女（死語だ）は「山のロザリア」のようにそんな男を優しい心や笑顔で癒やした。男は兵役なのか別れていったが、今も乙女は彼を想って歌う。また、女性は老若を問わず、「一週間」のようにひたすら家内の仕事に精を出す。これはもう現代では通用しない。

もうひとつ廃れた原因は、曲の持つ「暗さ」か。

明るい旋律の歌でも、ロシア民謡はどこか暗い。そこには時局もからんでいようが、現在の若者は「暗さ」を嫌う。「暗い」だけで「パス」となりうる。その上、ロシアは酷寒の地。寒さがさらに暗くする。これがハワイだと、暗くなりようがない。

ロシアのウクライナ侵攻の今、当のロシア文学を読む時かもしれない。戦局が長引くにつれ、「戦争反対」という常套句だけを錦の御旗にしてしまう私たち。当時の登場人物の生き方、考え方を、文豪を通じて知る時ではないかと思いつつ、最後まで読み切れるか……。

こんな幸せはない

とてもいい本を読んだ。

『ピアノ調律師』（M・B・ゴフスタイン作、末盛千枝子訳、現代企画室）といい、字が多めの絵本である。

主人公はピアノ調律師になりたい女の子。年齢は書かれていないが、絵や会話からすると小学校1、2年生か。デビーというその子は、両親が亡くなり、父方の祖父ルーベンに引き取られ、2人で暮らしている。

ルーベンは世界的なピアノ調律師。幼い孫娘のデビーは、お祖父ちゃんの仕事が大好きで、仕事には、助手のようにくっついて行く。デビーの夢は、祖父のような一流ピアノ調律師になることである。祖父の仕事を間近で食い入るように見ているうちに、調律の手順や道具の使い方などもわかってきた。

この絵本に登場するのはいい人ばかりで、その上、デビー以外は高齢者だ。ところが、こんないい老人ばかりの物語でも、意外な展開があったりするから、面白い。

祖父は、孫娘をピアノ調律師にはしたくない。ピアノを弾く側の人間に、つまりピアニストにしたい。調律師という仕事の、数々の大変さを熟知しているのだ。

そんな祖父の「親心」を示すセリフがある。

「わたしとしては、やはりあの子にはこれ（内館注・調律師）より、もうすこし良い仕事に就《つ》いてもらいたかったのです」

幼い女の子ゆえ、きっとすぐに夢は「ケーキ屋さん」になったり、「お花屋さん」や「看護師さん」に移ったりもしよう。だが、祖父は孫娘の熱意を思うと気が気ではないのである。

もしもこれが、現実社会の10代、20代の子供に関わる問題なら、親はどれほど悩むか。何とかして安全、安泰な道を歩いてほしいと懸命な説得もするだろう。

どんな仕事にも、他者との軋轢《あつれき》はあり、理不尽な仕打ちもあり、さまざまな種類の努力が要求される。危険や過酷な環境にさらされる仕事であっても、見合う報酬は得られないことも多い。

とはいえ、親としては、子供が少しでも安泰に生きてほしいと願う。

絵本には、世界的ピアニストというリップマンが出てくる。彼はデビーの祖父の技量に絶大の信頼を寄せており、親しい。幼い孫娘がピアニストではなく、調律師になりたいことを知っている。なのに祖父が、ピアニストになれと言い続けていることも知っている。

とうとうリップマンは祖父に言う。

「世界中の何よりもピアニストになりたい、と思うのでなければ、そうはなれないと思うよ」

平易なセリフなのに、何と核心をつく強いセリフだろう。

「世界中の何よりも」その仕事をしたいと思うのでなければ、ピアニストに限らずなれるものではないのだ。WBCで戦う野球選手たちを見ていても、そう思った。

むろん、あらゆる仕事には才能や運もついて回るが、あの場で戦う選手たちは、幼いうちから「世界中の何よりもプロ野球選手になりたい」と思って突き進んできたのだろう。

それでもなれないことがあるのが現実社会だが、「なりたいと、自分より強く思っているヤツがいたのだ」と考えるのは、運や才能に直接関わっていないだけに少しは楽かもしれない。

リップマンの印象的なセリフがもうひとつある。

「人はそれぞれ、自分は本当は何をしたいのかということを、よく考えるべきだと思うよ」

現実にはよく聞くセリフだ。だが、一度真っ正面からこれを考える必要があるのではないか。親も子もだ。

幼いデビーだが、すぐにリップマンに言う。そして、おじいちゃんと同じくらい腕の良い調律師になりたいの」

「わたしはピアノ調律師になりたいの。

きっとWBCの選手たちも幼いうちからこう思い、長じてその仕事の持つ負の部分が見えてきても、それさえ呑み込んだのだろう。安定を願う親はどう考えただろう。

ずい分前だが、私は大日本プロレスのレスラー、岡林裕二選手、関本大介選手、沼澤邪鬼選手と食事をした。大日本プロレスは「デスマッチ」といって、ロープに電流を流したり、画鋲《がびょう》や蛍光灯、有刺鉄線のあるリングなど、非常に危険な設定で戦う。選手は血みどろになる。G・馬場やA・猪木の正統なプロレスより偏見も持たれがちだ。

実際、私が東京スポーツのプロレス大賞選考委員をやっている時、何となくデスマッチは対象外というところがあった。

だが、デスマッチもプロレスの一形態として認められており、選手も体をかけて戦っている。私は大日本プロレスをよく見に行っていたので、それは実感していた。

そしてある時から、デスマッチも対象となり、実際に大日本プロレスの選手が受賞したのである。

食事の後で、私は3選手に本音を言った。

「私があなた達の母親なら、こんな危険な仕事には絶対に就かせない」

3選手は試合後で、まだ血が乾かない状態だったが、異口同音に言った。

「でも僕ら、24時間プロレスのこと考えてます」

私は衝撃を受け、やがて言っていた。

「そうか……。息子がそこまでのめり込める仕事に就いたこと、母親なら嬉しいわ。許すわ」

これも本音だった。

絵本でリップマンはデビーの祖父に言う。

「ルーベン、人生で自分の好きなことを仕事にできる以上に幸せなことがあるかい？」

このセリフを読んだ時、大日本の3選手の笑顔と言葉が甦った。

「国語の教科書貸して」

気になった新聞記事をよく切り取るので、どんどんたまる。定期的に整理し、今もそうしたところだが、20年以上前の記事があったりする。読み直すと捨てられず、また取っておくからだ。

次に紹介する記事も、気になって取ってあったのだが、2年前の秋田魁新報である（'21年5月24日）。

それは衝撃的な話だった。昭和時代ならわかるが、令和の話だ。すぐには信じられなかった。

児童養護施設で育ち、関西の大学に通う山内ゆなさん（掲載当時18歳）が、高校3年生の時に経験したことだ。

同じ施設で暮らす小学校5年生の女の子に、

「本を読みたいから国語の教科書を貸して」

と言われたという。

多くの人が驚くのではないか。「本を読みたい」から「国語の教科書を貸して」である。そう言われた山内さんもショックを受けたと、同紙は書く。

ここから考えられるのは、養護施設には本があまりないのだろうということ。そして、本好きの小学校5年生の女の子はもう全部読んでしまったが、新しい本はあまり入らないのだろうということ。もちろん、小学校の図書室でも読んでいたと思うが、女の子は、ちょっと難しい本も読んでみたいと思ったのかもしれない。自分がどれくらい読めるか、理解できるかも試したかった。そこで小学校5年生ながら、高校3年生の山内さんに頼んだ。私の想像である。

親と一緒に暮らしている子供なら、本を買ってと言える。そして「本ならいつでも買ってあげるよ」と喜ぶ親が少なくはないものだ。

この時のショックを忘れられない山内さんは、養護施設の子供が「好きな時に好きな本を読める環境にしたい」と、SNSで発信した。

すると、続々と本が送られてくるようになり、クラウドファンディングで寄付を呼びかけることを決めた。全国の人から資金をつのり、書籍をたくさんの児童養護施設に届けようというのである。資金を送る人たちは「人生で出会った最高の一冊」についても紹介し、メッセージを添える。

メッセージはしおりに印刷され、本に挟んで施設に届けるのである。

メッセージを届けるのは理由があり、施設で暮らす子供たちに「あなたを応援している人はたくさんいる。あなたは1人じゃない。いつでも頼っていいんだよ」と伝えたいからだという。

施設で暮らしている子供は、過去に虐待を受けたり、今も差別を受けたりという経験があるため、「人に頼ることを知らない」と山内さんは語る。

私は東京都大田区立の中学校に通っていたが、クラスに「母子寮」で暮らす男子生徒がいた。現在は「母子生活支援施設」と呼ばれる。

母子寮は中学校から遠くないところにあった。昭和30年代半ばであり、それは古びて「バラック」というような2階建て。たぶん、お風呂やトイレは共用で、居室も狭かったのではないか。

同級生の男子は、そこで母親と兄か弟かの3人で暮らしていた。勉強もよくできて、確かクラス委員をやっていた。

彼は母子寮で暮らしていることを、絶対の秘密にしていた。だが、クラスの大半は知っていたと思う。というのも、小学校の頃は平気で口にしていたそうで、同じ小学校から来た子たちを通じて聞いていたのである。

しかし、中学生になると、あの古びた寮の母子家庭ということが彼のコンプレックスになったのだと思う。私たちはそれに気づいていたのではないか。誰も触れなかった。

そこにあるのは平等という思いではなく、「聞いたら悪いこと」「言っちゃいけないこと」という差別だったと思う。

だが、彼の秘密は思わぬ形で全校生徒にバレた。その日のことを、私も、今も私と仲のいい同級生も覚えている。

週に1回か2回か、全校生徒が校庭に並び、校長先生のお話を聴く朝礼があった。団塊世代ゆえ、全校生徒は計1500人近かったと思う。

件の男子生徒は、何かで都だか区の表彰を受け、校長先生が朝礼で全校生徒に紹介し、讃えた。彼は誇らしかっただろう。

が、校長は続けてのほめ言葉として、次のようなことを言った。

「○○君は母子寮で暮らし、朝から晩まで働きづめのお母さんを助けています。そればかか母子寮の会の幹事もやっています。そんな生活の中でこの賞を取ったことは、大変に偉い。みんなも見習いましょう」

定かではないが、そんな内容だったと、私と元同級生は一致した。校長は最大限のほめ方をしようとして、本人が絶対の秘密にしていたことを全開にしてしまった。

その時、そしてその後、彼がどんな反応をしたかは覚えていない。だが、私たちは校長のフルネームを今も覚えている。

新聞記事は2年前のものであり、現在はどうなっているのかと検索してみた。「ＪＥＴＢＯＯＫ作戦」というクラウドファンディングはすでに終了していたが、５４７２人が参加、計３７４９万３千円が集まったという。

検索中に読んだ東京新聞夕刊（'21年5月21日）によると、山内さんは高校生の時「施設で暮らしている」と友人に伝えた。すると、その友人は、

「聞いてごめんね」

と言ったそうだ。母子寮で暮らす彼の心情と、それを理解して口にしない差別の私たちと、よかれと信じ切って口にした教育者を思う。

それぞれの現実の中で、自分は何をするのが一番いいかと考える。

なぜふり仮名ビルに？

つい先日、友達の言葉で初めて知った。東京は丸の内近くにある「有楽町ビルヂング」が、建て替えのために今年、閉館予定という。古いビルは取り壊される。このビルには「有楽町スバル座」という映画館があり、私もよく通った。

このビルの正面入口にある「ビルヂング」という表札が私はとても好きだった。多くは「ビルディング」と表記する時代に、「ビルヂング」である。「ヂ」を残すことに、個性を感じたものだ。取り壊されると聞いた時、真っ先に思ったのは、新しいビルは「ビルディング」になるのだろうなということだった。

私が三菱重工業に就職した昭和40年代半ば、本社は丸の内にあった。私は横浜造船所の所属だったが、仕事の関係で、時々、本社に出かけた。丸の内には三菱系企業が非常に多く、「三菱村」と呼ばれていたほどだ。

あの頃、「村」のビルは「ビルヂング」が多かったように思う。三菱地所が所有するビルの多くは、「ヂ」だったのではないか。

それがいつの頃か、たぶん丸の内エリアの再開発が進んだ頃だろう、「村」にはつっまンねえ、フツーの「ビルディング」表記が増えた。

ムカッ腹を立てていた時、たまたま三菱地所の役職者と食事する機会があった。私はすでに会社を辞め、脚本家として仕事をしていた。

「再開発後は『ビルヂング』ではなく、『ビルディング』表記になったものが目立ちます。なぜ『ヂ』という雰囲気のある表記をやめるんですか？」

その人は言った。

「日本式ローマ字では『zi』を『ジ』と書くでしょう。『di』は『ヂ』ですよ。ですから、『building』は日本語表記では『ビルヂング』になる。おそらく、それが理由で『ヂ』になったんでしょう」

そういうことか。考えもしない理由だったが、説得力はあった。しかし、納得はできない。

「ですけど、『ビルディング』では、単に英語の発音に近づけようとしただけでしょう？英単語にふり仮名をつけたのと同じだと私は思います」

三菱地所のその人は確か「時代」というようなことを言い、

「今後は『ヂ』から『ディ』に変わるビルが多くなると思いますよ」

と答えた。私は、

「『ヂ』は、もう時代に合いませんものね」

とか何とか言って、穏やかに引き下がった。すでに、今後はふり仮名風表記にすると決めているのだと思った。

あの時、口には出さなかったが、ふり仮名とは難しい漢字の読み方を示すために、わかりやすい仮名をふることだ。それがふり仮名の任務で、それ以上の何もない。

外国語にカタカナでふるのも、読み方がわかるようにという任務だけだ。その際、少しでも外国語の発音に近いようにと、「ヴィ」とか「ティ」とか「ディ」とかをふる。「ビルディング」もそれと同じに、発音に近いだけのふり仮名に過ぎない。私はそう思っている。

ただ、検索すると「ビルヂング」はまだあり、羽田空港の国内線ターミナルビルを運営している会社は「日本空港ビルデング」だ。だが、ターミナルビルの正式名称は「第1旅客ターミナルビル」「第2旅客ターミナルビル」。正式名称が「buil.」という略称のカタカナ表記なのだ。正式な社名は略さずに「ビルデング」なのに、ターミナルを略称の「ビル」にする。

何だか「ビルデング」を隠そうという気持ちを感じてしまい、可愛かった。

必ずSNSなどで「デ」を笑われるだろうしなァ。

「俺たち、第1ターミナルビルデングだよ」

などとわざと力をこめたりするのだ。今、確かに「デレクター」とか「レモンテー」「デナー」などと仮名はふらない。発音により近く、「ディレクター」であり「ディナー」である。

「私、レモンテーね」

などと言う人がいたら、たぶん陰で笑われる。

そう考えると「ビルヂング」が「ビルディング」に変わるのも、至極当然なのだ。日本式ローマ字が提案されたのは、明治19（1886）年だという。その時以来、「di」は「ヂ」と表記されてきたのだろう。

だが、有楽町ビルヂングは昭和41（1966）年の竣工である。私は高校生だったが、すでに「ヂ」と「ヅ」を使うことは、めったになかったと思う。

なのに、有楽町ビルヂングに限らず、「ヂ」を残したビルは多い。表札だけ変えるわけにもいかず、社名を変更するほどのものでもなかったのかもしれない。

一般社団法人日本ビルヂング協会連合会は、ずっと「ヂ」である。東京ビルヂング協会、北海道、兵庫などを始め、各地の協会も「ヂ」が多い。

「ヂ」と書かなくなった時代にも「ヂ」を使う。結果として、単なるふり仮名に堕ちていないと、私は思う。

名古屋の「大名古屋ビルヂング」は昭和40（1965）年に建ち、解体された後、平成27（2015）年に地上34階、地下4階の巨大な総合ビルに建て替えられた。その際、市民から「ビルヂング」の表記を残してほしいと大きな声があがったそうだ。私の友人も「『大名古屋』と『ヂ』は譲れない」と運動したという。結果、残った。

私も彼女と出かけ、買い物を楽しんだが、この超近代的な「大名古屋ビルヂング」も三菱地所の所有だ。ならば名古屋でも、ふり仮名風表記が「時代に沿った方向性だ」と突っぱねるべきだったんじゃありません？　ねえ。

態度がデカい岩手県人

このところ、岩手県人の態度がデカいとよく聞く。野球の大谷翔平、佐々木朗希《ろうき》の、岩手県人二人の破格の活躍による。

某大学でゼミを持つ教授は、私に苦笑した。

「自己紹介の時、以前は『賢治と啄木の岩手出身です』と言う学生が多かったのに、今は『大谷と朗希の岩手出身です』って言うんだよなァ」

顔よし姿よしマナーよし仕事よしの二人では、岩手県人が誇るのもわかる。私は父が盛岡出身というだけで誇りそう。

さらにだ。態度がデカい理由として、野球とは無関係の快挙もある。

アメリカのニューヨーク・タイムズ紙が世界の都市で「2023年に行くべき52カ所」に、岩手県盛岡市を選んだのだ。それもロンドンに次ぐ第2位‼

盛岡は私にとって、幼い頃から馴染みの地であり、今も友人や親戚は多い。その彼らが第

2位にはびっくりしたと言う。一人は、

「大谷と朗希、啄木と賢治以外で注目とは、誰も考えてながんす……」

とあきれていたほど。

だが、町の中心部を流れる川、城跡、古きを壊さない町並み、独自の焙煎をするコーヒー店、ジャズ喫茶等々、盛岡の魅力を知りつくした推薦者の目を感じる。

最近は岩手県人が、

「盛岡、世界の2番目だからなァ」

とさり気なく言う。態度がデカくなりがちな県民性なのかも。

実はまだ岩手の快挙がある。もうお腹いっぱいだろうが、私も関係しているので聞いてほしい。「盛岡文士劇」が、昨年末に第27回を迎え、天下の文藝春秋文士劇とタイ記録になったのだ。

文春文士劇は昭和53（1978）年に終了しているので、今、文士劇は全国で盛岡だけ。今年は回数がトップになるのは確実。

北東北の一地方都市が、中央を超えて文化を発信し続ける。これは並大抵のことではない。

「文士劇」とはその名の通り、文士つまり作家が演じる素人芝居である。

文士劇は明治23（1890）年に、小石川で尾崎紅葉や江見水蔭らが立ち上げたという。

その後、文春文士劇が昭和9（1934）年から年に1度（戦時中は中断）、昭和53年まで行われ、すごいスター文士が出演している。久米正雄、川口松太郎、今日出海、小林秀雄、立原正秋らキラ星。三島由紀夫、野坂昭如、五木寛之、石原慎太郎、有吉佐和子、曽野綾子、瀬戸内寂聴等々、ビビるばかりのメンバーである。

東京という中央で、文藝春秋という格調高い大出版社の主催。だからこそ、これほどの文士を集められたこともあろう。

どうしてやめたのかという理由が、笑える。スタッフが「作家たちのワガママに付き合いきれなくなったから」というのがもっぱらの噂らしい（『創元推理』17号）。

一方、「盛岡文士劇」であるが、昭和24（1949）年に盛岡在住の作家鈴木彦次郎が始めた。鈴木は文藝春秋を創立した菊池寛や、川端康成とも親しく、東京に戻ることも望まれたという。だが、盛岡を離れようとはしなかった。この盛岡文士劇は、昭和37（1962）年まで続いて幕を下ろした。

ところが33年の時を経て、平成7（1995）年、盛岡文士劇は奇蹟のように復活したのである。郷里岩手に帰った直木賞作家の高橋克彦が中心となり、盛岡市や市民の力を結集しての快挙だ。

この「復活文士劇第1回」からは、地元放送局のアナウンサーらが、全編盛岡弁で演ずる現代劇と、文士中心の時代劇の「二刀流」になった。

それから27年。その間に出た文士、友情出演者の顔ぶれは、中央にひけを取らない。浅田次郎、井沢元彦、北方謙三、林真理子、岩井志麻子、さいとう・たかを、柚月裕子、平野啓一郎、若竹千佐子、そして岩手出身のプロレスラー、ザ・グレート・サスケ。さらにはプロの役者藤田弓子、歌手の弘田三枝子は歌まで披露したのである。

おかげで毎年、盛岡劇場は超満員。東京からも各社の編集者がワンサと来てくれる。彼らは「恐いもの見たさと、盛岡のうまいもの食べたさ」だと言うが、何をぬかすか。即日完売の人気なのだと知らないのか！

私は平成20（２００８）年に盛岡で急性の心臓病に襲われ、岩手医大附属病院に救急搬送された。「死んで当然」という重篤な急病で、13時間近くに及ぶ緊急手術と計４か月の入院である。

それも何と、文士劇の打ち上げ会の居酒屋2階で倒れたのだ。編集者たちが座敷の戸板を外し、私を寝かせて階段を下ろした。その時はまだ意識があり、「ワァ！　江戸時代みたーい」と喜んだ。

死と隣り合わせから生還した半年後、文士劇に出たという根性である。舞台監督は私に、墓場から出てくる幽霊役をやらせたのだから、これもいい根性だ。

こうして全国唯一であり、今年、最長記録樹立の盛岡文士劇は、東京は文京区のシビックホール大ホールで東京公演も打つ。

演目は「一握の砂　啄木という生き方」。啄木終焉の地文京区で、曽孫《ひまご》石川真一さんが出演。親友の金田一京助役は、京助の孫で言語学者の金田一秀穂さんが演じる。他に井沢元彦さん、ロバート・キャンベルさん、羽田圭介さん、藤田弓子さん等々の華やかさ。私もほんの一幕だけ出る。脚本の道又力《つとむ》を恫喝《どうかつ》し、セリフが少なくて目立つ役にしてもらった。

S席6千円は申し訳ないが、遠い北東北の文化が天下の文春文士劇を抜く心意気に免じて、そして大谷と朗希の故郷に免じて、お許し頂きたい。

（一部敬称略）

番組審議会の17年

私はテレビ朝日の番組審議委員の退任を申し出て、この3月が最後だった。

かつてエフエム東京の番審委員を打診されるまでは、そんな会議があることさえ知らなかった。だが、これは放送法で定められており、議事録が公表される諮問機関だったのである。

全国のテレビ局とラジオ局が設けており、委員はテレビが7名以上、ラジオが5名以上。放送番組の適正化を図るために意見を言ったり審議したりする。局はそれらに回答し、必要な措置を講じる場合もある。

委員は自己都合などで適宜入れかわるが、長期にわたる人も多い。私はテレビ朝日の委員を、2006年から2023年まで、17年間やった。

こうなると、どうなるか。私の場合、すっかりテレビ朝日の社員のような気持ちになっていた。

それでなくとも三菱重工横浜造船所に新卒で入社した時、徹底して愛社精神を叩きこまれたのだ。女子社員の仕事はお茶くみとコピー取り、おつかい、雑用で、男女格差はひどかった。それでも愛社精神と、三菱グループ製品愛用の教育だけは、なぜか男女平等だった。

退職後の1990年代、私はTBSのドラマを書き続け、幸いにヒットを連発していた。その最中、フジから脚本の依頼が来たのである。心が動いたが、引き受けてはいけない気がした。悩んだ末にトップ脚本家の松原敏春さん（故人）に相談した。松原さんは、どうして悩むのか理解できないと言った。私は、

「だって、三菱重工の人間がライバルの川崎重工とか石川島播磨（現・IHI）で造船するみたいなものでしょう。何か裏切り感があって」

と言ったのだから呆れられた。

「内館さんはフリーなんだよ。TBSと契約してるわけじゃなく、どの局でやってもいいの」

そして、私はフジに「都合のいい女」を書いた。有能なスタッフと浅野ゆう子さん、宅麻伸さんの出演でヒットしたが、私はTBSに顔向けできない気がしたものだ。

三菱重工の教育は、このトシになっても消えない。何せテレ朝の「社員」なので、ワイドショーからニュースまで、まず「自局」を見る。ライバル局、日テレの視聴率が気になる。日テレを抜いたりすると、思わず「よしッ！」とガッツポーズまでする。

テレ朝社員の一人は、

「もしも社員だったら、社長コースだ」

と噴き出した。だが、テレ朝が先日、令和4年度の世帯視聴率で3冠を取った時は、「あぁ、今月いっぱい番審をやっていれば、みんなで喜べたのに」と、本当の社長のようなことを思ったのだから、自分でも噴き出す。

番審の各委員は月例会議の前に、「課題番組」として決められた番組を自宅で見ておく。月例会議には会長、社長以下全幹部が並ぶ。

私が退任時の委員は幻冬舎社長の見城徹さんを委員長に、田中早苗さん（弁護士）、秋元康さん（作詞家）、小谷実可子さん（JOC常務理事）、小松成美さん（作家）、丹羽美之さん（東大教授）、藤田晋さん（サイバーエージェント社長）、増田ユリヤさん（ジャーナリスト）。歯に衣着せることを知らないような人たちばかりで、その意見が何とも刺激的。こんな見方もあるのかと毎月気づかされる。おかげで、あっという間の17年間だった。

私がいつも、しつこいほど申し述べたのは、自局のアナウンサーを、特に女性アナをもっと鍛え、もっと起用すべきだということだった。これは他局にも通じることであり、同意する委員は多かった。

フリーの男性アナにも女性アナにも、卓越した力量と華で他の追随を許さない人がいる。

だが、お茶くみと雑用一手で苦節13年半の私には、もっと本気で鍛えれば、自局の戦力になる人材がいるのにと、どの局を見ても思う。

当然ながら、アナ側の意識改革も重要である。特に女性アナの場合、若さとか美しさが評価されがちだ。彼女たちもそれをわかっていると思う。アナウンス能力に磨きをかけるより、タレント性に磨きをかけていると思うことも少なくはない。

また、相手の言葉にうなずきまくるのは、自分は理解していると示したいのだろう。だが、あの過剰なうなずきでは、不勉強で実は何も知らないことがバレてしまう。

そして、若さの演出なのか、声のトーンが高すぎる。いずれも加齢と共にすべて無意味になる。一瞬の武器である。

これも会議で言ったが、あらゆる仕事には「替え」がゴマンといる。ビジネスにおいて、「余人をもって替え難い」はない。これを自覚すれば、一瞬の武器は見当違いだと思いが至る。「替えが幾らでもいることが、企業の力だ」と、やはり三菱重工で身にしみた。

こうして各委員が毎月、自分の思い、方向を明確に言うが、愛情に裏打ちされていることは、誰もが気づくと思う。

今、テレビ離れが進んでいるという。理由のひとつとして「過剰な若者至上主義」の番組制作はあろう。私自身の若い時を考えても、「私たちに媚《こ》びちゃって。だけどもう古いの。

ご苦労様」と心の中で笑っていた。

オジサンオバサンが、若者文化や風俗、そこで生きる若者を理解するのは表層的になる。一度距離を取って考えることが必要ではないか。私がＴＢＳやフジで書いた「トレンディ」と呼ばれた文化、風俗は、今の若い人には「歴史」という意味では平安時代や安土桃山時代と変わりあるまい。

こうして今、テレビ朝日と『週刊朝日』、二つの長い仕事が終わった。

九つを過ぎると

男女の友人たちと、久しぶりに六本木でごはんを食べた。このメンバーで会うのは、コロナのせいで3年ぶり。

一人がふと時計を見て、

「えッ！　日付が変わる」

と声をあげた。誰もがまだ10時くらいかと思う盛り上がりだった。

江戸時代は、深夜零時を「九つ《ここの》」と言った。私は日付が変わる頃まで外食すると、思い出す文章がある。

「九つを過ぎると餓鬼がさまよい歩くから、それを見せつけるようなことになって、罪を作るといって食をとらない」（季刊『悠久』第13号、おうふう）

私が大相撲の論文を書くために、東北大で準備中に出会った文章である。民俗学者の戸川安章《あんしょう》が書いている。

当時、大相撲に直接関係のない文献や資料も、気になるものは読んでいた。『悠久』第13号の特集は「山」。山岳修験の学者である戸川は「山岳信仰と山伏修行」について書いている。大相撲は山岳修験の影響も受けていた。

「六道」という言葉を耳にすることがあると思う。仏教では、人間は死ぬと六つの世界のどれかに生まれ変わるという。

その六つは、苦しみの多い順に「地獄道」「餓鬼道」「畜生道」「修羅道」「人間道」「天道」である。生前の生き方が悪いと、生まれ変わった時が恐い。もし餓鬼道に堕ちると、成仏できずに亡霊となってさまよう。

餓鬼はひどい飢えに苦しみ、何かを食べようとすると、食べ物は口元で炎になって燃えてしまう。空腹と咽喉《のど》の渇きに耐えられず、泥水を飲み、土を食べる。だが、飢えがおさまるわけもなく、ついには糞尿や嘔吐物、死体まで貪《むさぼ》り食う。それでも飢えは続く。

宗教学者で思想史家の佐藤弘夫は『ひらく』第2号（A&F出版）で、12世紀に描かれた「餓鬼草紙」に触れている。ここには墓場をうろつき、死体を貪る餓鬼の絵が描かれている。佐藤は、

「墓地は死者の安住の場所ではなく、この餓鬼のような悪道に墜ちた者たちが留まる、掃き溜めのような場所だったのである」

と中世の様子を書く。

救済されて成仏できた死者は、墓ではなく浄土の仏のもとへ昇っている。墓にはいない。墓にいる屍は、餓鬼と同様に救われずにいる者たちだった。そのため、この時期には、墓参りという風習はなかったそうだ。

こうして、餓鬼たちは空腹を抱え、夜な夜な墓場をうろつき、死体を漁《あさ》っていたのだ。であればこそ、生きている人間は九つを過ぎたら、物を食べてはならないと言うのである。その時刻には、飢えた餓鬼がさまよい歩く。だから食べているところを見せるような、罪作りなことをするんじゃない。そんな戒めに思える。

私はこの文章を読んだ時、「外食」と「グルメ」に重なった。

餓鬼道に堕ちるのは生前、贅沢や物欲などに取りつかれた人間だという。彼らは次から次へと上のランクを手に入れようとする。さまよう餓鬼が口にするのが泥水、吐瀉物、ついには屍《しかばね》。それが生前の欲望レベルアップと重なった。

外食のみならず、贅沢と物欲のひどい人間は、死ぬとここまでこらしめられる。いい人間は極楽浄土で仏に守られる。すさまじい勧善懲悪である。

なのに「そんな餓鬼に、見せつけるような罪作りはいけないよ」と、どこか温かい。庶民は本音では物欲があり、餓鬼への憐憫《れんびん》と重なるのだろうか。

私はコロナ下での外出自粛に加齢もあってか、九つを過ぎても外で飲食することは減った。それでも会いたい人たちとおいしい店に行き、おいしいものを食べるのは至福。やめられない。

とはいえ、私は以前から気になっていた。「外ごはんメニュー」と家庭の「内ごはんメニュー」の限りない接近。外で食べたメニューを、家でも再現しようとする人たちは少なくあるまい。外メニュー的なる料理記事やネット情報も多い。家庭の味とレストランの味が近づくのは確かに嬉しい。

だが、かつてはこの二つは全く違った。外での和洋中はハレの料理。家ではケの料理。つまり和洋中であっても、日常的な総菜であり、決して店の再現ではなかった。

今は時代が違う。だが、外と内のメニューの「二刀流」は、人間を安らがせるのではないか。

「外」を食べ歩くと、際限なく上を欲する。もっとうまい店、星を得た店、あの料理人の店、隠れた名店……。そして、この前まで絶賛していた店が「まずい」となる。舌が肥え、味に対して厳しくなる。そして、そんな自分が誇らしい。

私は『牧子、還暦過ぎてチューボーに入る』（潮文庫）で、料理研究家の土井善晴さんと対談した際、そのことを問うた。その答えは目からウロコだった。

「昔は外のものを家で食べたいというのは品がないこと、というくらいの慎ましさがありました」

そうか、外と内の限りない接近は品位の問題なのか。そして、司馬遼太郎夫妻のエピソードを話された。ある時、著名な料理長がホテルで料理教室を開催した。夫人が行きたいと言うと、夫は、

「行ってもいいけど習ったものはうちでは作らないって約束してや」

と答えた。内ごはんにそういうメニューは場違いだと考えていたのだ。

充実の内メニューと心躍る外メニュー。このハレとケの「二刀流」を全うすれば、餓鬼道には落ちないのではないか。私は九つを過ぎて家に急ぎながら、そう思った。

（一部敬称略）

相撲の話が183回!!

この文庫本は、『週刊朝日』に連載していた「暖簾にひじ鉄」をまとめたものである。連載は2001年1月から22年間続き、1060回にもなった。大滝まみさんのセンスのいいイラストと、読者の皆様の支持があればこそ続けられた。

先日、佐藤秀男デスクの言葉にびっくりしたのだが、1060回のうち183回は大相撲のことを書いていたという。

佐藤デスクによると、私がタイトルに取り上げた力士のトップ3は次の通りである。

1位　朝青龍　11回
2位　貴乃花　10回
3位　白鵬　5回

主題になっていない回も数えれば、大相撲の話はもっと多いだろう。さらに横綱審議委員在任中の10年間は「横審リポート」を欠かさず書いた。横審委員会の歴史で、そのようすを細かく伝えたのは初めてだったのではないか。本誌と読者には心から感謝している。

　朝青龍の第1位は、予想通りである。私は横綱審議委員会の席上でも、どれほどクレームをつけたかわからない。

　私が最も忌み嫌ったのは、日本の、つまり外国の伝統文化で禄を食みながら、「強けりゃ文句ねえだろ」とばかりに冒瀆する態度だった。それを注意できない師匠であり、看過する日本相撲協会であり、横審委員会だった。

　委員は各界の重鎮男性ばかりだったが、中には、

「お行儀がいいばかりでもねえ」

　と言う人もいた。私はその重鎮に、

「お行儀と伝統の所作は違います」

　と言い放ち、何と鼻っ柱の強かったことか。

　以下、連載中に書いたものもあるが、再掲したい。ある夜、私が東京ドームにプロレスを観に行くと、横綱武蔵丸が観戦していた。ところが、中2日おいた横審委員の稽古総見に「体調不良」を理由に欠席。私の怒りは半端ではなかった。

　稽古総見は、ボクシングでいえば公開スパーリングである。横綱は世界チャンピオンのようなものだ。公開スパーを欠席する世界チャンピオンがどこにいる。欠席を許可するジム会

長がどこにいる。それも直前にプロレス観戦をしているのに、何が体調不良だ。

私の怒りを当時の時津風理事長が納得され、次からは出席の義務が厳しくなった。武蔵丸もまさか横審委員がプロレス観戦に来ているとは思わなかっただろう。

また、ある時から四股名の乱れが目に余るようになった。キラキラネーム風も目につき始めた。

四股名は本来、「醜名《しこな》」と書く。力士は神に仕える者であり、別世界から遣わされた客人《まれびと》とされる。「醜」とは邪鬼のことであり、力士がシコを踏むのは地中の邪鬼を踏みつぶしているのだ。

当然ながら四股名は強さを示すもの、山や川、海などの聖域を示すもの、また郷里や師匠の名に因んだものが多くつけられた。その相撲部屋に代々伝わる名をもらうという大変な栄誉もあった。

伝統は時代と共に変化しながら伝わる。が、そうであっても、キラキラネームは逸脱している。歌舞伎の沢村田之助委員と私が幾度も言った。

協会の答えはそのたびに同じだった。

「師匠が愛情をもって命名した名は尊重すべき」

「愛情」という美辞麗句で押し切ることに、私たちは抵抗したが、「愛情」の一語はすべてを正当化する。土俵を割るしかなかった。

また、引退した後に協会を担う幹部候補生を、一般企業に短期間、勤務させよと私は提案した。横審委員や外部役員をはじめ、後援者には政財界の実力者も多い。お願いして一般企業で鍛えてもらう。それは今後の協会経営にきっと役に立つと言った。だが、協会は答えた。

「引退すれば、横綱も同じに場内整備やモギリなどを下からやるので、一般企業に行く必要はない」

協会以外の場で学ぶ重要性を、スポーツ紙も後押ししてくれたが、通らなかった。

また、横綱白鵬の我流に崩したぶざまな土俵入り、プロレス技のエルボー連発、審判へのクレーム等々も、品格とは別世界。どの口で「双葉山をめざす」と言うかと怒った。

中には、私が外国人力士ばかりに厳しいと思う人も多いだろう。それは違う。みごとな外国人力士は横綱曙を筆頭に、数多い。それをきちんと認めるのは当然だ。

また、ある横審委員は花道でガムをかんでいた外国人力士の教育を、協会に糾《ただ》した。他の委員たちも怒り、

「師匠が教育できていない。なら、協会がせよ」

と詰め寄った。その時の協会の答えは、やはり現実社会からは逸脱していた。

「教育は師匠に任せるべき。協会が出て行くところではない」

こうして私が10年の任期を終えた日、幾人もの委員、関係者から、

「内館さん、嫌われてましたよォ」

と言われ、笑った。あれだけ言えば、そりゃあ嫌われよう。「相撲も取ったことのない女が」と陰で言われたと知った時は、「横審の男も誰も取ったことないですよ。男性委員にも言って下さい」と言い返し、打っちゃったのだから。

今も変わらず、私の中には大相撲への情が揺るぎなくある。東北大で学んだ相撲史は、その根っこを太くしてくれた。そして迷惑も顧みず、本誌に183回も書いたことは、代え難い幸せだった。

『週刊朝日』はきっと復活すると思う。そこで、行司の口上と柝《き》で「一時的」に暖簾をおろそう。

「号数も取り進みましたるところ、片や暖簾暖簾、こなたひじ鉄ひじ鉄、この号一号にて千秋楽にはござりませぬ〜」

チョーン!

あとがき

この一冊は、2023年5月に100年の歴史に幕を閉じた『週刊朝日』に、毎週連載していたエッセイをまとめたものです。

連載は22年間続き、逐次、幻冬舎文庫として刊行されました。『忘れないでね、わたしのこと』を第1巻に、この『女盛りはハラハラ盛り』が最終巻になります。

何しろ22年間です。読み返しますと、その間に私がどんなことを考え、何に立腹し、何に感激したかなどが浮かび上がってきます。世の中がいかに変わったということも、あきれるほどです。

しかし、私が何よりも何よりも実感しましたのは、「自分が持っている時間」ということです。

『週刊朝日』の休刊に伴い、私は月刊誌『文藝春秋』で連載を始めました。以前は月に4回書いていた原稿を、今度は月1回。よしッ！　時間的なゆとりができると思いました。

今、各週刊誌や月刊誌などに連載されている作家は、皆さんそうだと思うのですが、この短いエッセイでもシャカシャカッとは書けないものです。何を書くか、どう書くか、社会の動きと書くタイミングは合っているか等々を思い、ああでもない、こうでもないと考えます。そして限られた行数内で書き、〆切りに渡さないとなりません。

これが月4回から月1回になれば、誰しも時間の余裕を期待するはずです。

ところがなぜか、ゆとりはまったく生まれていないのです。どうしてなのかわかりません。仕事でもプライベートでも、なぜか24時間の過ぎ方は以前と同じです。新しい何かを始めるとか、友人たちと会う時間が増えたとか、ベランダの花や苗にたっぷりと関わるとかもありません。「4」から「1」になったのに、どうしてだろうといつも思っていました。

やがて気づいたことがあります。今まではいわゆる「こま切れ時間」を丁寧に役立てていたのです。

「こま切れ時間を無駄にするな」とはよく言われることですが、私にその意識はありませんでした。それは時間に追われるようで、生活の中に取り入れたくないことでした。

が、今になって気づきます。こま切れ時間にできることは確かにあるのだと。こま切れでも1日に何回かあれば、それなりにかたまった時間になります。これまで私は期せずしてこま切れ時間と、そうでない時間を、うまく使い分けて来たのだと思いました。

今、ゆとりを感じていないのは、こま切れ時間にやって来たことを、そうでない時間にやっているからだと思い当たりました。私は気づかなかったのですが、今、何もしないこま切れ時間はゆとりになっていたのでしょう。

思えば、私たちは子供の頃から「時間を大切に」「時間を生かせ」などと教えられます。でもそれは、本人が何かの折りに「その通りだ」と納得しなければ「うっとうしい教え」にしか過ぎないものです。

私はそれでいいと考えます。時間の大切さは、自分で気づくまで身につきません。若いうちから、こま切れ時間をも生かそうと身を削ることはありません。

私は40代の頃、毎日が楽しくて、刺激的で、必ず終わる日が来るとは考えませんでした。むろん、年を取ることはわかっていましたが、何だかずっとこんな時代が続くような気が、確かにしていたのです。

しかし、時間は誰の心身をも公平に変化させ、公平に環境を変えます。それを実感するまでは、思うままに生き、時間を考えずに生きる。それはその年代において、健康的なことだと思います。

今、やっとこま切れ時間の力に思いが至り、改めてここちよい時間の使い方をしようと思わされています。

それにしてもです。私は22年間、12冊分をよく書けたものです。ずっと支えて下さった読者の皆さまに心からお礼を申しあげます。

そして、あたりを圧するゴージャスな絵で最終巻を飾って下さったイラストレーターの丹下京子さん、記念すべき一冊にして下さった装丁の芥陽子さん、ありがとうございました。また最終巻までおつきあい下さった幻冬舎の舘野晴彦さん、宮寺拓馬さんに心から感謝しております。

読者の皆さま、また必ずお目にかかれますよう、時間を活かします!

２０２３年　12月

東京・赤坂の仕事場にて

内館　牧子

この作品は、「週刊朝日」二〇二〇年十一月二十七日号～二〇二三年六月九日号に掲載された「暖簾にひじ鉄」を再構成・改題した文庫オリジナルです。

幻冬舎文庫

●最新刊
女盛りはモヤモヤ盛り
内館牧子

何気ない日常のふとした違和感をすくい上げ、歯に衣着せぬ物言いでズバッと切り込む。ウイットに富んだ内館節フルスロットルでおくる、忖度なしの痛快エッセイ七十五編。

●好評既刊
男の不作法
内館牧子

知らず知らずのうちに、無礼を垂れ流していませんか？「得意気に下ネタを言う」「上司には弱く部下には横柄」「忖度しすぎて自分の意見を言わない」。男性ならではの不作法を痛快に斬る。

●好評既刊
女の不作法
内館牧子

よかれと思ってやったことで、他人を不愉快にしていませんか？「食事会に飛び入りを連れていく」「聞く耳を持たずに話の腰を折る」「大変さをアピールする」。女の不作法の数々を痛快に斬る。

●好評既刊
女盛りは意地悪盛り
内館牧子

心なんぞは顔の悪い女が磨くものだ、と言い放つ直球勝負の著者は、平等を錦の御旗とした時代を顧みて何を思ったか。時に膝を打ち時に笑わせる、男盛り、女盛りを豊かにするエッセイ五十編！

●好評既刊
女盛りは腹立ち盛り
内館牧子

真剣に《怒る》ことを避けてしまったすべての大人たちへ、その怠慢と責任を問う、直球勝負の痛快エッセイ五十編。我ながらよく怒っていると著者本人も思わずたじろぐ、本音の言葉たち。

幻冬舎文庫

●好評既刊
女盛りは心配盛り
内館牧子

いつからこんな幼稚な社会になってしまったのか？　内館節全開で、愛情たっぷりに〝悩ましい大人たち〟を叱る。時に痛快、時に胸に沁みる、《男盛り》《女盛り》を豊かにする人生の指南書。

●好評既刊
女盛りは不満盛り
内館牧子

罵詈雑言をミュージカル調に歌い、他人の人権を踏みにじる国会議員。相手の出身地を過剰に見下す、モラハラ男。現代にはびこる〝困った大人達〟を、本気で怒る。厳しくも優しい、痛快エッセイ。

●好評既刊
見なかった見なかった
内館牧子

著者が、日常生活で覚える《怒り》と《不安》に対し真っ向勝負で挑み、喝破する。ストレスを抱えながらも懸命に生きる現代人へ、熱いエールをおくる、痛快エッセイ五十編。

●好評既刊
言わなかった言わなかった
内館牧子

人格や尊厳を否定する言葉の重みを説き、礼儀を欠く若者へ活を入れる……。人生の機微に通じた著者が、日本の進むべき道を示す本音の言葉たち。痛快エッセイ50編。

●好評既刊
聞かなかった聞かなかった
内館牧子

日本人は一体どれだけおかしくなったのか？　もはやこの国の人々は、〈終わった人〉と呼ばれてしまうのか――。日本人の心を取り戻す、言葉の処方箋。痛快エッセイ五十編。

幻冬舎文庫

●最新刊
ルーヴル美術館の天才修復士
コンサバターⅣ
一色さゆり

サモトラケのニケ、コローの風景画、そしてドラクロワが唯一無二の友人を描いた《フレデリック・ショパン》。天才修復士スギモトがルーヴルの美術品を取り巻く謎を解き明かす珠玉の美術ミステリ。

●最新刊
なんちゃってホットサンド
小川　糸

毎朝愛犬のゆりねとお散歩をして、家では梅干しを漬けたり、石鹸を作ったり。土鍋の修復も兼ねてお粥を炊いて、床を重曹で磨く。夕方には銭湯へ。今日という一日を丁寧に楽しく生きるのだ。

●最新刊
パリのキッチンで四角いバゲットを焼きながら
中島たい子

毛玉のついたセーターでもおしゃれで、週に一度の掃除でも居心地のいい部屋、手間をかけないのに美味しい料理……。パリのキッチンでフランス人の叔母と過ごして気づいたこと。

●最新刊
外科医、島へ
泣くな研修医6
中山祐次郎

東京でなら助かる命が、ここでは助からない——。半年の任期で離島の診療所に派遣された雨野隆治は、島の医療の現実に直面し、己の未熟さを思い知る。現役外科医による人気シリーズ第六弾。

●最新刊
ヘイケイ日記
花房観音

40代。溢れ出る汗、乱れる呼吸、得体のしれない苛立ち……。心身の異変を飼い慣らし、それでも女を生きていく。女たるもの、問題色々煩悩色々。更年期真っ盛りの著者が綴る怒りと笑いの「女の本音」。

幻冬舎文庫

●最新刊
空にピース
藤岡陽子

公立小学校に新しく赴任したひかりは衝撃を受ける。ウサギをいじめて楽しそうなマーク、ボロボロの身なりで給食の時間だけ現れる大河、日本語が読めないグエン。新米教師の奮闘が光る感動作。

●最新刊
世界でいちばん私がカワイイ
ブリアナ・ギガンテ

謎に包まれた経歴と存在感で人気のYouTuberの、恋やオシャレや人生の話。彼女の言葉に、みんなが心を奪われ、救われるのはなぜ？　迷える現代人に「ちゃんとここにある幸せ」を伝える一冊。

●最新刊
子のない夫婦とネコ
群ようこ

子宝に恵まれなかった夫婦とネコたちの、幸せな日々と別れ。男やもめと拾ったイヌとの暮らし。ネコを五匹引き取った母に振り回される娘。ほか、「老いとペット」を明るく描く連作小説。

●最新刊
ミス・パーフェクトが行く！
横関　大

真波莉子はキャリア官僚。「その問題、私が解決いたします」が口癖の人呼んでミス・パーフェクト。ある日、総理大臣の隠し子だとバレて霞が関を去ることになるが。痛快爽快！　世直しエンタメ。

●最新刊
ミトンとふびん
吉本ばなな

「新しい朝。私はここから歩いていくんだ」。金沢、台北、ヘルシンキ、ローマ、八丈島。いつもと違う街角で、悲しみが小さな幸せに変わるまでを描く極上の6編。第58回谷崎潤一郎賞受賞作。

女盛《おんなざか》りはハラハラ盛《ざか》り

内館牧子《うちだてまきこ》

令和6年2月10日　初版発行

発行人――石原正康
編集人――高部真人
発行所――株式会社幻冬舎
〒151-0051東京都渋谷区千駄ヶ谷4-9-7
電話　03(5411)6222(営業)
　　　03(5411)6211(編集)
公式HP　https://www.gentosha.co.jp/
印刷・製本―中央精版印刷株式会社
装丁者――高橋雅之

幻冬舎文庫

ISBN978-4-344-43357-1　C0195　う-1-22

この本に関するご意見・ご感想は、下記アンケートフォームからお寄せください。
https://www.gentosha.co.jp/e/